脅迫者

警視庁追跡捜査係

堂場瞬一

ハルキ文庫

角川春樹事務所

目次

脅迫者

警視庁追跡捜査係

第一章　記憶の底

1

蚊《か》？

蚊だ。十月なのに？　沖田《おきた》大輝《だいき》は、目の前の小さな点の動きを追った。気温が下がっているせいか、夏の蚊に比べて動きが鈍い。ノートパソコンのベゼル部分に一瞬留まった後、のろのろと飛び立ったが、今にも落ちてしまいそうだ。血が欲しいなら、少しぐらい吸わせてやってもいいけど……いやいや、季節外れの蚊など鬱陶《うっとう》しいだけだ。

よし、退治してやろう。警視庁の中に迷いこんできてしまったお前の運が悪い――蚊は、上下の動きは速いが横の動きは鈍いと、どこかで聞いた記憶がある。沖田は左手を下に、右手を上にして、蚊を挟みこんだ。一気に両手を合わせ、派手な音を轟《とどろ》かせると、隣に座る三井《みつい》さやかがびくりと身を震わせる。

「何ですか？」露骨《ろこつ》に非難する視線を浴びせてくる。

「いや」

沖田は合わせていた両手を離し、さやかに掌《てのひら》を見せた。小さな黒い点になった蚊を見て、さやかが顔をしかめる。

「蚊がいたんだよ」

「そうでした？」

「気がつかなかったのか？」

「全然……沖田さんが蚊に好かれてるんじゃないですか」

「馬鹿言うな」

「まったく……何やってるのかね」

向かいの席から、西川大和《にしかわやまと》が呆《あき》れたように声をかけた。立ったままで、両腕に大量のファイルフォルダを抱えている。眼鏡《めがね》の奥の目を細めていた。

「何って、蚊を退治してたんじゃないか」沖田は西川に向かって掌を突き出した。

「仕事は？」

「仕事はないだろう……今は」

西川がファイルフォルダをデスクに丁寧に置き、溜息《ためいき》をつく。

「うちには、仕事がないっていう時はないはずだよな。ある意味、二十四時間、三百六十五日営業中なんだから」西川がちくちくと皮肉を言った。

「お前みたいに、ここの仕事が趣味の人間はそう言えるかもしれないけどさ……」沖田の声は無意識のうちに小さくなった。

警視庁捜査一課追跡捜査係。発生から時間が経《た》ち、迷宮入り――刑事はこの言葉を嫌うのだが――した事件を再捜査するのが仕事である。未解決の事件は少なくないから、西川が言うように、休みなしで過去の事件を掘り返すことも可能なのだ。西川自身は「事件オタク」とも言える男で、自宅でも古い捜査資料に目を通している。そんなに四六時中、事件のことばかり考えていたら、息が詰まりそうだが……沖田は、仕事には緩急《かんきゅう》が必要だと考えていた。本格的に再捜査に着手したら、昼も夜も休みなく働く。しかしそうでない時は、力を抜いてリラックスしている方がいいはずだ。

しかし……沖田は基本的に、暇《ひま》な時間の潰《つぶ》し方を知らない。追跡捜査係で一日中座って、古い事件の資料をひっくり返すなど、絶対に願い下げだった。そんな毎日が続いたら、体にカビが生えてしまうだろう。

出るか……外回りと称して、どこかで時間を潰してもいい。あるいは誰かに会いに行くとか。知り合いの古手《ふるて》の刑事に会うと、思いもかけないヒントをもらえることがある。刑事というのは、解決できた事件よりも未解決の事件をよく覚えているものだから、意外な記憶を引っ張り出せたりするのだ。誘う相手がいれば、一緒に昼飯を食べてもいい――そう思って壁の時計を見ると、十一時半だった。今日は登庁してから三時間も、ほとんど何もしないで過ごしてしまったことになる。何だよ……これじゃ、定年で何もすることがなくなった年寄りみたいじゃないか。

目の前の電話が鳴り、沖田は飛びついた。この際、暇潰しになることなら何でもいい。

仕事ではなかった。

「沖田さん、いらっしゃいますか？」

「沖田です」

「おう、久しぶり」

乱暴な物言いを聞いて、沖田の意識は瞬時に過去の記憶に飛んだ。

「北岡《きたおか》か？」

「分かったか」

北岡が豪快に笑う。全然変わらないな、と沖田は苦笑した。いや、昔よりも迫力が増している感じがする。

「職場に電話して悪かったな。携帯の番号が分からなかったから」

「いや、それはいいんだけど……どうかしたか？」

「ちょっと東京に出て来たんだけど、アポが一件飛んで時間が余っちまってさ。暇だったら昼飯でも食わないか？」

「暇？　俺が暇なわけないじゃないか」

西川の視線に気づく。何で見栄《みえ》を張ってるんだ、と馬鹿にするような目つきだった。沖田は一つ咳払《せきばら》いして、電話に意識を集中した。

「そうか？」北岡が残念そうに言った。「夕方、商談が終わったらすぐに静岡へ戻るんだよ。酒を呑《の》んでる暇はないから、昼飯でもと思ったんだけど」

「ああ、そういうことならつき合うよ。何とか抜け出せる」

「いいのか？　悪いな」

「いやいや、久しぶりだから。今、どこにいるんだ？」

「東京駅に着いたばかりなんだけど……どうしようか」

警視庁からも東京駅からもほぼ等距離の有楽町《ゆうらくちょう》、という考えが頭に浮かんだ。しかし北岡は、有楽町辺りの詳しい地理を覚えているだろうか。警視庁を退職して東京を離れ、既《すで》に十年。彼の記憶にある「東京」は、すっかり過去のものになってしまったはずだ。

「有楽町辺りでどうだ？」

「有楽町ね……だったら日比谷《ひびや》にしないか？」

「日比谷？　何で？」

「好きなつけ麺《めん》の店があるんだ」

「つけ麺かあ……」スープではなく、がっつり麺を味わうわけだが、沖田はまだそこまで腹が減っていない。昨夜は響子《きょうこ》の家に泊まり、朝はしっかり食べさせてもらったのだ。軽くざるそばを啜《すす》るぐらいでいいな、と思っていたのだが……まあ、いいだろう。「場所は？」

北岡が教えてくれた店は沖田も知っているチェーン店で、千代田《ちよだ》署——現在は建て替え中で仮庁舎に移転しているが——の近くだ。警視庁からだったら、内堀《うちぼり》通りをずっと歩いて行けばいい。十五分後に店の前で落ち合うことを約束して、沖田は電話を切った。

立ち上がり、椅子《いす》の背に引っかけておいた背広の上着に袖《そで》を通す。誰も何も言わなかった。西川も、係長の鳩山《はとやま》も自分の仕事に専念している。いや、本当に仕事があるかどうかは分からないのだが。特に鳩山など、沖田が知る誰よりも「仕事をしているふり」をするのが得意なのだ。

暇な時の追跡捜査係など、こんなものだ。一時間ぐらい外で暇潰しをしても、問題になるはずもない。

それより今は、旧友との久しぶりの再会が楽しみでならなかった。

北岡と会うのは何年ぶりだろう？　四年？　いや、五年ぶりかもしれない。そう、五年ぶりだ。仕事の関係で東京へは年に何度か出て来ているらしいのだが、毎回ばたばたしていて、沖田とゆっくり食事をするまでの暇はないようだ。商売繁盛は結構なことだが……この男が実家の商売を上手《うま》く切り盛りしているのが信じられなかった。

何しろ強面《こわもて》である。警察官には、「警察官よりも犯罪者に近い」顔つきの人間が時々いて、北岡がまさにそのタイプだった。がっしりと顎《あご》の張った顔、眼光鋭い細い目、分厚い唇《くちびる》。しかも警察官時代は角刈りにして、迫力を増幅させていた。今は多少、柔らかい雰囲気になったが……太ったせいかもしれない。

「よう」北岡がにやりと笑って右手を上げた。左手には……既につけ麵のチケットを持っている。「お前の分も買っておいたぜ」

「奢《おご》ってもらうわけにはいかないよ」

「この後、お茶を飲むぐらいの時間はあるだろう？　つけ麺なんか、五分で食べ終えるんだからさ。お前はそっちを奢ってくれよ」

「そうか……分かった」

再会して十秒で主導権を握られてしまったが、不思議と悪い気はしない。世の中には天性のリーダーシップを持った人間がいるもので、北岡はまさにそういうタイプなのだ。将来は本部の課長、あるいは大規模署の署長、と期待されていたぐらいである。

しかし彼は、警視庁でキャリアを積むよりも、実家を救うことを選んだ。

北岡の実家は静岡の老舗《しにせ》家具工房なのだが、十二年前、彼が三十二歳の時に父親が急逝《きゅうせい》した。実家は彼の兄である長男が継《つ》いでいたのだが……この人が職人としての腕は確かなものの、経営手腕はほぼゼロだった。二年で、多くの職人が自らの意思で職場を離れ、会社は経営危機に陥《おちい》った。そこで北岡は、一念発起して警視庁を辞め、実家へ戻ったのである。副社長に就任すると経営に辣腕《らつわん》を振るい、あっという間に事業を立て直した。「天性のリーダーシップ」は、そういう形で花開いたわけである。

そういう状況が、今の自分の立場と何となく重なる……沖田も、つき合っている響子の実家――長崎の呉服屋《ごふくや》だ――から、「そろそろ娘と結婚して跡を継いでくれないか」と言われているのだ。今のところは警察官を辞める気にもなれず、響子が間に立って、何とかブロックしてくれているのだが、どうにも中途半端な状態である。いずれ選択を迫られる日が来ると考えると気が重い。

チケットを受け取って確認し、沖田は目を見開いた。つけ麺「大」。この店には何度か入ったことがあるが、「並」でもかなりの量である。「大」はたぶん「並」の二倍の量で、麺が丼《どんぶり》の縁《ふち》より上に盛り上がっていたはずだ。おいおい……と思わず胃を摩《さす》る。

「どうかしたか?」不思議そうに北岡が訊《たず》ねる。

「いや……四十過ぎた胃に、大盛りはきつくないか?」

「馬鹿言うな」北岡が笑い飛ばした。「ここのつけ麺は美味《うま》いんだぞ」

「それは知ってるけどさ」

「大丈夫だ。軽く完食できるよ」

溜息をついてから、沖田は店に入った。カウンターだけしかない狭い店で、北岡の巨体が入ると、急に店内の空気が薄くなった感じがする。昼食で混み合う前、ぎりぎりの時間帯だから何とか二人並んで座れたが、沖田は北岡と肩がくっつかないようにするために、無理な姿勢を取らざるを得なかった。

つけ麺は確かに美味い……濃厚な魚介スープが絡んで、麺の味もしっかり際立つ。しかしやはり、量が多かった。北岡の奢りなので残すのも申し訳なく、必死で啜りこむ。午後は胃の膨満感《ぼうまんかん》と眠気に悩まされることになりそうだ。

北岡は、まさにかきこむ勢いであっという間に丼を空にしてしまった。沖田が三分遅れで食べ終えると、さっさと席を立つ。建てつけの悪いドアを開けて外に出ると、もう長蛇の列ができていた。さすが、人気店だけのことはあるよな、と沖田は一人納得した。

近くのビルの地階にある喫茶店に入った。沖田は喫煙者として、煙草《タバコ》が吸える喫茶店の情報を常にインプットしている。最近は、相手が吸わなければ禁煙の場所で我慢することにしているが、北岡のワイシャツのポケットが煙草で膨れているのを素早く見て取り、喫煙可能なこの店を選んだのだった。

コーヒーが最低七百五十円からなので、先ほどのつけ麵と値段のバランスは取れていることになる。ほっとして注文を終え、沖田は煙草をくわえた。

「煙草、また値上げするんだな」自分も煙草に火を点《つ》けながら、北岡が言った。「一箱五百円だぜ？　あり得ないよな。俺たちが吸い始めた頃って、一箱二百五十円ぐらいじゃなかったか？」

「その頃に比べて二倍とはねえ……俺たち、高額納税者だよな」

思わず苦笑してしまった。これは、喫煙者がよく口にする言い訳である。高い税金を払ってるんだから、もっと堂々と吸わせてくれよ、と。

沖田は北岡の仕事の様子を聞いた。まあ、よく喋《しゃべ》ること……自分の仕事に自信を持っているのだな、と嬉《うれ》しくなった。辞めた同僚が、別の世界で成功していると知ると、何だかほっとする。中には、辞めたことで転落への階段を踏み出す人間もいて、そういう話を聞くと、「何やってるんだよ」と憤《いきどお》ってしまう。「元警官」は、過去の看板に泥を塗るようなことをしてはいけないのだ。

「で？　お前は？　あそこの仕事は性に合ってるのか」

「どうかねえ」沖田は腕組みして首を捻《ひね》った。元々沖田は、捜査一課強行班の刑事である。発生した事件に迅速《じんそく》に対応し、いち早く解決を目指す——「生の」「熱い」事件にはアドレナリンを放出させる要素があるのだが、追跡捜査係の仕事にはそれがない。もちろん、過去の事件の謎《なぞ》を追って真相にたどり着いた時には興奮するのだが、そういうことが毎日あるわけではない。黙々と過去の書類を精査し、関係者と会って記憶をほじくり出す……西川はこういう作業が大好きなのだが、やはり自分には合っていないと思う。

それでも異動の願いを出さないのは、事件が解決した時の興奮が、強行班の比ではないからだ。一種の中毒になってしまっていると思う。

「お前は、合う合わないがはっきりしてるからな」北岡が苦笑した。

「分かりやすくていいだろう？」

「だけど、それで周りから浮くこともあるじゃないか。新人の頃からそうだったよなあ」

「ああ」沖田は煙草を灰皿に押しつけた。嫌な記憶がゆっくりと浮かび上がってくる。

「そんなこと、あったな」

「あれ、結局何だったんだ？　新人いじめってわけじゃないだろう？」

「今でもまったく分からないんだ。あんな目に遭ったのは、あの時だけだから」沖田は新しい煙草を引き抜いた。これ一本が二十二円かと思うと、もったいなくなってパッケージに戻してしまう。

小さな棘《とげ》のような感じだが、未《いま》だに心に刺さっている。いったい何だったのだろう……

ふと思いつき、北岡に訊ねる。

「お前は、あの時のことは知らないよな？」

「課が違ったからね」

「そうだよな……」沖田は顎を撫《な》でた。

「お前、結構深刻だったよな。毎日蒼《あお》い顔してたぜ」

「それがある日突然、何事もなかったかのように……」不意に記憶が蘇《よみがえ》る。そして、謎を

謎のまま残して封印してしまった自分に腹が立ってきた。

記憶の沼を、底の方まで浚《さら》う。

あの自殺は……実は殺人事件だったのではないか？　追跡捜査係の仕事は過去の事件を掘り起こすことだが、自分が関《かか》わった事件を再捜査することはまずない。客観性が損なわれるし、自分のヘマを再捜査するとなると、気合いも入らないものである。

だが、今なら冷静に取り組めるのではないか？　もう二十年も前の案件だし、何より、心の底で燻《くすぶ》っていた疑念に火が点いてしまった。

北岡は、沖田にとって最高の触媒になった。

2

「殺人事件の隠蔽《いんぺい》？　何言ってるんだ」西川は鼻を鳴らした。「他の事件ならともかく、殺人事件をなかったことにするなんて、絶対にあり得ないぜ」

「分かってるよ」沖田が鼻に皺《しわ》を寄せる。「突拍子《とっぴょうし》もない想像だということは……当時から、自分でもそう思っていた。だけど、どうしても疑いが消せないんだ」

西川は椅子を小刻みに動かしながら、沖田の顔を凝視した。こいつ、何言ってるんだ？　暇過ぎて、妄想でも始まったのか？　妄想するのは勝手だが、俺たちを——俺を巻きこまないでくれ。

「だいたい当時、どうして疑わしいと思ったんだ？」

「それは……勘だな」沖田が遠慮がちに言った。

「よせよ」西川は笑い飛ばした。「新人刑事の勘なんか、どこまで当てになる？」

「馬鹿にしたもんじゃないぜ」むっとした口調で沖田が言い返した。

「そりゃあ、今のお前の勘は当てになる——当てになる時もあるけど、二十年も前の話だろう？　駆け出しの刑事は経験を積んでないんだから、勘もクソもないだろうが」

「いや、そんなことはない」沖田は依然として不服そうだった。

「で？　状況は？」

西川はノートを広げ、ボールペンを構えた。まあ、話ぐらいは聞いてやってもいいか……沖田がいきなり立ち上がり、顎に拳《こぶし》を当てて、狭い追跡捜査係の室内を行ったり来たりし始めた。眉間《みけん》の皺が、十円玉を挟めそうなぐらい深くなっている。なかなか言葉が出てこない。おいおい、記憶も定かじゃないのに「隠蔽」などと言い出したのか？　本当に単なる妄想じゃないか。

沖田が自席の前で立ち止まり、ぱっと両手を広げた。

「死んだのは加山貴男《かやまたかお》、当時三十歳」

「名前の字解きは？」

沖田が説明するまま、西川はノートに名前を書き取った。ごく当たり前——特徴のない名前だ。それなのに二十年経った今も覚えているということは、相当気になっていた事案なのだろう。

やはり妄想の可能性が高いが。

「職業は？」西川はノートに視線を落としたまま訊ねた。

「無職」

「三十歳で無職ということは、いろいろ問題がありそうだけどな。経済的に行き詰まって自殺、というのはいかにもありそうな話だ。自殺の動機は？」西川は頭に浮かんだ可能性を口にした。

「病気だ。少なくとも俺はそう聞いた」

「病気、ねえ」西川はペン先でノートを突いた。自殺の動機で一番多いのが「健康問題」である。二番目が「原因不詳」、三番目が「経済・生活問題」、以下「家庭問題」「勤務先の問題」と続く。自殺者数に変動はあるものの、動機の順位は長い間変わっていないはずだ。「何の病気だ」

「それは分からない」

「分からないのに、自殺が偽装だったなんて言うのか？」

「俺は、この件に噛《か》んでなかったんだ……」沖田の声が萎《しぼ》む。

「はあ？」西川は目を見開いた。「捜査してもいないのに、何で疑わしいって思ったんだ？」

沖田が音を立てて椅子に腰を下ろした。むっとした表情を浮かべ、両の掌をデスクに置く。

「俺が非番の時に起きたんだ。一応、刑事課が出て処理して……だけど、誰も俺にちゃんと説明してくれなかった」

「お前、そんな若い時から嫌われてたのか？」

「おい、ふざけるなよ」沖田が凄《すご》む。「まるで、今も俺が嫌われてるみたいな言い草じゃねえか」

「まあ……」西川は咳払《せきばら》いした。沖田に関しては、好き嫌いがはっきり分かれている。実際、結構嫌われているのは間違いないのだが……今、この話を持ち出しても仕方がない。

「単なる自殺だろう？　非番でノータッチだった人間に、いちいち説明することもないじゃないか。皆忙しいんだし」

「避《さ》けられてたんだよ、俺は」

「何だよ、それ」

沖田が身を乗り出す。当時の状況を思い出して興奮したのか、耳が赤くなっていた。

「非番の時の事案だからって、知りませんでした、じゃ済まないだろう。特に新入りの刑事なんか、何にでも首を突っこんで仕事を覚える――それが当然じゃないか」

西川はうなずいたが、この辺は微妙なところだと思う。直接担当していない事件に対して知らんぷりをしていると「やる気がないのか」と怒鳴《どな》られ、やる気を出して口を挟むと、「余計なことに首を突っこむな」と叱責《しっせき》される。この辺り、若い刑事の身の処《しょ》し方は難しいところなのだが……実際には「とにかく何でもやってみろ」と言われることが多い。少なくとも西川が若かった頃は――西川が刑事になったのは、時代が二十世紀から二十一世紀に切り替わる頃だったのだが、あの頃はまだ、昭和の熱い雰囲気をまとった先輩たちが、多少なりともいたのだ。ぎりぎり戦中派――戦前生まれの人が最後に定年を迎えたのは、考えてみると二〇〇五年である。

「とにかくお前は、非番中に起きた自殺について知った」

「そりゃあ、日報を見るからな――うちの刑事課には日報があったんだけど」

「うちの所轄《しょかつ》にはなかったな」西川は首を傾《かし》げたが、どんなものかは簡単に想像がついた。

署の当直は、どの課員にも均等に回ってくる。夜の出動案件で、その後昼間の仕事にも関わりが出てくるのは交通課、地域課、それに刑事課ぐらいだろう。夜に起きた事件を、その後の引き継ぎのために記録しておくノート、という感じか。

「とにかく、前日の宿直の最中に自殺が一件あった。それはもちろん日報に書いてあったんだけど、そこからして既におかしかったんだよ」

「何が」西川はまたノートをボールペンで突いた。何というか……沖田の説明はいつも、真《ま》っ直《す》ぐ前に進まない。個人的な解釈や感情が入ることも多く、話が停滞したり横に曲がったりするのだ。できるだけシンプルに、論理的に説明しろ、というのは警察官になってすぐに叩《たた》きこまれる原則だが、沖田の場合、指導中に居眠りでもしていたのかもしれない。

「自殺でも、それなりに詳しくは書くだろう？　住所氏名から始まって、遺体の状況、発見の状況、動機とか。ところがその時は、明らかに途中まで書いてやめた形跡があったんだ」

沖田の口調は、次第に熱を帯び始めた。喋っているうちに、記憶がはっきりしてきたのかもしれない。もともと、走りながら考えをまとめるようなタイプだし。西川は冷静に訊ねた。

「発生は？」

「確認が午前一時三十五分。一一〇番通報はその二十分前だ」

「発見場所は？」

沖田が最初に刑事として勤務したのは、確か南多摩署《みなみたま》である。調布市《ちょうふ》と狛江市《こまえ》を管轄《かんかつ》することの署の管内は、基本的には静かな住宅街だ。都心部への通勤者が暮らす街で、事件が多い署ではない。管内の特徴らしい特徴といえば、味の素《あじのもと》スタジアムがあることぐらいだろうか。そのスタジアムすら当時はなかったはずだ。

「調布市の多摩川の河川敷」

河川敷？　それはおかしい。河川敷で自殺する人がいないわけではないが、調布市内だと、河川敷のすぐ近くにも家があるだろう。自ら命を断《た》とうとする人は、誰にも止められないように目立たない場所を選びがちで、これはいかにも不自然だった。

「おかしいだろう？」探りを入れるように沖田が言った。

「まあな」西川もこれは認めざるを得ない。「自殺の方法は？」

「首を切った」

「使った道具は？」

「現場に残されていた……刃渡り二十センチのコンバットナイフだったと思う」

「お前は、直接見てはいないわけだな？」

「ああ」

しかし沖田は、それなりに詳しく状況を説明した。傷は首の左側。傷の形状から見て、刃は後ろから前に引かれていた。右利きの人間が、首の左側に刃物を当てると、こういう傷になるのは不自然ではない。

「よく調べたじゃないか」

「後から先輩に聞いて……ところが、聞いてる最中に邪魔が入った」目を瞑《つむ》ったまま、沖田が説明する。視界を閉ざすことで、記憶をはっきりさせようとしているようだった。

「そう、朝一番で日報を見て、明らかに書き方がおかしかったから、当直の先輩に確認したんだ。ところが、先輩が説明を始めたところで、刑事課長がその先輩を呼びつけて……戻って来た時には、先輩は説明を拒否した。いや、はっきり拒否したわけじゃないけど、とにかく誤魔化《ごまか》された。その後で課長に話を聞きに行ったんだけど、門前払いされたんだよ。『新人は知る必要がない』って言われた」

「そういう言い方はちょっと変だな」

「だろう？」かっと目を見開き、沖田が身を乗り出す。「俺だけ、完全に仲間外れだったんだ。そんなことをする理由、何か考えつくか？」

お前が嫌われていたから――いやいや、それはおかしい。いくら性格の荒い沖田でも、刑事になったばかりの頃には今ほどは嫌われていなかったはずだ。「多少元気が良過ぎる奴」ぐらいに見られていた可能性が高い。だいたい、同じ刑事課の課員に自殺の案件を話さないなど、いかにも不自然である。

「何かある――そう思って、個人的にちょっと調べてみたんだ。同じ日に当直だった、他の課の先輩に話を聞いたりして。でもそれがバレて、課長に呼びつけられた。別に怒られたわけじゃないけど、変なことで嗅《か》ぎ回るなって釘《くぎ》を刺されたんだ」

「お前が動くと、騒ぎになるからな」

「お前に言われたくない」沖田が抗議した。「……とにかく、そう言われたら、新人刑事としては逆らえるわけがないだろう？　しかもその後、刑事課の先輩たちの態度が急によそよそしくなった」

「仲間外れ」あるいは沖田を「干した」。警察の世界でも、時にそういうことはある。生意気な言動があった若手を反省させるために、仕事を回さない、呑み会にも誘わないという、いわば陰湿なやり方は今でもなくなっていない。

ただし……沖田が懸念するのも当然だ、と西川は思った。この男は、中途半端に終わっていた日報の記載を確認しようとしただけであり、それで上から文句を言われる理由は考えつかない。

もっとも、ここで全面的に認めてしまうと、沖田を調子づかせてしまう。気になってはいたが、西川はまだ慎重にいくことにした。

「それで、どこまで分かったんだ？」

「通報してきたのは、終電で帰って来た人だった。堤防道路を時々車が通る時に、ぱっと明るくなるんだよ。それで、河川敷に人が倒れているのに気づいたんじゃないかな」

「多少は明るくなるにしても、よく気づいたな」

「確かに、な」

「どんな場所なんだ？」

「河川敷は結構広くてさ」記憶を呼び覚まそうとするように、沖田が目を瞑って説明した。「堤防道路を降りると、緩い芝の斜面があって、その先が舗装された自転車とジョギングの専用道路、それから砂利《じゃり》敷きの道路が平行して走っていて……」

「少年野球のグラウンドなんかがある」

「そうそう」目を開けた沖田が、勢いこんでうなずく。「遺体は、砂利敷きの道路に横たわっていた」

「その時間の河川敷は、どんな具合なんだ?」西川は訊ねた。

「まったく無人ってわけじゃない。この時間でも歩いて家に帰る人はいるし、堤防上の道路を車が結構走っている」

「なるほどね」西川は顎を撫でた。自殺と断定したからには、それなりに状況証拠も揃《そろ》っていたはずだ。傷の具合、凶器、そして動機になる「病気」。

だがやはり、場所がいかにもおかしい。調布市の多摩川河川敷に行ったことがあるかどうか……西川の記憶は定かではなかったが、自殺しようとする人が、終焉《しゅうえん》の地に選ぶに相応《ふさわ》しい場所とは思えなかった。

そういう場合、人は深い山の中、海などを選ぶ。あるいは電車に飛びこんだり、ビルの屋上から身を投げたり、自分の家だったり……西川の記憶にある限り、広々とした河川敷で自殺したケースは稀《まれ》なはずだ。いや、「河川敷」の現場がなかったわけではないが、そういう場合は、すぐには人目につかない深い草むらの中を自殺場所に選んだりする。

　西川は、ストリートビューで、現在の現場の様子を見てみた。河川敷だから、二十年前とそれほど様子が変わっているわけではあるまい。確かに沖田が言う通り、開けた場所である。ストリートビューは昼間の様子を捉《とら》えているが、ジョギングしている人がたくさんいるのが分かった。野球少年たちも……夜には状況が変わるにしても、ここで死のうとするのは、やはり不自然である。

「それとこいつは、マル暴の近くにいた人間だ」沖田が明かす。

「マル暴ねえ」西川はつぶやいた。暴力団員ではないが、近接した立場の人間――グレーゾーンにいる人間が自殺するというのも、何となくピンとこない。もちろん過去には、自殺した暴力団組員もいるのだが。

「何か変だろう？」探りを入れるように沖田が言った。

「まあ、変だけど……」全面的に賛成はできない。若い沖田の勘は作動したかもしれないが、今の西川――経験を積んだベテラン刑事である西川には、どうにもピンとこない。もちろん、全《すべ》てのパーツがぴたりと合う事件など、滅多《めった》にないのだが。どんな事件でも、はみ出した部分、足りない部分が出てくるものだ。自分たちが扱っているのは、推理小説によくあるような、論理だけで解決できる事件ではない……。

「気になるなら、ちょっと調べてみたらどうだ？」それまで黙って二人のやり取りを聞いていた係長の鳩山が口を挟んだ。「どうせ今は、何もないんだし」

「よし、了解です」沖田が立ち上がり、背広を手にした。

「ああ、ちょっと待て」鳩山が手を上げて沖田を制した。「お前じゃない。西川だ」

「何でですか？」沖田が色をなした。

「お前は当事者だからだ」鳩山が、太い指を沖田に突きつけた。「冷静な捜査ができるわけがないだろう。取り敢《とあ》えず、地均《じなら》しだけでも西川に任せておけ」

「いや、これは俺の事件ですよ」沖田が抵抗した。

「もう少し事情がはっきりしたら、お前も手を出せばいいじゃないか。現時点では西川に任せておけ」

「冗談じゃない」沖田は引かなかった。「この件は、ずっと引っかかっていたんですよ。それを他人に任せるなんて……」

「ずっと引っかかっていたなら、どうして今まで手を出さなかったんだ？」西川はすかさず指摘した。「今より暇な時期だってあっただろう」

「それは屁理屈《へりくつ》だ」

「どっちが屁理屈だ？」

「ああ、分かった、分かった」鳩山が面倒臭そうに割って入った。「沖田、お前もたまには引くことを覚えろ。そんなにむきになるのは、それこそ冷静じゃない証拠だろうが。今は一歩下がっておけ」

お、珍しく正論じゃないか……西川はニヤリと笑った。鳩山は事なかれ主義で、何かあると「まあまあ」と言って話を誤魔化してしまうのだが、今日は管理職としての役目をきっちり果たしている。沖田はまだ文句を言いたそうだったが、西川はさっさと立ち上がり、隣に座る庄田基樹《しょうだもとき》に目配せした。二人ともノートパソコンを持ち、部屋の一隅にある「穴蔵」に向かう。

追跡捜査係の勤務スペースは、捜査一課の片隅にある。一課の他の係と違うのは大量の資料の存在で、その保管のためにファイルキャビネットをデスク周りにぐるりと巡らしているため、大部屋の中では多少隔絶《かくぜつ》された雰囲気になっている。最近少し模様替えして、ファイルキャビネットで囲んだ小さな打ち合わせ用スペースを作った。本来、人数も少ないので、係の中で打ち合わせをする時には自席に座ったまま話をすればいいのだが、このスペースを作ったのは西川の希望だった。

狭い場所が好きなのだ。

自宅でも、階段下のスペースを改装して小さな書斎を作っている。わずか二畳ほどで、天井部分が斜めになっているため、普通の人なら狭苦しくて仕方ないだろう。実際、椅子に座るにも苦労するほどなのだが、そこにいる時、西川は一番集中できる。

追跡捜査係にも同じような場所が欲しかったので、度重なる交渉の結果、やはり二畳ほどの「穴蔵」が完成したわけだ。完全に閉じてはいないが、三方をファイルキャビネットに囲まれているので、それなりに圧迫感はある。周りが資料だらけなのもいい。

「話は聞いてましたけど……よく分からないですね」座るなり、庄田が首を傾げる。

「まず、基礎データを集めないとな」西川はパソコンを操作し、自殺のデータベースである「MPSD」にログインした。自殺と断定されると、警察が本格的に捜査することは少ないのだが、統計などのために情報を集める意味はある。そのため警視庁では二十年ほど前に、どんなに小さな自殺でも記録しておくデータベースを作ったのだ。沖田が気になっている加山貴男のケースが、このデータベースができる前だったか後だったかは分からないが……あった。定型通りの情報が残っている。署の日報の記載は適当でも、データベースへはきちんと入力していたわけか。自殺者の氏名など個人データ、自殺した場所、方法、動機、さらに他への影響——特に鉄道自殺の場合、利用者に多大な影響が出るので、この項目が設けられている。

しかし、沖田が話した以上の情報はなかった。動機も「病苦」とあるだけで、それ以上の情報は一切ない。具体的な病名でも分かれば、もう少しはっきりした手がかりになるかもしれないのだが。

西川はノートパソコンの向きを変えて、向かいに座る庄田に画面を示した。

「これが基礎データなんだ。頭に入れておいてくれ」

「分かりました」

……と言ったら画面と睨《にら》めっこして暗記しようとするものだと思っていたのだが、庄田は手帳を取り出した。これぐらいは全部覚えてしまえよと思ったが、庄田は基本的に生真《きま》面目《じめ》な男である。一つも取りこぼししないようにと、必死でメモしているのだ。一度彼の手帳を見たことがあるが、どのページもほとんど真っ黒だった。細かい文字でびっしり……しかもかなり太いペンで書きこまれている。あれだと、後で自分でも判読できないのではないだろうか。もしかしたら、書くことで暗記するタイプなのかもしれない。

「それと、加山貴男の前科を調べてくれないか?」

「はい」

庄田がキーボードを叩く。すぐに、「二回逮捕されてます。容疑は暴力行為と恐喝未遂《きようかつみすい》ですね。どちらも不起訴処分になってます」と報告した。

「中途半端なワルってことか」

「マル暴そのもの、じゃないですね」

「そうだな……よし、ちょっと現場に行ってみるか」西川は立ち上がった。

「二十年前ですよ? 現場に何か情報があるとは思えませんけど」庄田は懐疑的だった。

「それは行ってみないと分からない」しばしば「書斎派」と言われる西川だが、必要があると判断すれば現場には出る。沖田のように、ただ無闇矢鱈《むやみやたら》に歩き回っているだけではないのだ。沖田のやり方は、どうにも効率が悪くていけない。

「散歩にもいい季節じゃないか」西川は笑みを浮かべた。そう、ちょっと歩いて気晴らしするのもいい——気晴らしが必要なのだ。

最近、夫婦の関係が微妙に上手くいっていない。結婚してから、こんな緊張状態を味わうのは初めてで、しかも上手い解決法が見つからないので、西川はずっとくさくさしていた。捜査に集中している時なら、家庭のごたごたも忘れられるのだが、今は暇——この事件は、自分にとっても救いになるかもしれない。

　現場の最寄駅は、京王相模原《さがみはら》線の京王多摩川駅だった。競輪がある時は臨時改札が開かれて、現場に近い方で降りられるのだが、今日は競輪もない。二人は現場からかなり遠い改札を出て、線路に沿って歩き出した。

　散歩にもいい季節と言ったものの、実際にはべったりした曇《くも》り空である。十一月が近いせいもあって少し肌寒く、背広だけでは夕方には辛《つら》くなるだろう。

　途中、競輪場を右に見ながら歩いて五分ほどで、堤防道路に出る。そこからは、広い河川敷がずっと見渡せた。左側には京王線の架橋、そしてソフトボール用のグラウンドが何面か……それはいいのだが、河川敷に降りる場所がない。道路沿いはずっと、高さ一メートル強のコンクリート壁になっており、切れ目が見つからなかった。信号のある交差点——そこから降りられるのではないかと目星をつけて、歩いて行く。予想通り、ちょうどそこでコンクリート壁が途切れていた。ところが太い鉄製の柱が三本打ちこまれており、車は入れないようになっている。それなのに、その向こうの細い道路には「とまれ」の文字……意味が分からない。「犬の放し飼い禁止！」と書かれた看板が、中央の鉄柱に立てかけられていた。

　多摩川も、この辺りは中流という感じだろうか。川そのものよりも河川敷の方がはるかに広く、のどかな雰囲気だった。

鉄柱の間を抜けて河川敷に出る。ストリートビューで確認した通り、河川敷はまず舗装道路、それに平行して砂利敷きの道路があり、その向こうに平地が広がっている。西川は舗装道路の手前、緩い斜面のところに立って周囲を見回した。これは……思わず「ないな」とつぶやいてしまう。

「ですね」庄田も即座に同調する。

「どうしてそう思う？」目の前をかなりのスピードで走り抜けるランナーの姿を目で追いながら、西川は訊ねた。

「広過ぎます。というか、目立ち過ぎます」

「だよな……」刑事同士、多くを語らなくても理解し合える。これだけ広いと、四方八方から見られている感じになり、いかに時間が遅くとも躊躇《ためら》うだろう。

「とはいえ、殺しというのはもっとあり得ない」

「そうですよねえ」庄田がまた短く言って同意する。「こんなだだっ広い場所で人を殺すなんて、あり得ません」

「どこかで殺して死体を運んで来た可能性は？」

「……それもないですね」

「根拠は？」

「そんなことしたら目立ちますから」

まったくその通り――西川は無言でうなずいた。最終的に、この現場に死体を運ぶためには「徒歩」で行かねばならない。西川は振り向き、堤防道路を確認した。仮に、あの交差点のところまで遺体を車で乗せて来て、その後河川敷まで運ぶとしたら、一人では絶対無理だ。かといって、二人がかりとなると、これもひどく目立つ。両側から酔っ払いを支えるふりをする方法もあるが、相手は酔っ払いより扱いにくい「死体」である。同じ重さなら、俵《たわら》を担ぐ方がよほど扱いやすい、とは昔からよく言われていることだ。しかも死体の首は切れていた。出血は止まっていたにしても、厄介な遺体であることは間違いない。

薬物で眠らせた上で現場へ運び、そこで首を切って殺した、という殺害方法が考えられるが……いや、これもあり得ない。MPSDには解剖結果も簡単に記載されているのだが、特に異常はなかった。仮に、睡眠薬なりの薬物、あるいは毒物が検出されていたら、当然記録されたはずである。

「自殺か殺しか……天秤《てんびん》にかけたら、どうだ？」西川は川の方に向き直って訊ねた。急に風が強くなり、語尾が消えてしまう。

「……やっぱり自殺ですね」庄田が遠慮がちに結論を下した。

「自殺も不自然、殺しも不自然。しかし、殺しの可能性の方がはるかに低い……まあ、沖田が疑うのも仕方ないかもしれないけど、二十年前は、あいつもまだ駆け出しだったからな。経験の少ない刑事が、慌てて殺しだと思いこんでもおかしくない」

「ですね」

「ただ、あいつも百パーセントおかしいと思ってたわけじゃないはずだよ。あいつの性格からして、おかしいと考えたら絶対に引かない。上司と衝突しても、必ず調べるだろう。当時それをやってなかったということは、あいつの疑念もあくまでもやもやした曖昧《あいまい》なものだった、ということだ」

「その件なんですけど……この一件があった直後に、特捜が立ったんです」

「何でそんなこと、知ってるんだ?」西川は目を見開いた。自分が知らないことを後輩が知っていると考えると、少しだけむっとした。

「出かける前に、沖田さんに聞いたんです。西川さんと同じように考えて……沖田さんが全然調べていなかったって、何か不自然でしょう」

「ああ」

「実は、自殺騒ぎがあった三日後に、国領《こくりょう》で夫婦二人が殺される強盗殺人事件が発生してるんです」

「それなら覚えてる」西川はうなずいた。

国領の強盗殺人事件は、その凄惨《せいさん》さ故に警視庁内で語り継がれている事件である。老夫婦が自宅で襲われ、現金二十万円が奪われた事件なのだが、夫婦二人の傷は、合わせて五十か所にも及んだ。そのため当初は、恨みによる犯行の線が疑われ、二人の交友関係の捜査が中心に行われた——しかし結果的には、十七歳の少年二人による犯行だったと分かり、さらに大きな衝撃が生まれたのである。特捜本部では犯人逮捕まで二ヶ月ほどを費やし、その間沖田が不眠不休で捜査にかかりきりだったのは間違いない。自殺について調べる余裕などなかったはずだし、強盗殺人事件が解決した後は、抜け殻のようになってしまっただろう。

この状況では、沖田を責めるわけにもいかない。刑事だって人間なのだ。ハードな捜査が続いた後は何も考えられなくなるし、そこから新しい事件に着手しようという気にはなれない。そして体力・気力が回復するのを待つ間に、気になっていた事件への関心は薄れてしまうのだ。そもそも、解決しなければならない事件は次々に起きる。

「どうします？」

「これだけじゃ、沖田は納得しないだろうけど……せめて、人に話を聴くぐらいはしてみようか」

「そうですね……」庄田が手帳を広げる。「家族は分かります。電話してみますか？」

「頼む」

暴力団周辺にいた人間の家族がどのような人間なのかは分からない。いずれにせよ加山貴男は天涯孤独の身というわけではなく、遺体を引き取る相手もいたわけだ。

西川は、メモする必要もなく名前を覚えていた。加山貴義《たかよし》。名前からして父親だろうか。連絡先は……確か福島だったが、詳しい住所や電話番号までは覚えていない。クソ、俺の記憶力も大したことはないな、と西川は自分を罵《ののし》った。

庄田がスマートフォンを取り出し、番号を打ちこむ。しばらく経って相手が電話に出たようで、丁寧な口調で話し始めた。

通話を終えると、庄田が大袈裟《おおげさ》に溜息をつく。

「どうした？」

「けんもほろろでした」情けない口調で庄田が報告した。

庄田の説明によると、父親の加山貴義は十年ほど前に亡くなっていた。今は、母親が福島市で一人暮らし。庄田の電話を、ひどく不審がっていたという。当たり前か……二十年前に自殺として処理された一件を、今になって蒸し返されてもどうにもならないだろう。

「病気の話は？」

「そんなことは知らないと言われました」

「そうか」

取り敢えず現段階では、殺しを疑う材料はない。

しかし、これで沖田を納得させるのは難しいだろう。西川にとっては、きつい捜査をするよりも、沖田と話す方がハードな仕事だった。

3

二日続けて響子の自宅。彼女は気にしてもいないのだが、沖田としては申し訳ないという気持ちが何となく消えない。「人の家に図々《ずうずう》しく上がりこんでいる」という後ろめたさが消えないのは、この家のそこかしこに彼女の息子、啓介《けいすけ》の気配があるせいでもあった。

沖田と響子が知り合ったのは、そもそも啓介の存在がきっかけである。小学生だった啓介が通り魔事件に巻きこまれ、彼の保護者としての響子と接したのが最初だった。事件の関係者と懇《ねんご》ろな関係になるのは、警察官として褒《ほ》められたことではないが、気持ちにブレーキはかけられない。

その啓介も高校生になり、今年の夏からカナダに一年間留学している。離婚して一人で子育てしている響子にとって、交換留学制度のある私立高に息子を入れるのは経済的に大変だったに違いないが、長崎の実家が金銭的にかなり援助したと聞いている。どうやら響子の両親は、響子と沖田が結婚して呉服屋を継ぐよりも、一世代飛ばして啓介に店を任せる方がいいと考え始めている節がある。跡取りになるかもしれない孫の機嫌を取るためには、希望の留学を実現させるための費用ぐらいは出してやる、ということなのだろう。

いずれにせよ響子は、この夏から一人暮らしになっていた。どうせなら思い切って同居してしまってもよかったのだが……遠慮したのは沖田の方だった。息子がいない間に勝手に家に住み着くのは気が引ける。微妙に引きながらも、週に二回はこの家に泊まりこんでいた。相変わらず中途半端な状況が続いているな、と自分の優柔不断さ加減を情けなく思うこともしばしばだった。

響子は実によく頑張っていると思う。離婚した後、ＩＴ系企業で派遣社員として働きながら一人息子を私立高に入れ、その間に仕事のスキルも磨き、しばらく前から正社員として採用されていた。派遣されていた先の会社で能力を評価されたらしいが、何がすごいのか、聞いても沖田にはさっぱり分からない。ただ、これだけ多忙な日々を過ごしながらも、沖田が来ると笑顔で迎え、きちんと料理を出してくれるのはありがたい限りだ。自分の方は、彼女に何を与えられているのだろうと不安になることもしばしばである。

響子は、地味な夕食を用意してくれていた。かぼちゃの煮物、ほうれん草のおひたしに鮭《さけ》の粕漬《かすづ》け。何というか……どれも美味いのだが、まるで病院食だ。普段は必ず、肉料理を一品入れてくれるのだが。そういえば響子は、あまり食が進んでいない。

「体調でも悪いのか？」

「お昼に食べ過ぎちゃって」

「ああ、そういうこと、あるよな」沖田は缶ビール一本を持て余していた。普段は響子の料理でビールを呑んで、その後で食事というパターンなのだが、今日の料理はどれもビールに合わない。ほうれん草のおひたしに醬油《しょうゆ》を追加したいぐらいだったが、勝手に味つけを変えるのも申し訳ない感じがしたので、我慢する。

電話が鳴った。西川。

「ちょっと、ごめん。出ないといけない電話だ」

「どうぞ」そう言う響子は、やはり元気がない。

沖田はスマートフォンを摑《つか》み、玄関の方へ向かった。リビングルームのドアを閉めてから電話に出る。

「はい」

「自殺だな」西川がいきなり言った。

「ああ？」

「だから、自殺だよ」

「何でこんなに早く結論を出せるんだ？」

「殺しを疑わせる材料が何もないから」西川がさらりと言った。

「現場を見ただけで明らかだ」

「そんな消極的な理由だけで……」沖田はつい抗議した。

「当時、お前が疑ったのも分からないじゃない。だけど疑うのと、具体的に捜査に着手するだけの材料があるのとは、まったく違うからな」

「そんなことは分かってるけど、自殺だと明確に示す証拠もないだろう」

「殺しと自殺——可能性を天秤にかけたら、どうしても自殺の方に傾く」

「そんなこと言っておいて、殺しだったらどうするんだよ」沖田はなおも食いさがった。

「具体的な材料がないのに、再捜査するわけにはいかないだろうが。勘だけじゃ駄目だ」

……ただ、一つだけ気になることがあったけど」

「何だ」沖田はスマートフォンをきつく握りしめて食いついた。

「加山貴男の家族の中では、母親だけが健在だった。今は福島で一人暮らししているんだが……電話で話はできた。自殺ということで納得している」

「それが気になることか？」

「いや、動機だ。病気を苦にして、という話だったよな」

「ああ」

「しかし母親は、息子の病気については何も聞いていない。当時一緒に住んでいたわけじゃないけど、自殺するほどの病気だったら、親に何も言わないのは不自然じゃないかな」

「確かに」

「……と思ったんだが、息子はほぼ暴力団員だからな。親子の関係が完全に切れていたとしてもおかしくはない」

「そこは、いくらでも調べられるじゃないか」沖田は突っこんだ。「本当に病気だったのか、そうじゃなかったのか——二つに一つだぜ」

「二十年前だぞ、二十年前」西川が声を荒らげた。「当時加山を治療していた医者を探し出すのも難しいだろう。時間の無駄だ」

「何でそんなにあっさり結論を出せる？　お前、粘りがなくなっちまったのかよ」

「俺は常に冷静なだけだ。とにかく、この件にはあまりこだわらない方がいい。もう一度言うけど、時間の無駄だ。他にやる仕事もあるだろう」

「しかしな……」

「しかしもクソもない。じゃあな」西川はあっさり電話を切ってしまった。

クソ、結論が早過ぎるんだよ。

リビングルームに戻ると、響子が心配そうな表情を浮かべていたので、沖田は慌てて両手で顔を擦《こす》った。自分が時々きつい顔つきになって、彼女を怖がらせてしまうことは分かっている。刑事の中にも、常にポーカーフェイスを貫いて厳しい事件に対応できる人間はいるのだが——西川がまさにそういうタイプだ——沖田の場合はもろに顔に出てしまう。捜査が難しくなった時、クソみたいな犯人に対峙《たいじ》した時、普段よりも表情が凶暴になるのは自分でも分かっていた。

しかし今日の響子は、沖田の顔色を窺《うかが》っているだけではないような気がした。家に入った時からずっと、妙に不安げな表情……それを言えば、昨夜も同じだった。

「何か心配事でも？」椅子に座りながら沖田は訊ねた。「仕事のこと？　それとも、長崎の実家から何か言ってきた？」

「そうじゃないけど」

「顔に出てるよ」

「ああ」響子が右手の人差し指で頬《ほお》に触れた。「ちょっと風邪《かぜ》気味かも」

「大丈夫か？」沖田は手を伸ばして響子の額に触れた。熱は……ない。「早めに寝た方がいいよ。薬は？」

「薬を飲むほどじゃないわ」響子が笑みを浮かべたが、かなり無理しているようにしか見えなかった。

「片づけておくから、ゆっくりしてろよ」

沖田は残っていたビールを一気に呑み干し、食器を流しに運んだ。こういうのは別に、面倒でも何でもない。沖田は基本的に料理をまったく作れないから、後片づけぐらいはやるべきだと思っている。というより、少しでも響子にいい顔を見せておきたい、という意識があった。長崎の実家問題はあるのだが、沖田はこの歳《とし》になってから出会えた彼女を手放す気は一切なかった。

そして、洗い物には利点が一つある。集中していると、余計なことを考えずに済むのだ。しかし今日は……無理だった。西川も殺人を否定したものの、沖田はまだ、自殺説に納得していない。何かある。何か秘密が……余計なことを考えていたせいか手が滑《すべ》り、皿が流しに落ちてしまった。幸い割れなかったが、派手な音がして、響子が立ち上がる。

「大丈夫?」

「ああ——手が滑っただけだから」

皿を取り上げて確認し、ほっとして水ですすぐ。

駄目だなあ……結局俺にとっては、事件が常に最優先になる。一度事件のことを考え出すと、他のことは疎《おろそ》かになってしまうのだ。

響子をないがしろにしては、絶対にいけないのだが。

翌朝、沖田は燠火《おきび》のように燻る怒りを抱えたまま出勤した。西川の結論はやはり早過ぎる。まず、健在だという加山の母親に直接面会して、もっと詳しく事情を聴くべきではないか。電話ではいかようにも誤魔化せても、直接顔を合わせていると嘘《うそ》はつけなくなるものだ。

自席に着くなり、家から持ってきたコーヒーをゆったりした態度で味わっている西川に声をかけた。

「この件、俺はやっぱりやるからな」

「おいおい」西川が顔をしかめる。「無駄だよ。見切りも大事だぜ」

「見切りをつけるほど捜査してないじゃないか」

「無駄だ」西川が呆れたように言い、首を横に振って繰り返した。「もうちょっと効率的にやれよ。勘頼りじゃなくてさ……もしも新しい証拠でも出てきたら、協力する」

「だから、新しい証拠を探すためには、捜査しないといけないだろうが」

堂々巡りになるな、と沖田は予想した。西川は弁が立つ。論理的な話し合いになったら絶対に勝てない。

「分かったよ」面倒臭い話し合いが長引くのを嫌い、沖田は言った。

「分かったって、何が」

「お前は何もやらなくていい。俺は一人で調べる」

「いや、お前、それはまずいだろう……」西川が顔をしかめる。

「そういう決まりだろうが、この係は」

追跡捜査係の仕事は、それぞれが引っかかった事件を追いかけ、ものになりそうだと分かったら一挙に戦力を投入するのが、一番よくあるパターンである。刑事は基本的にコンビで動くという原則も無視。自由と言えば自由なわけで、沖田は今回もこのやり方を推し進めることにした。

「沖田、どういう方向で捜査をするつもりなんだ?」鳩山が割って入った。

「福島にいる加山の母親に話を聴く、それと、当時の南多摩署の署員——刑事課のスタッフにも事情を聴いてみようと思います」

「その方向性は間違っていないが、お前一人じゃ駄目だ」

「どうしてですか?」

「昔の仲間を疑う——そういう事情聴取を客観的にやれるか?」

「いや、それは……」沖田は口ごもってしまった。自分も刑事として経験を積み、相当図々しくなっている。多少のことでは動じないが、それでも未だに怖いものはあった——先輩である。特に所轄時代の先輩には、今でも頭が上がらない。「刷りこみ」のようなものだろう。たまに会うと、無意識のうちに直立不動の姿勢になってしまう相手もいた。

「だいたい沖田よ、これが殺人事件の隠蔽だったとして、その動機は何なんだ?」鳩山が突っこんだ。「そういうケースは、まず考えられない。被害者がどんなクズであろうが、だ」

「面倒臭かったとか?」沖田は自信なげに言った。

「馬鹿言うな」西川が、鳩山の発言に乗って言った。「ホームレスが殺された事件だって、必死に捜査するだろうが。被害者が誰か、なんてことは関係ないんだよ」

しかし、そもそも捜査されない事件——明るみに出ていない事件だってあるはずだ。例えば暴力団同士の殺人事件。被害者は密《ひそ》かに山の中、あるいは海中に葬られ、事件が発生したことすら明らかにならない。こうやって「消えた」犠牲者は、三桁《けた》にはなる、と持論を展開する先輩もいた。根拠はまるでないのだが、何となくうなずける話ではあった。

今回の事件はどうだろう。被害者の身元はいち早く判明していた。状況としては自殺に見える。どうせヤクザ者だから、自殺と判定しても誰も文句は言わないだろう。何しろ殺人事件の捜査には時間も金も人手もかかる——沖田が「隠蔽」を疑う理由の一つが、当時の刑事課長の性格だった。既に定年退職した刑事課長・松岡《まつおか》は、表面上はハードな男——部下に対する当たりは強かったが、その裏には事なかれ主義の素顔が隠れていた。とにかく事を荒立てたくない、ミスしないで済ませたい——人生の最大の目標がそうであるタイプだったのだ。「必死にやれ」ではなく、常に「ミスをするな」と後ろ向きの姿勢だったのを覚えている。当時四十五歳で警部。所轄の刑事課長から本部の管理官になるか、他の所轄の課長に横滑りするかという年齢で……結局、南多摩署から異動して渋谷中央署の刑事課長になったはずだ。彼にすれば、ミスなく南多摩署刑事課長を勤め上げて都心の署に栄転、という感覚だったのだろう。そういう人間なら、面倒な捜査を嫌って「何もなかった」ことにしてしまう可能性もあるのではないか？

自分だけ仲間外れにされていたことも理解できない。まだ若いので、そういうことに巻きこむのは可哀想《かわいそう》だと思ったのか、あるいは余計なことをすると心配されたのか。

両方かもしれない。

「一人でやりますよ――一人でもやります」沖田は宣言した。「しょうがない……三井、お前も一緒に行け」

「お前一人だと危ないんだよ」鳩山が渋い表情になる。

「私ですか？」さやかが自分の顔を指差した。「いや、でも……本当に事件なんですか？」

「だから、事件かどうかを調べに行くんだよ」沖田はむきになって言った。

「監視役だ」鳩山がさらりと言った。「こいつが無茶しないように、お前はしっかり監視しろ」

「監視って……」沖田は鳩山に厳しい視線を向けた。そんなことを露骨に言う係長も珍しい。本気で監視させるなら、密かに命じるのが筋ではないか。

「ああ、そういうことなら分かりました」さやかがさらりと引き受けた。「沖田さん、どこから始めますか？」

「これから考える！」

思わず大声を上げてしまったが、さやかは無反応――まったく動じなかった。だいぶ年の離れた後輩に馬鹿にされたように感じたが、鳩山も西川も知らんぷりしている。

クソ、何なんだ……これじゃまるで、俺は一人で空回りしているようなものじゃないか。

4

帰宅後、西川はそそくさと食事を終えて書斎に引きこもった。何となく不完全な感じ……妻の美也子《みやこ》がいないせいだ。食事の用意はしておいてくれたのだが、一人で食べる夕飯はどうにも味気ない。食後のコーヒーを自分で用意したものの、これも味はイマイチ。美也子は本当に、美味いコーヒーを淹《い》れる才能があると思う。

妻は不在。大学生になった息子の竜彦《たつひこ》はサークル活動とバイトが忙しく、帰って来るのはだいたい夜十時過ぎだ。家族もいつの間にかばらばらになるものだ……。

パソコンを立ち上げ、自分なりに集めた資料を整理する。沖田は「一人でやる」といきり立っていたのだが、放《ほう》っておくわけにもいかない。あの男のことだ、気に食わないと暴走して、さやかに迷惑をかける恐れもある。だったらこっちで少しフォローして、彼女を守ってやらないと。

とはいえ、データ的に調べられることには限りがある。事が起きたのは二十年前で、とにかく話が古い。西川は組織犯罪対策部の知り合いを拝《おが》み倒して、古いデータを引っ張り出してもらうことにした。組織犯罪対策部では、暴力団組員、並びにその周辺にいる人間の情報を集めてデータベースを作っている。これは正式かつ秘匿《ひとく》性の高いもの——部外の人間が簡単にアクセスできるものではないので、西川としても手の出しようがない。アクセスできる知り合いに頼むしかないのだ。

退庁する時にはまだ回答はなかったが、向こうは少し残業してくれたようだ――夜になってメールが届いた。

残念ながら、基礎的なデータしかなかった。生年月日、本籍地、住所、連絡先……あとは逮捕歴。庄田が報告していたように、二回逮捕されていた。最初は二十歳の時で、容疑は暴力行為。詳細は記載されていないが、盛り場での喧嘩《けんか》か何かだろうか……これは相手が訴えを取り下げて、不起訴処分になっている。二回目は二十三歳の時で、容疑は恐喝未遂だった。この時も相手と示談が成立し、やはり不起訴になった。どうにも処分が甘い感じがしたが、この辺を判断するのはあくまで検察なので、警察は手出しできない。

データでは、暴力団との具体的な関《かか》わりは分からなかった。広域暴力団指定を受けている「常道会《じょうどうかい》」の周辺人物とは記載されているのだが、具体的に何をしていたかは書かれていない。

しかし、「周辺人物」か……最近は暴力団員の高齢化が進み、少しでも近づいて来る若手はすぐにリクルートされるのだが、二十年前だと多少事情は違ったかもしれない。いいように使われていたチンピラ、ということだったのではないか。

データはメールで送られてきていたのだが、メールで礼を返しておくだけなのは申し訳なく、西川はスマートフォンを取り上げた。調査を頼んだ組織犯罪対策第四課の後輩刑事、徳山《とくやま》はすぐに電話に出た。

「助かったよ」

「いや、データを引っ張り出しただけですから。役に立ちました?」

「ああ、まあ……」西川は口を濁《にご》した。

「駄目ですか?」徳山ががっかりした口調で訊ねた。

「いや、そういうわけじゃないんだ」西川は慌てて言った。「なにぶん古い話だし、相手も正式な暴力団組員じゃなくて、中途半端なチンピラだったからな。そっちに残っているデータはこんなものだろう」

「ですね。申し訳ありません」

徳山が深々と頭を下げる様が容易に想像できた。この男はとにかく腰が低く、強面が多い組対の中では微妙に浮いた存在だった。今年三十五歳になったのに、まだ二十代にしか見えない。あれでどうやって、ヤクザと対峙しているのだろう。もしかしたら、とても刑事には見えない物腰が、相手を油断させるのかもしれない。西川とは何かと縁がある大友《おおとも》鉄《てつ》も似たようなタイプだ。芸能事務所からスカウトされたという噂《うわさ》があるほどのイケメンで、徳山と同じように一見したところ刑事には見えない。しかし彼の前に出ると、容疑者は何故《なぜ》かペラペラ喋り出してしまうのだ。相手を油断させる、あるいは信頼させる能力は天性のものかもしれない。

「この件、追跡捜査係でひっくり返しているんですか?」

「ひっくり返せるかどうか、事前調査の段階なんだ」

「自殺した、という話ですよね」

「ああ」

「ちょっと調べてみましょうか？　二十年前といっても、こいつと直接会ったことのある刑事はいると思いますよ」

「いや、そこまでやってもらったら申し訳ないよ」西川は即座に言った。「普段の仕事もあるだろう」

「今、暇なんで。何かしてないと、調子が狂うんですよ。何か奢ってもらえばいいですから」

追跡捜査係でやっている仕事を、あまり外に広げたくなかったが、ここは徳山に任せる方が効率的だろう。

「本当にいいのか？」

「もちろんです。明日一日、もらえますか？」

「そんなに早く？」西川は思わず目を見開いた。こいつ、そこまで優秀だったたか？

「お任せ下さい……実はもう、目処《めど》はつけてるんですよ。それと、何か面白い話になったら教えて下さいね。うちも嚙めるようなことかもしれないし」

「確率は……あまり当てにしないでくれ」

もう一度礼を言って、西川は電話を切った。無意識のうちにパソコンの時計を見ると、もう八時になっている。風呂《ふろ》でも入るか——コーヒーを飲み干して、椅子を後ろに下げた

——書斎があまりにも狭過ぎて、普通に回転させてドアの方を向けないのだ——が、そこで風呂の用意をしていないことに気づいた。風呂にタイマー機能はあるのだが、普段は美也子が準備してくれるから、使ったことがない。家を空ける時ぐらい、気を利かせてタイマー設定してくれればよかったのに……いやいや、全部美也子任せでいいわけがない。

部屋を出て、西川は湯船に雑に水をかけた。本当は毎日、きちんと磨いて掃除すべきなのだろうが、取り敢えず見た目は綺麗《きれい》だからいいだろう。それに何より、早く風呂に入りたかった。

湯船にお湯が溜《た》まり始めたのを確認してから、ふと思いついて洗濯機を回すことにした。自分の分の汚れ物が少し溜まっている。今日どうしても洗濯しなければならないほどではないが、こういうのは放っておくと、あっという間に洗濯カゴ一杯になってしまう。

洗濯そのものは面倒ではない。洗濯機に汚れ物を放りこみ、洗剤を適量入れて「開始」スウィッチを押せば済む。面倒なのは干す時だけだ。西川の家では、一階にある四畳半のドライルームで洗濯と乾燥をするのだが、そこまで行くのさえ何となく面倒臭い。美也子には毎日のルーティーンで慣れたものだろうが、たまにやろうとするとひどく大変なことに思えてくる。

まあ、仕方がない。美也子が帰って来た時に洗濯物が溜まっていたら、嫌な顔をされるだろう。逆に言えば、自分の分だけでもきちんと洗濯しておけば、ダメ亭主の烙印《らくいん》は押されないはずだ。

洗濯機を置いているドライルームに向かう途中、玄関のドアが開いた。竜彦が疲れた顔で入って来る。

「どうした？　今日、遅いんじゃないのか？」

「いや、ちょっと体調が……」

「風邪でもひいたのか？」

「だと思うけど――バイト、抜けてきた」

靴を脱ぐだけでも難儀している。見ると、足元は編み上げのブーツだった。あんな面倒な靴……脱ぐのに五分ぐらいかかりそうだ。しかも何となく危なっかしく、ふらふらしている。上がりかまちに腰を下ろし、一休みしてからまたブーツと格闘し始めた。

「薬は？」

「昼に飲んだけど、夜はまだ」

「飯は？」

「食べてない」

「何か食べてから飲んだ方がいいぞ」

「食べるもの、あるの？」

「ああ……」ない。美也子は、西川の分の夕食しか用意していなかった。竜彦はバイトの合間に勝手に食べることになっているからだ。

西川は冷蔵庫の中を思い浮かべた。材料はたくさんある。しかし、それがちゃんと料理に変身するかどうかは別問題だ。とはいえ、何か食べさせないわけにはいかないだろう。

苦闘している竜彦を残し、西川はドライルームで洗濯機を回し始めてから、キッチンに向かった。冷蔵庫を確認すると、ご飯が、小分けして冷凍してある。これがあれば、後は何とか……そうそう、こういう時はおかゆがいいのではないか？　ご飯をお湯にぶちこんで、柔らかくなるまで煮てやるだけだし。しかし、鍋《なべ》を火にかけてお湯を沸かし始めたところで、西川ははたと迷った。ご飯を入れるにしても、一度解凍した方がいいのか？　それとも冷凍のままで入れていいのか？

時間を節約しようと思って、西川は凍ったままのご飯を鍋に入れた。ご飯が鍋底に当たって、かつんと硬い音を立てる。これが食べられるようになるのだろうか……まあ、何とかなるだろう。

他に食べるものは、と……冷蔵庫の中を見ると、自分が食べた煮物の残りがある。これを出して、後は——いや、あれだけ体調が悪そうだとそんなに食べられないだろう。むしろ今は、水分を補給すべきではないか。

何とか靴を脱いで家に上がった竜彦は、ソファにだらしなく腰かけていた。西川は冷蔵庫のポケットにスポーツドリンクを発見し、ボトルのまま渡してやった。竜彦がだるそうに腕を伸ばして受け取り、ボトルを頰に当てる。

「熱、あるのか？」

「たぶん」

「ちょっと待て」

どこかに体温計があったはずだ。納戸か、自分たちの寝室か……どちらだったかと考えているうちに、鍋が沸騰し始める。慌ててガスの火を細め、鍋を睨みつけた。吹きこぼれしないように、見守っていないと。体温計は、取り敢えずおかゆを作ってから探そう。

さて、味つけはどうするんだろう。考えてみれば西川は、おかゆというものをほとんど食べたことがない。最近食べたのは、確か中華料理屋でコース料理を楽しんだ最後の締めだった。あのおかゆには、そこそこ塩味がついていたな。

ご飯が解凍され、グツグツと細かい泡がたち始めている。粘り気も出てきたようで、何となく上手くいっている感じだ。よし、ここで塩を投入……分量が分からないから、勘だ。入れ過ぎたか？　いや、これぐらいは大丈夫だろう。風邪を引いている時は、濃い味のものが食べたくなるものだし。

何とか無事に、おかゆはできた――少なくともおかゆらしくは見えている。お湯を吸ったせいか、意外に量が増えていて、竜彦が普段使っている飯碗《めしわん》には入りきらないぐらいだった。まあ、お代わりすればいいだろう。たっぷり食べれば風邪も治る。まずは栄養と睡眠だ。

竜彦は、しんどそうにスポーツドリンクを飲んでいた。姿勢も崩れており、見るからに具合が悪い。これは、救急車を呼ぶべきではないか？　いや、風邪ぐらいで救急車を呼んだら、消防の連中に申し訳ない。だいたい、もう大学生なのだから、本当にまずい体調かどうかぐらいは自分で判断できるだろう。

「薬は持ってるんだな？」

「途中で買って飲んだ」

「じゃあ、とにかく食べて、薬を飲んで、早く寝ろよ。たっぷり寝れば治るから……明日、大学は？」

「二限から」

「無理するな。一日ぐらい休んだって大丈夫だろう。バイトも休んだ方がいいぞ」

「バイトは休むよ。これ、絶対無理だから」

竜彦が何とか立ち上がった。いかにもしんどそうで、熱やだるさだけではなく、節々の痛みもあるのかもしれない。となると、風邪ではなくインフルエンザの可能性もあるのではないか？　そうなったら厄介だ。明日、病院へ連れて行かないと。

おかゆを一口食べた瞬間、竜彦が顔をしかめた。

「どうした？」

「いや……これ、味つけ、どうしたの？」

「塩だけだぞ」

「入れ過ぎたでしょう？」

「塩の分量なんか、いちいち見てないよ」

「自分で食べて確認してみたら？」

西川はスプーンを持ってきて、おかゆを一口だけ食べてみた。確かにしょっぱい——いや、かなりしょっぱい。煮詰まる間に塩気がきつくなってしまったのだろう。おかゆなんて簡単に作れるものだと思っていたのだが、意外に難しい。

「作り直すか？」

「これでいいや」諦《あきら》めたように竜彦が言った。「とにかく食べて、早く寝ないと……ママ、いつ帰って来るんだっけ？」

「明日」

「そうかあ」竜彦が溜息をついた。「やっぱり、ママがいないといろいろ厳しいね」

「まあ、それはそうだけど……」ここで文句を言われても、と西川は内心不満だった。しかし、体調の悪い竜彦にクレームをつけても何にもならない。取り敢えず、体温計を探さないと。

ところが、その体温計がなかなか見つからない。納戸——きちんと整理されているものの、物が多過ぎてどこに何があるかさっぱり分からない。ああいうのは大抵、薬箱に入っているはずだから、薬箱を探せばいいのだが、そもそも薬箱はどこだ？　納戸の捜索を諦め、早々に寝室に移った。チェストの上に置いてあったのではないか？　そこで見たような記憶がある。しかしチェストの上にはなかった。となると、クローゼットか……よし、あった。見慣れた薬箱が、クローゼット上部の棚に乗っている。こんな分かりにくいところに置くなよな、と思ったが、美也子に文句を言うのは筋違いだろう。家のことは彼女に任せきりで、どこに何があるか把握《はあく》していないのは自分の責任ではないだろうか。

中を確認して、風邪薬も見つけた。まあ、竜彦は自分で薬を買ってきたというから、それを飲んだ方がいいだろうが。取り敢えず、薬箱ごとリビングルームに運んで、竜彦に体温計を渡す。飯碗が空になっていたのでほっとした。これだけ食べられたのだから、それほど重症ではないだろう。

「もう少し食べるか？」

「いやあ……」竜彦が渋い表情を浮かべる。「ごめん、これで限界」

「そうか」

少しむっとしながら、西川は食器を片づけた。食べ終えたらすぐに始末しないと、洗い物が溜まるばかりだからな……水を流し始めたところで、小さな電子音が聞こえ、続いて竜彦が「げげ」と声を漏らした。

「何度だった？」

「八度六分」

「高いな……今日は風呂に入らないで寝ろよ」

「そうする」

洗い物を終えて振り向くと、竜彦がスポーツドリンクで薬を流しこんだところだった。水でなくスポーツドリンクで大丈夫なのだろうか？　いや、こちらの方が体には優しいはずだ。

「ママ、ずっとこの調子なのかな」

「しばらくは——そうだな。こんな感じじゃないかな」

「毎週は参るよね」

「心配なんだよ。そこは分かってやれ」

「でも、行って何ができるのかねえ」

「そこが難しいところなんだ。看病できるわけじゃないから、家のことだけをやってるみたいだけど」

美也子の母親は、夫が亡くなった後、調子を崩したままだ。軽い鬱《うつ》症状——体調が悪いわけではないが、家事をする気がすっかり失《う》せてしまったようなのだ。地元の静岡には美也子の兄が住んでいるが、義母は、兄夫婦の世話を受けるのを嫌がっている。こういう時はやはり娘の方が頼りになるのか……結果、美也子は毎週のように里帰りするようになって、西川家の生活パターンは一変した。金の問題も馬鹿にならない。静岡までの新幹線の往復だけでも、一万円を軽く超えるのだし……。

この問題の厄介な点は、先が見えないことだ。変な話だが、最終的には死ぬまで面倒を見なければならないだろう。しかし義母はまだ七十代になったばかりなのだ。まったく健康で、病気に襲われる心配もなさそうである。これから二十年以上、同じような日々が続いてもおかしくはない。いっそのこと、家に引き取った方がいいのではないか……この家には一部屋余っているから、静岡の実家は残したまま、ここで暮らしてもらうことも不可能ではない。実際、美也子が一度この話を持ち出したことがあるそうだが、あっさり却下されたという。やはり、長く夫婦で暮らした家を離れるのは気が進まないのだろう。そもそも義母は静岡生まれ静岡育ちで、生まれてから一度も、地元を離れて暮らしたことがないのだ。今更故郷を離れることには、抵抗もあるだろう。

無理強いはできない。

その結果、美也子の負担が大きくなる。自分たちは、多少の不便は我慢すればいいのだが……しかしこのところ、西川は調子が微妙に狂ってきていると意識していた。今まで、家のことは全て美也子に任せていたのだと改めて気づく。面倒なことは全部妻に押しつけて、自分は好きな仕事だけをしてきた。申し訳ないとは思うが、仕事に影響が出るのはたまらない。何とかしないといけないのだが、上手いアイディアが浮かばなかった。何というか……自分は、仕事の点では平均以上の能力を発揮しているはずだが、一人の家庭人としては失格なのではないか。

どうにも上手くいかない。自分の精神状態も揺れていることを、西川ははっきり意識していた。

5

辻峰雄《つじみねお》。沖田には懐かしい名前だった。自分が南多摩署で刑事になった時の刑事課強行係の係長で、最初の「直属の上司」と言っていい人物である。強行係と言っても、当時の人数はわずか五人。それ故関係は濃く、だいぶきつく指導を受けた――今考えると、それほど厳しいものではなかったが、刑事になりたての頃には結構堪《こた》えたものだと思い出す。

辻は当時、四十五歳ぐらいだっただろうか。数年前に定年になった時には挨拶《あいさつ》していたが、その後はどうしただろう。民間の会社で再就職すると聞いていたが、それでももう六十五歳である。二度目の定年を迎えてもおかしくない年齢だ。

電話をかけるのに、少しだけ躊躇った。もしかしたら携帯の番号が変わっているかもしれないし……その場合は自宅へかけることになるのだが、その番号は沖田のスマートフォンには入っていない。一度家に帰って確認する必要があるのだが、それが何だか面倒臭かった。

電話しにくい理由は自分でも分かっていた。鳩山が指摘していた通り、この件では、下手をすると昔の先輩たちを調べることになるのだ。あの頃は……ずいぶん厳しく指導され、「チクショウ」と歯を食いしばったことも何度もあったが、基本的に今ではいい想《おも》い出《で》である。異動した後は、どこかで一緒になる度に、思い出話に花を咲かせることもできた。一つだけ、棘のように引っかかっているのがあの自殺……もしも殺人事件となれば、隠蔽した責任を問わざるを得ないだろう。自分にそんな権利があるのか……いや、追跡捜査係の刑事としてはそれこそが仕事なのだが、精神的に耐えられるかどうか、分からない。

もちろん、警察官もミスはする。意図的に犯罪に手を染める悪質な警察官もいる。そういう悪い警察官を調べることに抵抗感はなかったが、顔見知り——深い関係だった相手となると、話は別である。

夕方、全員が引き上げた追跡捜査係で一人になり、沖田はスマートフォンを弄《もてあそ》び続けた。「監視役」のさやかには、「動き出すのは明日だ」と言い渡して引き上げさせている。だから、今から動けば監視なしで一人でやれるのだが……思い切って辻の電話番号を呼び出し、通話ボタンを押す。

辻は、呼び出し音が二回鳴った後で電話に出た。

「沖田です」

「おう……おう」辻の声に喜びが溢《あふ》れた。「久しぶりだな。どうした」

「こんなこと言うと辻さんはお怒りかもしれませんけど、今、うちはちょっと暇でしてね」

「いや、いろいろ忙しいって聞いてるぜ。それよりそろそろ、強行班に戻ったらどうだ」

「いやあ……」いきなり爆弾を落とされ、沖田は苦笑した。追跡捜査係への異動は、何も希望してのものではなかった。最初は、それほど長くここで務めることなく、元々の所属だった強行班に戻れると思っていたのだが、追跡捜査係の在籍もかなり長くなってしまっている。最近は、強行班への復帰を意識することもほとんどなくなった。

「しかし、警察が暇なのは悪いことじゃないんだぞ。事件がない証拠なんだから」辻が慰《なぐさ》めるように言った。

「とにかく、暇になったら急に辻さんの顔を思い出したんですよ……久しぶりに飯でも食べませんか?」

「ああ、いいな」辻はすぐに乗ってきた。昔からつき合いはいい人だったのだが。「いつだ?」

「辻さんがよければ、今日にでも」

「おいおい、ずいぶん急だな」辻が声を上げて笑う。

「俺は、思いついたらいつでも、すぐなんですよ」

「知ってるよ。相変わらずだな……まあ、いいよ。俺は暇だし」

「辻さん、今は何を……」

「悠々自適だ。俺ももう、六十五だぜ？　年金も貰《もら》ってるし、あくせく働く必要はないんだよ」

「いいですねえ……」

「馬鹿言うな」辻が笑い飛ばした。「お前の場合は、あくせく働いてないと死んじまうじゃないか」

回遊魚、という言い方をよくする。泳ぎをやめると死んでしまう魚……実際、沖田は少しでも暇になると苛《いら》ついて、余計なトラブルに巻きこまれる。

今もそうだったわけだが——その暇は終わりになりそうだ。辻は、今晩会うことをあっさり了承してくれたのだ。

そうか、辻はなかなかいいところに住んでいるわけだ……戸越銀座《とごしぎんざ》の賑《にぎ》わいに身を晒《さら》しながら、沖田は羨《うらや》ましくなった。辻の自宅は、戸越銀座の最寄駅である都営浅草線戸越《とごし》駅の隣、中延《なかのぶ》駅近く。今は、呑みに行く時はだいたい戸越銀座だという。中延もそこそこ賑わう街なのだが、戸越銀座は「東京で一番長い」商店街と言われている。とにかく店が多く、下町っぽい雰囲気に満ちた居心地のいい街だ。そう言えば、西川の家もここからそれほど遠くない……ぎりぎり山手線の内側なのだが、相当無理をしたのは間違いない。「小さな家だ」と本人は自嘲《じちょう》気味に言っているが、山手線の内側に一戸建てを持つのは、一介の警察官にとっては身の程知らずと言っていい買い物である。奥さんがしっかりしている証拠だ。

それにしても焼肉ね……どうやら辻は元気なようだ。六十五歳になってもしっかり肉を食べられるのは、頼もしい限りである。

煙と匂《にお》いが、店の外にまで漂っている。これはいい誘い水になるよなあ……ドアを引いて入ると、充満する煙のせいで店内は薄暗いぐらいだった。まだ七時前だというのに、店内の熱気は最高潮に達している。

「沖田！」

どら声で呼びかけられ、沖田は思わず苦笑した。そんなにでかい声を出さなくても、すぐに見つけますよ……しかし実際には、目を凝らしても辻はすぐには見つからないほど、店内は煙っていた。

店内の真ん中のテーブルについている辻を見つけて一礼し、前に座る。辻は既に呑んでいた。ただし、昔のように豪快に大ジョッキのビールではなく、ハイボールのようだ。まあ、ハイボールは流行《はや》り物だしと思い、沖田も同じものを頼む。

「こういうところでは余計な話は無用だな。さっさと食べよう」

急いでいるのだろうかと内心首を傾げたが、考えてみれば辻は昔から焼肉好き、そして忙《せわ》しない男だった。よく奢ってもらったのだが、だいたい同じ店に一時間といることはなかった。

今日も激しい勢いで肉を焼き、食べ、酒を流しこみ……見ているだけでペースが上がってくる。沖田も四十代半ばになり、最近は飯ぐらいはゆっくり食べたいと思っているのだが、久しぶりにハイスピード、フルスロットルで満腹になってしまった。

「さて」最後の肉をハイボールで飲み下した後、辻が膝《ひざ》を叩いた。「行くぞ」

「相変わらずですね」沖田は苦笑した。「もう一軒、どうですか？　この辺のいい店を紹介して下さいよ」実際、肝心な話はまったくできなかったのだ。ほとんど、昔の仲間の想い出話だけ……。

「いや、酒はもういい。近くにいい喫茶店があるから、そこにしよう」

「いいんですか？」辻は体が大きく、とにかくよく食べ、呑む男だった。さすがに六十五歳になると、酒量は減ってきたのだろうか。

「最近、喫茶店に凝ってるんだよ。コーヒーじゃなくて喫茶店そのものにな」

「そうなんですか？」

「チェーンじゃない、昔ながらの喫茶店は少なくなってるだろう？　昔、俺たちが聞き込みの最中にサボってお茶を飲んでたような店」

「ああ」沖田も顔が綻《ほころ》ぶのを感じた。自分も、そういう喫茶店は嫌いではない――いや、好きだった。

「絶滅する前に、そういう喫茶店を楽しんでおこうと思ってな。この辺にも、そういう店が何軒かあるんだ。そっちはお前が奢れよ」辻がズボンの尻《しり》ポケットから財布を抜いた。

「いや、ここも出しますよ」

「まだお前に奢ってもらうほど金には困ってない」辻がにやりと笑った。「コーヒーをよろしくな」

二人は、メーンの通りをぶらぶらと歩き出した。既に午後八時だがまだ人出は多く、真っ直ぐ歩くにも苦労するほどだった。しかし辻は慣れた様子で歩いて行く。

「この商店街には、よく来るんですか？」

「そうだな。二日に一度は来る。飯を食ったり買い物をしたり……最近は、ここから先へは滅多に行かないね」

「便利そうな街ですからねえ」

「そういうこと……そこを右だ」

小さな路地に入ると、民家の一階に喫茶店があった。確かに昔ながらの喫茶店……中に入ると、年季の入ったインテリアが気持ちを落ち着かせてくれた。煙草の臭《にお》いが染みついているのもありがたい——喫煙可の店か。沖田は、カウンターに灰皿が載っているのを目ざとく見つけた。

閉店三十分前、という感じだろうか。二人の他に客はいない。辻は顔見知りらしい店主に軽く挨拶し、奥の席に陣取った。二人ともコーヒーを注文してから、沖田は辻の許可を得て煙草をくわえた。

「まだ煙草なんか吸ってるのか」馬鹿にしたように辻が訊ねる。

「辻さんだって、昔はチェーンスモーカーだったじゃないですか」

「定年と同時にやめたんだ」辻が打ち明けた。「煙草っていうのは、ある日突然吸いたくなくなるもんだな。それまで、女房に散々嫌味を言われて、何度も禁煙しようとしてもできなかったのに、定年で家に帰った日に、残っていた煙草とライターを捨ててそれきりだ」

禁煙に成功した人の話を聞いていると、何だか居心地が悪くなってくる。沖田はまだ長い煙草を灰皿に押しつけた。

「で？」辻が、運ばれてきたコーヒーに砂糖とミルクを加えながら言った。「本当は、何か用事があるんだろう？」

「率直にお伺いしますが」沖田はすぐに切り出した。辻は基本的に、面倒なやり取りを嫌う男なのだ。「加山貴男という男が自殺した案件があったでしょう？　俺が交番から刑事課に上がってすぐでした」

「さて……名前が出てこないな」

とぼけているのか本当に忘れているのか、分からなかった。定年まで勤め上げた刑事が、対面した遺体を全て覚えているとも思えないが。

「俺が非番の日に起きた自殺で、後から知ったんです。多摩川の河川敷で、自分で首を切って死んだ男で……マル暴の周辺にいる人間でした」

「ああ」辻が大きくうなずく。「あったな、そんな自殺」

「あれ、本当に自殺だったんですか？」

「いきなり何を言い出すんだ」辻が声を上げて笑った。「もちろん、あれは自殺だよ」

「辻さんも現場に行ったんですか？」

「いや、俺は行ってない」辻が首を横に振った。「あれは……遺体が発見されたのは夜だったよな？」

「夜中……午前一時過ぎですね」

「俺はとうに家に帰っていて、あの時は当直の連中だけで処理したんじゃないかな」

「強行班の係長が現場に行かなかったんですか？」

「何か問題でも？」辻が首を傾げる。「自殺ぐらいじゃ、一々自宅から呼び戻されることはないよ。何のために当直がいると思ってる？」

「いや、そうなんですけど……」沖田は新しい煙草をくわえた。「あんな場所で自殺なんて、変だと思いません？」

「お前、現場は見てないんだろう？」

「ええ。非番というか、連休だったんですよ」

沖田は、当時の状況をすっかり思い出していた。刑事になって初めてもらった連休だった。土曜の夜に当直、日曜は「明け」になって丸一日が非番になる予定だったのだが、土曜の夜に調布駅近くで傷害致死事件が発生し——喧嘩の末だった——その始末に追われて、結局日曜の夕方、当直が交代する時間まで仕事を続けてしまった。それを哀《あわ》れに思ったのだろう、当時の刑事課長が「月火と連休にしていい」と気を遣ってくれたのだった。刑事になりたてで、精神的にも肉体的にもへばっていた沖田は、一も二もなくこの連休をありがたく受け取ったのだが、問題の自殺——クエスチョンマークつきだ——は月曜の夜に発生し、沖田が気づいたのは水曜の朝である。

「俺も現場を見てないから偉そうなことは言えないけど、自殺という結論が出たんだから、何も問題ないだろう。お前、何だと思ってるんだ？」

「自殺じゃない、と」沖田は低い声で言った。

「じゃあ、何なんだ」

辻がぐっと身を乗り出す。歳を取ったとはいえ、巨体の迫力は往時《おうじ》のままだった。しかし沖田は一切身を引かず、少し近くなった距離を挟んで辻と対峙した。こっちだって、もう駆け出しじゃない。刑事として脂が乗り切った年齢で、「元警官」と対決するぐらいは何でもないんだ――しかし、煙草の煙を吐き出す際には気を遣って顔を背《そむ》けざるを得ず、それが何となく「負け」をイメージさせる。

「お前、何を心配してるんだ?」

「あれが自殺じゃなかったら、どうなります?」

「どうもこうも……その仮定はそもそも違ってるだろうが」

呆れたように言って、辻が両手をさっと広げた。それと同時に背中を椅子に押しつけたので距離が開き、「圧」が少しだけ薄れる。沖田は煙草を二度、三度とふかしてから、灰皿に押しつけた。

「辻さん、まったく何の疑いも持ってないんですか?」

「正直、よく覚えてない」辻が苦笑した。「自分で直接扱った案件でもないし、二十年も前のことになると、記憶も曖昧になるよ。ただ、当時は自殺ということで結論が出て、何の問題もなかったはずだ」

「俺は……何だか仲間外れにされていたような感じがしてたんですけど」

辻が一瞬、ぽかんと口を開けたまま沈黙した。次の瞬間には爆笑し、手にしたコーヒーカップから少し溢れてしまう。

「よせよ」

「いや、本当にそんな風に感じたんです」

「何かやらかしたからじゃないか？　お前、昔から先輩の機嫌を損ねる技術は天下一品だったからな」

「辻さんを怒らせたことはないと思いますけど」

「俺はな……でもお前は、一年上の所《ところ》にも、二年上の井本《いもと》にも、大ベテランの石《いし》さんにも、松岡課長にさえ平気で突っかかっていったじゃないか。そんなことが積み重なれば、先輩たちがちょっとぐらい無視して痛い目に遭わせてやろうって気になってもおかしくない……ああ、そうか」納得したとばかりに、辻がうなずく。「お前、『これは自殺じゃありません』って課長に反抗してたよな」

「そうですけど……」

「自分が判断を下した件で、他の課員の前であんな風に批判されたら、課長だって怒るさ。それで、課員たちが忖度《そんたく》して、しばらくお前を干す気になったんじゃないか？」

「下らない話じゃないですか」

「お前が無茶を言うからだよ」辻が苦笑する。「どう考えても自殺なのに、殺しだなんて言われたら——しかも何の根拠もなくそんなことを言われたら、ベテラン捜査員は激怒するさ。自分の見立てが間違ったと批判されるようなものだろう？」

「そうかもしれませんけど……」

「仮にだよ、今のお前が駆け出しの刑事から同じように言われたらどうする？　お前の性格からして、怒るだけじゃ済まないだろう。何やかやと理屈をつけて、鉄拳制裁《てっけんせいさい》するんじゃないか？」

「まさか。俺も少しは丸くなったんですよ」

言いながら、沖田はなおも胸の中にわだかまりが残っているのを意識した。何だか、辻に上手く丸めこまれた感じがしてならない。

「あの頃はまだ、新人刑事なんてボロ雑巾、みたいな考え方が残っていたからな」辻が自分の言葉に納得したようにうなずく。「がしがし洗って、手荒く絞って、そんなことを繰り返しているうちに一人前になる——その感覚、分かるだろう？」

「ひどい時代でしたよ」

「馬鹿言うな」辻が笑い飛ばした。「俺が若い頃はもっとひどかった。あの頃に比べたら、お前の若手時代なんか、天国みたいなものだったぞ……とにかくあれは、間違いなく自殺だった。今更ひっくり返しても、何が出てくるわけじゃないと思うけどな。追跡捜査係だって忙しいんだろう？　あまり無駄足を踏むのはどうかと思うね」

「はあ……」

「いやいや、これは失礼」辻がさっと頭を下げた。「現役バリバリの後輩に対して、批判めいた発言はいかんな。俺ももう、現役を退いて長いんだ。すっかりオッサンなんだから、余計なことを言う資格はないわな」

「先輩のアドバイスなら、いつでも聞きますよ」

「仕事の件では特に言うことはないけど、お前、まだ結婚しないのか？」

「はあ、まあ」話をこっちに振ってきたか。この件になると、沖田は圧倒的に不利——防戦一方になる。

「何だ、つき合っている相手もいないのか」

「そういうわけじゃないですけど、いろいろ難しい事情がありまして」沖田は響子のことをつい話してしまった。そう言えば辻は、現役時代、取り調べが得意だったな、と思い出す。

「なるほど。ハードルはかなり高いな。ただ、一番大事なのは向こうの気持ちだ」

「俺の気持ちじゃないんですか？」

「男の気持ちなんざ、どうでもいいんだよ」辻が鼻を鳴らす。「常に女性優先。相手が幸せなら自分も幸せになる——結婚四十年目を無事に迎えた男のアドバイスだから、間違いないぞ」

ぐうの音も出ない。何だかすっかり新人時代に戻ってしまったような気分だった——いや、何も分かっていなかったあの頃の方が、まだ平気で先輩に逆らっていた。

6

所光康《みつやす》、井本多佳雄《たかお》、石沢浩二《いしざわこうじ》、係長の辻峰雄——それに沖田を加えた五人が、二十年前の南多摩署刑事課強行係の面々である。刑事課全体を統括《とうかつ》していたのは、課長の松岡茂《しげる》。

刑事課には他に盗犯、知能犯の担当者もいたはずだが、これは無視していいだろう。西川は取り敢えず、強行班全員の名前とキャリアを頭にインプットした。

沖田とさやかが、追跡捜査係の打ち合わせスペースで話し合っている——実際にはさやかが一方的に怒っているようだ——間に、西川は話を聴くべき人間との接触方法を検討した。

現役の刑事に関しては、接触はしやすい。沖田より一年年長の所は、現在渋谷中央署刑事課の強行係に所属している。階級は巡査部長。昇任試験に失敗し続けているのか、何か他の理由があるかは分からないが、ずっと巡査部長のまま、所轄の刑事課を転々としているようだ。まあ、おそらく……本部で勤務する能力はなし、と烙印を押されているのだろう。一方、二年年長の井本は順調に出世して、現在、第三機動捜査隊の副隊長になっていた。前職は所轄の刑事課長だから、五十歳を前にして、もう少し頑張れる気分でいるだろう。本部の課長職、ないし署長の座を狙《ねら》っているかもしれない。

当時もベテランだった二人は、既に定年退職していた。辻は健在のようだが、石沢は去年、病死している。二十年前には五十一歳だったから、亡くなった時は七十歳か……平均寿命にも満たないが、病気は誰をも平等に襲う。データで調べただけだが、今のところ不審な点は見つからなかった。

「……だから、勝手なことはしないで下さいって言ってるんです！」

打ち合わせスペースからさやかの甲高《かんだか》い声が聞こえたので、西川は思わず顔を上げた。

沖田が何かもごもごと言い訳したようだが、さやかの怒りはまったく鎮まらない。「監視役を無視してどうするんですか？　私が一緒にいると何か都合の悪いことがあるんですか？」と文句をまくしたてる。

どうやら沖田は、「監視役」のさやかを無視して、勝手に何かやらかしたらしい。それがバレて、締め上げられているのだろう。さやかも気が強い方だから……苦笑しながら西川は立ち上がった。そろそろ、沖田に助け舟を出してやらないと。

短い距離を歩いて行くうちに、ふいに決心が固まった。

沖田をこのまま勝手に暴走させておくとまずい。さやかの監視も今ひとつ頼りないし、ここは一つ、俺が積極的に出て行くべきではないか？　実際今は、取り組んでいる案件もないのだし。

さやかは腕を組んで、沖田を睨みつけていた。沖田はというと、椅子に背中を預け、天井を仰いでいる。対照的な二人を見て、西川は思わず笑ってしまった。

「何だよ」沖田が鋭い視線を投げつけてくる。

「いや、三井に調べられてるみたいじゃないか」

「実際、取調室に放りこみたいぐらいですよ」さやかが唇を尖《とが》らせる。「沖田さん、昨夜勝手に、昔の先輩に会いに行ったんです」

「だから、一緒に飯を食っただけだって」沖田が言い訳がましく言った。「別に何の話も出なかったし……」

「出なかったじゃなくて、引き出せなかった、の間違いじゃないんですか？」さやかが鋭く厳しく指摘する。「一人でやるのは無理ですよ。だから私が一緒に行くって……」

「誰と会ってたんだ？」西川は、沖田の椅子を引いてきて座ると訊ねた。

「辻さんっていう、昔の係長」

「辻峰雄さんね……当時は警部補、最後は港南署の刑事課係長で退職。定年後は民間の警備会社で五年働いて、それも辞めて今は悠々自適ってところか」

「何で知ってるんだ」沖田が目を見開く。

「暇だったから、当時の南多摩署刑事課のことは調べてみた。すぐに分かったよ」

「何でそんなことしたんだ？　お前には関係ないだろう」沖田が抗議した。

「だから、暇だったからだよ……ついでに、お前一人にこんなことを任せておいたら、えらいことになると思ったからだ。ま、いつものことだけどな」

「まったくですよ」さやかが同調する。「沖田さん一人だったら、絶対に暴走します。だいたい、こんな案件を冷静に処理できるはずがないんですよ。むしろ沖田さんを外して、私たちだけでやった方がいいんじゃないですか」

「おい、これは俺の事件だぞ」沖田がむっとした口調で反論した。

「それで昨夜、ちゃんと話はできたのか？」こういう時こそ冷静に、と思いながら西川は訊ねた。

「いや、それは……」沖田が口籠《くちご》る。

「上手く丸めこまれたんじゃないか？　人間は、歳を取れば取るほど狡猾《こうかつ》になるからな。お前みたいに、香車《きょうしゃ》のような動きしかできない人間を騙《だま》すのは簡単だ」

「辻さんが嘘をついたって言うのか？」沖田が色をなして言った。

「そんなことは分からない。俺が話を聴いたわけじゃないし」西川は敢《あ》えて素っ気なく突き放した。

「だろう？　だったらいい加減なことは言うなよ」

「まあまあ」西川は沖田を宥《なだ》めた。「とにかく、会うべき人間も何人かいるだろう？　手分けした方が早いから、手伝ってやるよ」

「大きなお世話なんだよな……」そう言いながらも、沖田はそれ以上抵抗しなかった。この件を調査することの難しさを、実感し始めているのだろう。

「だったらまず、事情聴取する相手の割り振りをしよう。当時の南多摩署刑事課強行係には、お前の他に四人がいた。そのうち今も現役の人が二人、辞めた人が二人——そのうち一人はもう亡くなってるけど」

「石さんだ」沖田がうなずく。

「ああ」

「去年、葬式に行ったよ」

「そうか……」沖田は、二十年前の同僚と今も通じているわけか。西川はそこまで、人間関係に拘泥《こうでい》していない。仕事に関して言えば、基本的には一期一会、一緒になった時には徹底的に協力し合って仕事をするが、終わればそれきり、ということも珍しくない。

「他の人たちとは、よく会ってたのか?」

「いや、そういうわけじゃない。何となく会いにくい……分かるだろう?」

「仲間外れにされたことが、未だにトラウマになってるのか?」

沖田は何も言わなかったが、かすかに歪《ゆが》んだその表情を見て、西川は自分の指摘が当たっていると確信した。

「課長は、この件の本丸みたいなものだな。直接話を聴く前に、他の先輩たちに会いに行くか。俺は渋谷中央署に行く。所さんが、刑事課の強行係にいるからな」

「何で近い方を取るんだよ」沖田がむっとした口調で言った。

「こっちは好意で手伝ってやるって言ってるんだから、お前には選択肢はないんだ。さっさと立川《たちかわ》に行ってこい」

第三機動捜査隊は、立川にある第八方面本部に入っている。第八方面本部は国営昭和記念公園に隣接する一角にあり、都心部からの車でのアクセスは少し不便だ。公共交通機関を使うとなると、多摩モノレールの高松《たかまつ》が最寄駅になるが、やはり警視庁本部から行くのは多少面倒、という気分が働く。

というわけで西川には、自分が行くのは渋谷中央署、という選択肢しかなかった。

「しょうがねえな」沖田も結局、西川の提案を受け入れた。立ち上がると、さやかに声をかける。「行くぞ」

「沖田さん、そんな偉そうなこと言えた立場なんですか？」

「ああ、分かった、分かった。飯を奢るから」

「それぐらいじゃ誤魔化されませんよ」どうやらさやかの怒りは本物のようだった。

二人が出て行くのを見送ってから、西川は庄田に声をかけた。

「今の話、聞いてたか？」

「あんなでかい声で話してたら、全部聞こえますよ」庄田が苦笑する。「俺も行きますけど……」

「頼む。ただし君には、昼飯の奢りはないけどね」

「分かってますよ」

うなずき、庄田が椅子の背に引っかけていた背広に袖を通した。まあ……これでいいんだろう。沖田が暴走して変なことになるよりは、俺がちょっと手を貸す方がましだ。

しかしこれが、相当難儀な捜査になることは分かっている。二十年前に自殺と判断された案件を、今更殺しだと証明できるのか？　本当に殺しだったとしても、事実を隠したのは刑事たちである。

敵にして一番困る相手が刑事なのだ。

渋谷中央署は、明治通りと六本木通りの交差点にあり、すぐ脇を首都高三号線が走っている。巨大ターミナルの渋谷駅からもすぐ近くだ。しかし実際には、駅からは歩道橋を渡っていかなくてはならないので、心理的な距離はそれほど近くない。渋谷は、その名前の通りに谷底にある街なので、駅近辺であっても歩き回るのは少しだけ面倒なのだ。現在は駅を中心に街が再開発中で、完成後は周辺のビルをデッキで繋《つな》いで行き来が楽になるというのだが、渋谷中央署もその恩恵に与《あずか》るのだろうか。

突然の訪問に対して、所は鬱陶しそうな表情を隠そうともしなかった。

「追跡捜査係が何の用ですか？　うちの未解決事件でも掘り返そうとしているとか？　だったら、係長なり課長なりに聞いてもらわないと」

「いや、所さんに用事があるんですよ」

「俺？」所が自分の鼻を指差した。

愚鈍《ぐどん》、という形容詞が脳裏に浮かぶ。小太り、間の抜けた表情、少し薄くなった頭髪……この外見と裏腹に、切れ味抜群の推理を見せる男である可能性もあるが——いや、確率はゼロに近いだろう。西川は、初対面の相手の本性を見抜く能力に自信がある。

「ちょっと話をする時間はありますか？」

「忙しいんだけどねえ」とてもそうは見えなかったが……西川と庄田がここに到着したのは、午前十一時。普通の刑事なら、外回りをしている時間帯だ。なのに所は、自席で新聞を広げて読んでいる——じっくり読んでいた。仕事などまったくなく、とにかく定時まで新聞で時間潰しという感じである。これではまるで、定年間近の窓際族《まどぎわぞく》だ。まだ五十歳にもなっていないのに、これから定年までの長い時間をどう過ごすつもりなのか。まあ……

戦力としては計算しなくてもいいのだろう。どの組織にも、まったく使えない人間が二割はいるというし。こういう人間は、再教育するよりも「いないこと」にしてしまった方が気疲れしない。そいつらの分は、他の人間が頑張れば十分カバーできるのだ。

「刑事課で話をするのはまずいでしょう」西川は指摘した。

「どうして」

「そちらが構わないなら、ここで話してもいいですけど、どうします？」

所が目を瞬《また》かせた。必死で何か計算している様子だったが、この様子を見た限り、適切な答えは出てこないだろう。もしかしたら警察官人生でずっと、「どんな仕事をすべきか」探し続け、何の解答も思い浮かばないままここまで来てしまったのかもしれない。そういう警官を、西川は何人も知っている。

「外でお茶でも奢りますよ」西川は切り出した。

「いや、勤務中なんでね」

「だったら、会議室でも——」

所がいきなり立ち上がった。激怒するのかと思ったが、西川を冷たい目で睨みつけるだけで一言も発しない。しかし唐突に外へ向かって歩き出したので、西川は後を追った。所は刑事課を出ると、廊下の壁に背中を預けた。刑事課内で話をするとまずいかもしれないが、あくまで自分の「巣」から遠く離れるつもりはないのだろう。その感覚は何となく理解できる。

「で？　何の話ですか」

所が腕組みをし、西川に厳しい視線を浴びせた。本当は立ち話ではなく、どこかに座ってじっくりと対決したいのだが、いつでもベストコンディションが作れるとは限らない。これがそもそも失敗だったのだ、と西川は悔いていた。余計な準備をさせないためにと急襲したのだが、これでは、沖田の乱暴なやり方と変わらないではないか。事前に電話をかけて通告し、どこかへ呼び出す手もあった。

何だかいつものペースが乱れている——気を取り直して、西川は質問をぶつけ始めた。

「所さんは二十年前、南多摩署に在籍してましたよね？」

「ああ、調布？」所が腕をだらりと垂らした。「いたけど、それが何か？」

「刑事課の強行係、でしたね」

「そうだったな」

「加山貴男という人を覚えていますよね」

「加山貴男？　……さあ」

惚《とぼ》けているのかどうか、にわかには判断できなかった。表情はやはり愚鈍……目が濁っていて、心の底が見えない。

「多摩川の河川敷で自殺した男です。マル暴の周辺にいた人間と認識されていました。当時、三十歳」

「ああ、はいはい」所の声が急に甲高くなった。「そう言えば、そんな案件、あったな」

「その二日前に、調布駅近くで傷害致死事件があって、忙しかった時期だと思いますが」

「いや、あれは別に大した事件じゃなかった。酒の上での喧嘩がエスカレートしただけだから。犯人もその場で逮捕できたし、現行犯みたいなものだった」

「その事件から二日後の自殺ということですが……きちんと捜査はされたんですか？」

「どうかな」

「してないんですか？」西川は大袈裟に目を見開いて見せた。惚けているのか、本当に何も知らないのか、言葉と態度からだけでは判断が難しい。

「俺は現場に行ってないんだよね。確か、夜遅い時間……少なくともこっちは閉店してる時間だったんじゃないかな？　だから当直の人間が処理して、それで終わったと思う。何しろ単なる自殺だから、そんなにややこしい話じゃなかったはずだよ」

「現場に行ったのは誰ですか？」

「さあ」所が首を捻る。「そこまでは覚えてないな」

「刑事課の人ですか？」

「だろうね。当直には必ず刑事課の人間も入ってるから」

「所さん以外で……辻係長ですか？　それとも井本さん？　あるいは亡くなった石沢さん――沖田ではないですね」

「追跡捜査係って言えば、何で沖田が自分で話を聴きに来ないんだ？　あいつも人を使うような偉い立場になったのかね」馬鹿にしたように所が言った。

「私は別に、沖田の部下じゃありません」

「ああ、そう」所が急に関心をなくしたように相槌《あいづち》を打った。「まあ、俺にはどうでもいいことだけど」

「──それで、現場には誰が行ったんですか？」西川は話を本筋に引き戻した。

「そこまで覚えてない。井本か、あるいは石沢さん……二人のうちどっちかじゃないかな」

「間違いないですか？」

「いや、そう突っこまれてもねえ」所が口籠る。

「課長ではなかった？」

「課長は現場に行ったんじゃないかな。確か、自宅から呼び出されて……課長はあの頃、署からそれほど遠くない場所に住んでたんだよ。そうそう、府中《ふちゆう》だったな」

「課長が呼び出されたのは、間違いないんですか？」

「だと思うよ。次の日、風邪気味だってぼやいてたから」

「風邪気味？」どうも、所の話はあちこちに飛び過ぎる。

「風呂に入った直後に呼び出しがかかって、現場に行ったっていう話だったな。あれ、真冬だったんじゃないかな？」

確かに真冬──二月だった。しかし西川は、そのキーワードを口にしなかった。何か言うと、所にヒントを与えてしまいそうな気がする。できるだけ、彼の記憶だけで話してもらわないと。

「課長自ら、自殺と判断されたんですね？」

「最終的にはそうだったんじゃないかな」

所の口調はどうにも曖昧だった。記憶が定かでないのは、二十年の歳月のせいなのか、彼個人の資質のせいなのか――後者ではないか、と西川は疑った。相変わらず所の目つきはぼんやりしていて、どこを見ているか分からない。あるいは、間が抜けた真似《まね》をしているだけかもしれないが。

「当時、殺人だと疑う状況はなかったんですか？」

「ない、ない」所が顔の前で手を振って即座に否定した。「あんなだだっ広い場所――河川敷なんかで人を殺す奴がいるわけないだろうが。ホームレス同士の喧嘩とかならともかく」

「そういうことはあったんですか？」

「殺しまではいかないけど、傷害事件は何件かあった」所がうなずいた。「あの頃、多摩川の河川敷にはホームレスが結構住み着いていたからね。連中には連中なりに、縄張り争いなんかの揉《も》め事もあったんだよ」

「被害者は、ホームレスではありませんでしたね」

「確か、そうだったな」

「聞き込みなんかはちゃんとやったんですか？」

「さあ」所が首を捻る。「俺は特に関わってなかったから」

「まったく疑問に思わなかったんですか？」

「そうだな」所が顎を撫でた。「次の日に俺が署に行った時には、もう結論が出ていたから。そんな話を後になって蒸し返すのは、無意味だろう？」

「馬鹿が一人いたようですが……」

「ああ、沖田のことか」所の表情がようやく緩んだ。「あいつは、まあ……しょうがないだろう。ああいう性格だから。少しでも気に食わないことがあると突っこんでいく。迷惑な男だよ」

西川は反射的にうなずいた。内心では苦笑している。結局沖田は、二十年前、刑事になった頃からまったく変わっていないのだ。あいつに迷惑をかけられた人間の名前を書き出したら、長い長いリストになるだろう。

「沖田は実際、嚙みついたんですか？」

「ああ。奴が南多摩署の刑事課に来て、初めての嚙みつきだったな。それも直接課長に……まあ、いい度胸をした馬鹿野郎だって、皆で苦笑いしたよ」

「逆らえないような課長だったんですか？」

「松岡さん？　そりゃあ、もう」急に真顔になって所がうなずく。「なかなかハードな人だったからね。特に若手のしつけに関しては……沖田は『本当に自殺なんですか』って嚙みついて、結構長く粘っていた。最後は『そういう結論が出ている』で押し返したんだけど、課長は後で係長の辻さんを呼びつけて、説教してたよ」

「若手の指導がなってないと？」

所が無言でうなずく。昨夜、沖田の訪問を受けた係長だ。辻にしても、いい迷惑だったのではないかと西川は想像した。だいたい若手の指導は、まずその人間のすぐ上の先輩――沖田の場合だったら所たちに任されるのが普通である。

「沖田はしばらく干されていたようですが」

「干された？　何言ってるの」所が笑い飛ばした。「調子に乗ってたから、しばらく署内で電話番させてただけだ。さすがにあいつも落ちこんでたぜ」

「あまり上手い罰じゃないですね」

「ああいう奴には、刑事課で一日じっと座って電話番させておくのが一番の罰なんだよ」

所がにやりと笑った。

「もう一度確認しますが……本当に自殺で間違いないんですか？」

「俺はそう聞いてる。しかし、いい加減にしてくれないかな。馬鹿馬鹿しくて話す気にもなれない。追跡捜査係はそんなに暇なのか？　二十年も前の、自殺と決まった案件をわざわざほじくり返してどうするんだよ」

「これも仕事ですから」

我ながら情けない言い草だ。所が、見下したような視線を西川に向けた。

「沖田が何か言い出したのか？」

「追跡捜査係では、いつでも過去の未解決事件を再調査しています」西川は公式見解を口にした。

「沖田が言い出したとしたら……あいつ、大丈夫なのかね？　暇過ぎて、おかしくなっちまったんじゃないのか」

「あいつは馬鹿ですけど、おかしくなってはいませんよ」

「馬鹿だってことは認めるわけだ」所が声を上げて笑う。急に真顔になると、「これ以上話すことはないね」と言い残し、大股《おおまた》で刑事課に戻って行った。

「西川さん、今日は突っこみが甘かったですね」呆れたように庄田が言った。

「廊下で複雑な話なんかできないよ」言い訳じみている、と我ながら情けなくなった。

「でも普段なら、もっと厳しく攻めてますよ」

「何だよ、足りないと思ったら、君も質問すればよかったじゃないか」

「それは……先輩が喋っている時に申し訳ないですから」

「下らない遠慮はするなよ」

しかし、言われてみればその通りだ……自分も今日は、普段に比べて明らかに押しが弱かった。何だか所に上手く丸めこまれてしまったような感じさえする。

駄目だな、どうも調子が上がらない。家庭の心配事が心を侵《おか》し始めており、百パーセントの集中が難しくなっている。

取り敢えずここは、引き下がるしかない。刑事課の前を通りかかった時、反射的に室内を覗《のぞ》いてみた。所が、必死の表情を浮かべて受話器に向かっている。スマートフォンではなく固定電話？　警視庁の内線ではないか、と西川は想像した。もしかしたら、今の一件を庁内の誰かに報告し、あるいは相談している……痛くない腹を探られただけなら、あんな険しい表情はしないだろう。

所は、先ほどは見せなかった深刻な顔つきになっていた。

7

クソ、八方面本部は相変わらず遠いな……沖田は結局、多摩モノレールの高松駅ではなく、ＪＲ立川駅から歩いて行くことにした。距離的には高松駅からの方が少しだけ近いのだが、乗り換えの時間が無駄になる。ＪＲ立川駅からモノレールの立川北駅まで移動する時間を勘案すると、立川駅から現地まで歩いてしまった方が面倒がないのだ。そもそもモノレールの駅の設置基準が、沖田には理解できなかった——ＪＲ立川駅を挟んで、隣が見えそうな距離に「立川北」「立川南」と二つの駅を作った意味は何なのだろう。ＪＲ直結の駅なら、乗り換えも楽なのに。

苛ついていると、直接関係ないことまで癇《かん》に障る。

ＪＲ立川駅の北口周辺は綺麗に整備され、真新しいビルが目立つ。片側二車線の広い道路沿いにしばらく歩くと、空がいきなり広くなった。昭和記念公園がすぐ近くなのだ。昭和記念公園は、大雑把に言うとL字型になっていて、底辺の上方に八方面本部がある。

「どうせなら、公園の中を通って行きませんか?」スマートフォンを見ながらさやかが提案した。

「遠回りになるんだったら勘弁してくれよ」沖田はぶっきらぼうに答えた。

「中を通った方がちょっと近いんです。それに、気分転換ということでどうですか?」

「じゃあ、まあ……いいか」

公園を通ったところで、ささくれ立った気持ちが和むわけではないが……しかし公園の中に入ると、沖田は途端に異世界感を味わうことになった。多摩の中心地らしく、マンションなどが建ち並んでいる街中に、突然だだっ広く開けた空間——街中にあるという意味では日比谷公園と似たような立地条件だが、昭和記念公園の方が、日比谷公園よりもずっと広いのではないか? その分開放感も高い。紅葉の季節はもう少し先だが、その頃に園内を散策したら気持ちがいいかもしれない。

しかし、和みの時間はあっという間に終わった。公園を抜けると、広い中央分離帯を挟んだ二車線の道路に出る。ここを少し歩くと、八方面本部だ。隣は自衛隊の駐屯地《ちゅうとんち》。近くには市役所や地裁の支部、都の防災センターなどが集まっている。新宿の都庁舎が空に伸びて、その機能を高層ビルに納めているのと違い、ここでは平面に展開しているわけだ。大災害が起きた時にはこの辺りが行政の司令塔になるわけだが……そういうことを想像しただけでぞっとする。都心部が地震にでも襲われたら、警視庁本部でさえ甚大な被害を受けるだろう。自分たちも生き残るのに精一杯で、とても救助活動などできないのではないか。

　嫌な想像を頭から追い出し、井本と対峙する覚悟を固める。あの人は苦手だったな……何というか、常に上から目線で、こちらが少しでも下らないことを言うと、冷めた目で凝視されたものだ。冗談を言ったり、笑ったりしたのを一度も見たことがない。所轄の刑事課はだいたいこぢんまりとしていて、それなりに人間関係も濃厚になるのだが、井本はそういうつき合いをやんわりと拒絶していた気配があった。人間関係に煩《わずら》わされることなく仕事と昇任試験に集中していたから、五十歳を前に警視になれたのかもしれない。

　面会を求めると、すぐに井本が出て来た。去年、石沢の葬儀で会ったばかりだからそれほど印象は変わっていないのだが……明らかに機嫌が悪かった。

「仕事中なんだが」声もひどくぶっきら棒だった。

「それは分かってます。ちょっと時間をもらいたいだけですよ」

「お前の仕事の関係で、か？」

　井本が沖田に右手の人差し指を突きつけた。そうそう、昔からこの仕草が癖だった……気に食わないが、先輩だけに文句も言えなかった、と思い出す。今になっても何も言えない自分に少しだけ腹が立った。

「そうです。追跡捜査係の仕事として、です」

「機捜がそっちの仕事に関連することなんて、まずないぞ」

「機捜とは関係ないんですよ。二十年前の件です」

「ああ?」井本が目を見開く。「まあ……ちょっと外へ出るか」

一度引っこんだ井本が、上着を着て戻って来た。沖田を一睨みすると、すぐに外へ向かって歩き出す。さやかが驚いたように目を見開いた。今時、あんなに威張っている人います? とでも言いたげ……沖田としては肩をすくめるしかなかった。高圧的な態度は、年齢を重ねても全然変わっていない。

先ほど通り抜けて来たばかりの昭和記念公園に戻った。中に入って改めて周囲を見回すと、人は少ない。芝生広場の方からは子どもの歓声が聞こえてくるものの、沖田たちがいる場所からはかなり離れている。ウォーキングを楽しむ老夫婦らしき二人連れが目の前を行き過ぎたが、三人を気にする様子は一切なかった。

こういう時はベンチにでも腰かけて……と思ったのだが、目につくところに座れる場所もない。昭和記念公園の利用者は、基本的に立っているか歩くかすべし、とでもいうルールでもあるのだろうか。

「自殺の件か?」

井本がいきなり切り出した。

「どうしてそう思います?」

「お前みたいに極秘行動ができない人間は……何をやってるか、大声で宣伝しながら歩いているようなもんだ」

馬鹿にされてむっとしたが、言い返すわけにもいかない。沖田はすっと息を吸って、

「あの自殺は本当に自殺だったんですか？」と訊ねた。

「何でそんなことが気になるのか分からないけど、俺はよく覚えてないね」

「井本さん、現場に行ってますよね？」

「たぶん、な」

「それも覚えてないんですか？」

「お前は、二十年も前のことを全部覚えてるのか？」挑発するように井本が言った。「例えば、お前が刑事課に来て初めて担当した傷害致死事件のこととか。遺体を見た後、お前は現場のビルの便所に閉じこもってたな……三十分も。あの時、何してたんだ？」

沖田は顔に血が昇るのを感じた。加山の遺体が見つかる二日前の事件のことである。吐き気を覚えた――しかし、吐けなかった。トイレに閉じこもったものの、吐くのは遺体に対して失礼ではないかと、深呼吸を繰り返しながら、吐き気が去るのを待っていたのだ。

「気持ちを落ち着けてたんですよ――俺はそういうことも覚えてます。井本さんは、あの自殺について覚えてないんですか？」

「俺はお前よりも多く現場を踏んでるからな。いちいち覚えていない」

「遺体に対して失礼じゃないですか？」

今度は沖田が挑発したが、井本の顔色はまったく変わらなかった。

「マル暴界隈《かいわい》にいた人間が自殺したからって、何だっていうんだ？　いなくなったって、

社会の損失にはならない——むしろクズが一人減って、よかったじゃないか」

「それは言い過ぎですよ」この社会に「クズ」がいるのは間違いない。しかし、そういう人間だからといって、死んだことを喜ぶような態度は許せなかった。

「お前は、甘いよな」井本が鼻を鳴らす。「クズはクズだ。俺たちは普段、そういうクズを取り除く仕事をしてるんじゃないのか」

「それとこれとは別でしょう」落ち着け、と沖田は自分に言い聞かせた。井本の挑発に乗って口喧嘩を始めたら、事情聴取は台無しになる。

「あの、自殺と判断した根拠は何だったんですか？」さやかがのんびりした声で割って入った。

「ああ？　何だ、あんたも追跡捜査係の人間か？」

「はい」さやかが笑みを浮かべる。「その前は一課の強行班にいましたけど、井本副隊長とはご一緒しませんでしたね」

「そうか」別にどうでもいいという調子で井本が言った。

「それで、自殺の根拠なんですが」

「総合的に、ということだろう。最終的には課長が判断した。傷の状態とか、凶器とか、現場の様子とか。だいたい課長ぐらいのベテランになると、現場と遺体を一目見ただけで、殺しか自殺かぐらいは分かる」

「井本副隊長もそうだったんですか？」

「俺は、そこまで素早く判断できるほどの経験は積んでなかったよ。刑事になってまだ三年目、駆け出しに毛が生えたぐらいのものだったからな。そこの沖田なんか、今は偉そうにしてるけど、ヒヨッコもヒヨッコだった」

「今の沖田さんからは想像もできないですよねえ」さやかが呑気《のんき》な口調で応じる。

「何だ、お前、若い連中に対してそんなに威張ってるのか」井本が沖田に視線を向ける。

「そういうわけじゃないですよ」沖田は否定した。

「お前の感触と、若い奴の感触はまた違うんじゃないか……ま、とにかくあれは自殺だった。間違いない」

「そうですか」沖田はゆっくりと深呼吸した。これほど強く言い切られてしまうと……覆《くつがえ》すだけの材料は手元にはない。

「俺は、当時から殺しじゃないかと疑ってました」

「ああ、そうだったな」井本が声を上げて笑った。「お前、よりによって課長に突っかかりやがったんだよな。あり得ない話だ。あの厳しい課長に……俺だって、あの人には怖くて頭が上がらなかったのに」

「井本さんでも、怖い人がいたんですか」

沖田の皮肉は、井本にはまったく通用していなかった。平然とした表情でうなずくと、

「何も知らないってのは逆に怖いよな。俺らは慌てて止めようとしたんだが、お前の勢いときたら……ぶん殴られなかっただけ、ましだと思え」

「鉄拳制裁なんか、あの頃でももう時代遅れでしたよ」

「課長の世代は、鉄拳制裁を受けながら育ったんだよ。そういうのは引き継がれるものだ」

「あんなだだっ広いところで自殺する人間がいますか?」沖田は話を引き戻した。

「あんなだだっ広いところで、殺しなんか起きると思うか?」井本がまぜっ返した。「百歩譲って、お前が自殺に疑いを抱いたことは理解できるとしよう。だけどな、あれを殺しと考えるようなら、素人もいいところだ。いくら駆け出しの刑事だからって、そんなことは……いや、素人だってちょっと考えれば分かる。あんなにだだっ広い河川敷で、しかもそれなりの人目がある場所で殺人事件なんて、あり得ない。だいたい、どうやって被害者をあそこへ連れ出した? 首の傷は現場でついたものだったのは間違いないぞ」

「脅して連れて来たかもしれないじゃないですか」

「歩いてか? あり得ないな」

「近くの家の聞き込み、全部したんですか?」

「誰かさんはそれをやろうとしてたようだな」井本が皮肉っぽく言った。「課長から実質的に謹慎処分を食らって、刑事課で電話番をさせられるまで、お前は勝手に動き回って聞き込みをしてただろうが。それで目撃証言でも出たか?」

沖田は無言を貫いた。何もなし……ただし、納得いくまで聞き込みをしたわけではない。始めたばかりですぐに呼び戻され、説教を受けた後で数日間の謹慎——電話番を言い渡されたのだった。その後は殺人事件の捜査に巻きこまれ、この件を自分なりに調べる余裕はなくなった。

「何で止めたんですか？」沖田は質問をぶつけた。

「ああ？」井本が目を見開く。

「俺は駆け出しで、右も左も分からない刑事でした。だったら、聞き込みさせても何のマイナスにもならなかったでしょう。むしろ、いい実地研修になったんじゃないですか？」

「自殺だと結論が出ていて、これ以上の捜査は必要ないと課長が判断したんだぜ？　お前は単に、命令違反をしていただけなんだよ。若い刑事に基本的なルールを叩きこむのも、所轄の役目だろう……お前は、あまり学んでないようだが。一人で暴走して勝手なことばかりしてるから、追跡捜査係に飛ばされたんじゃないのか？」

「左遷されたわけじゃありませんよ。追跡捜査係も、しっかり実績を上げてるじゃないですか」

「人の粗探《あらさが》しをしてな……そういう捜査が楽しいかどうか、俺には想像もできない」

会話は平行線を辿《たど》るばかりだった。これでは埒《らち》があかない——しかし沖田は、これ以上の質問を持っていなかった。井本としては会わずに済ませる方法もあったと思うが、敢えて会ったのは、沖田を完全に凹《へこ》ませてやろうと考えていたからかもしれない。

自分は凹んだか？

かなり。

しかし潰れ切ったわけではない。上手く空気を入れればまた膨れるはずだ。そうしたら、もう一度井本と対峙しよう。この件では、元刑事課長の松岡が「本丸」なのだが、この状態ではまだ話を聴くわけにはいかない。松岡は井本以上にハードな男で、この程度の材料で会いに行っても、あっさり撃退されてしまうだろう。

失敗は許されない。

むしゃくしゃするな……最近沖田は、こういう気分の時には響子に会わないようにしている。不機嫌さを彼女に伝染させるのは失礼だと思うから。これは、結婚していないことの利点とも言える。毎日必ず顔を突き合わせると、どうしても悩みや愚痴を零《こぼ》すことになるだろう。マイナスの気持ちは一人で抱えこんでおいた方がいい——そういうことも分かち合うのが、夫婦というものかもしれないが。幸い、今夜は響子の家に行く予定はなかった。

西川の聞き込みも不調に終わったようだ。まあ、あいつの場合、最近どことなく調子がずれているからな……どうやら家で何かあったようだが、詳しく聞く気にはなれない。プライベートに首を突っこんでも、ろくなことにならないからだ。とはいえ、本当に家庭の問題だったら大変なことである。あの家は基本的に家族円満——夫婦仲もいいし、息子との関係も上手くいっているはずである。もしかしたら、病気にでもなったのか？　沖田は四十代半ばになってもまったく元気で、毎年の健康診断にも引っかからないのだが、西川は何かと神経質な男である。ああいう風にストレスが溜まりやすい人間の方が、抵抗力も低いのではないだろうか。現代の病気の原因は、何から何までストレス、ストレスだからな……。

定時でそそくさと引き上げたものの、行く場所もない。ちょっと前なら憂《う》さ晴《ば》らしついでに酒を呑むところだが、沖田は最近、そういうマイナス思考から脱していた。新しい憂さ晴らし――自宅近くのバッティングセンターへ向かう。

沖田は本格的な野球経験はないのだが――小学生の頃の草野球ぐらいだ――バッティングセンターがあるのに気づいて以来、時々通うようになった。最初は百キロのボールでも空振りばかりしていたのだが、最近は百二十キロをクリーンヒットすることも珍しくない。百円で二十球。五百円使うとへとへとになり、掌には毎回必ず肉刺《まめ》ができる。しかし、バットの真芯《まっしん》に当たった時の快感はなかなかのもので、最近はマイバットを買おうかと本気で考え始めていた。

人間、四十過ぎても新しい趣味にはまることがあるわけだ。

午後六時過ぎのバッティングセンターは、そこそこ賑わっている。沖田が密かに「名人」と呼んでいる男もいた。とうに六十歳を超えているようで、体格もどちらかというと貧弱なのだが、とにかくバットコントロールが抜群だ。空振りしないどころか、全球ほぼジャストミート。大きな当たりを飛ばすわけではないものの、打球は全て鋭いライナーになる。本物のグラウンドだったら、外野の間を抜くような当たりだ。しかも後ろで見ていると、毎回レフト、センター、ライトと順番に綺麗に打ち返している。もしかしたら元プロ野球選手とか……老後の暇潰しと体力維持のために、ここへ通い詰めているのかもしれない。

バッティング用のグラブをはめる仕草も手馴《てな》れていて、どことなく優雅だ。そして当然のようにマイバット持参。ゲージの真後ろにあるベンチに座って見ていると、右打席に入って軽く二、三度素振りをした後、打ち始める。最初は引っ張ってレフト前。続いてライナーでセンター返し。三球目は流し打ちでライトへ——いつものショーが始まり、野球少年たちが金網にへばりついて見学し始めた。

本気で見始めると、彼がゲージを出るまで動けない。沖田は立ち上がってバットを選ぶと、百二十キロのゲージに入った。一球目は軽く当てるだけにして、ボールの衝撃を掌に思い出させる。二球目からはフルスイング……しかし今日は、当たり損ねが多い。真芯で捉えたと思っても、低い弾道で正面へのライナーになってしまう。上手いピッチャーなら、難なく捌《さば》くだろう。

結局今日は、六百円使ってクタクタになった。最後の頃は連続でジャストミートしたが、全体には今ひとつだったと思う。邪念が入りこんでいるのがよくないのかもしれない。さて、取り敢えずどこかで食事をして、さっさと家に帰って寝るか……。

両掌にできた肉刺の痛みに顔をしかめながら、歩き出す。今夜は、ゆっくり歩いて帰宅することにした。寒くも暑くもなく、ちょっと散歩するのにいい陽気である。

さて、飯はどうするか。この辺りは基本的に住宅街で、飲食店は少ない。今夜はあそこだな……「千草《ちぐさ》」。この街に引っ越して来てからずっと利用している定食屋で、独り身にはありがたい限りの店だった。和食から中華まで何でも揃うし、味はそこそこで安い。野菜がたっぷり摂れるのも嬉しかった。かつてこの手の店が担っていた「食堂」としての役割は、すっかりファミレスやコンビニエンスストアに奪われてしまい、人との触れ合いがある定食屋は今や貴重な存在である。

肉刺が潰れそうだな……家に帰ったら針で潰して、絆創膏《ばんそうこう》を貼《は》っておこう。しかし最近、この手の傷の治りが遅くなってきたような気がする。これも歳を取ってきた証拠だろうか。

この辺りの道路事情はよく分かっているので、沖田は細々と右左折を繰り返しながら歩いた。最短距離で行くつもりなら十五分ほどしかからないのだが、別に急ぐ理由もない。「千草」は夜十時までやっているのだ。

ふいに空気が変わる。

住宅地故《ゆえ》、暗くなると人気がなくなるのだが、誰かに見られている、と確信した。いや、見られているのではなく尾行されている。かすかに足音が聞こえたような気もした。

ここで立ち止まって振り返ったら、相手を用心させてしまうだろう。沖田は細い路地を左に折れ、いきなり駆け出した。自分が今歩いていた道で逆に背後から襲う格好になる……はずだが、先ほど左折した場所まで戻っても、誰もいなかった。しかし依然として、人の気配は感じられる。

取り敢えず歩こう……しかし家に帰ってはいけない。相手が何者か分からないが、こちらの家までは割り出していない可能性もある。それならむざむざ、住所を教えてやる必要はないだろう。

いったい誰が、と一瞬思ったが、こんなことをするのは井本以外に考えられない。しかし何故《なぜ》？　プレッシャーをかけるつもりかもしれない。俺たちはお前を見張っている、だから余計なことをするな……おいおい、井本さんよ、こんな素人じみた真似で俺が驚くとでも思ってるのか？

人の声は聞こえない。気配だけがする。ここで自分が電話したら、相手に気づかれてしまうだろうか。馬鹿馬鹿しい。スマートフォンは通話のためだけにあるわけではない。沖田は立ち止まり、電柱に背中を寄りかからせるように立って、西川にメッセージを送った。

尾行されてる。

予想した通り、西川からはすぐに反応があった。あの男は家に帰っても、基本的には書斎でパソコンにへばりついている。夜でも返事は早い。

何の話だ？　電話しろ。

かけると、呼び出し音が鳴らないのに西川が反応した。

「お前、本当に大丈夫なのか？」西川は本気で心配している様子だった。「最近、おかしくなっちまったんじゃないかって言う人がいるけど、本当なのかね」

「馬鹿言うな。だいたい——」沖田は声を張り上げかけ、慌てて口をつぐんだ。どこで誰に聞かれているか、分かったものではない。

「今、どこだ？」

「家へ帰る途中だ」

「一人で大丈夫か？　本部へ戻った方が安全だろう」

西川も、沖田が自宅を突き止められることを心配しているのだ。しかし他人に言われると、逆に気持ちが冷めてくる。自分の家が突き止められても、何ということはない。響子さえ無事ならば……そう考えた瞬間に彼女のことが心配になったが、西川との通話をすぐに終えるわけにはいかない。

「こっちは大丈夫だ。何とかする。明日、詳しく相談しよう」

「何か心当たりはないのか？」

「お前と同じことを考えてるよ。俺たち、やばいところに首を突っこんじまったんじゃないかな」

「お前のやり方が雑だからだよ」

「うるさい」

電話を切って一つ溜息をつく。さて……どうやって尾行をまこうか。飯でも食べながらゆっくり考えよう。飲食店に入るのは、尾行者の目を欺《あざむ》く一番簡単な方法だし。

「千草」に着くと、沖田は店の一番奥、店内全体と出入り口が見渡せるテーブルに陣取った。女将《おかみ》が笑みを浮かべながら近づいて来る。平均すると週一ペースで来店するので、店の人ともすっかり顔見知りだ。経営しているのは沖田よりも十歳ぐらい年上の夫婦で、他には時々アルバイトが入るだけ。こぢんまりとした空気感が心地《ここち》好《よ》い。

「生？」

女将がさらりと訊ねた。そうそう……沖田はこの店を夕飯を食べるだけではなく晩酌を楽しめる店としても捉えているので、飯だけを食べて帰ることはない。生中か、ビールの大瓶を最初に頼む。

「ああ……今日はいいです」酔いは禁物。今夜はできるだけ神経を研ぎ澄ませておかないと。

「あら、どうしたの」女将が目を見開く。「体調でも悪いの？」

「そういうわけじゃないですけど、今夜はまだちょっとね」

「仕事？　大変ねえ」

「いやいや」

苦笑しながら、沖田は壁のメニューを見渡した。いつも定食だけを頼むのではなく、必ず野菜料理を一つつけ加える。それらとビール一本で千円を少し超えるぐらいだから、コストパフォーマンスも抜群だ。

「ええと、カツ丼《どん》で」

女将が首を傾げる。

「サラダかおひたしはいらないの？」

「今日はカツ丼だけでいいです……いや、このソースカツ丼にしてみるかな」メニューの片隅に遠慮がちに載っているのは気づいていたものの、今まで頼んだことはなかった。

「もうちょっと体のことを考えないと」

「ここのカツ丼が体に悪いってわけじゃないでしょう？」

「当たり前じゃない」

豪快に笑い飛ばして、女将が厨房《ちゅうぼう》に向かって「ソースカツ丼一丁！」と叫んだ。

さて……沖田は煙草に火を点け、店内を見回した。若い――たぶん二十代の男性サラリーマンが一人。あとは中年の二人連れが、熱燗《あつかん》を酌《く》み交わしているだけだった。この二組の客は、沖田が入って来る前からいたから、後はこれから入って来る客に注目すればいい。こういう場合、尾行する立場としては判断が難しいところだ。相手が出て来るまで外で待つのが常識だが、時には自分も店に入って見守ることもある。さらにエスカレートして、偶然を装って相席し、会話を交わすことさえある。どのような方法を取るかは、目的によって違ってくるのだが……今回の相手は、何を狙っているのだろう。こちらの行動確認か、あるいは敢えて姿を見せてプレッシャーをかけたいのか。今までの動きを考えると、単なる行動確認のような気がするが。

カツ丼ができあがってきて、沖田は思わず息を呑んだ。中身が盛り上がって、蓋《ふた》が傾いている。こんなにボリュームがあるのか……この店では、普通のトンカツは食べたことがあるが、カツ丼はたぶん初めてだ。

蓋を開けて驚いた。今までソースカツ丼を食べた経験は……群馬に出張した時に食べた記憶があるが、それともまた違っていた。カツは不定形でごつごつしている。それが三枚も載っているのだから、蓋が盛り上がって傾くのも当然だ。そっとカツを持ち上げて見ると、下は直接ご飯だった。群馬のソースカツ丼は、確かご飯とカツの間にキャベツが敷いてあったのだが……そのキャベツがカツの余熱で蒸され、ソースが染みこんでしんなりした歯ざわりに変わっていた。

「これ、食べて。サービス」

女将が小皿を運んできた。見ると、キャベツを刻んだ小さなサラダである。まあ、これで多少は野菜を食べたことになるな、と沖田は罪悪感が薄れるのを感じた。

「このカツ丼、本当にカツだけなんですね」それに、ソースカツ丼と名乗る割に、ソースの匂いは立ち上がってこない。

「これね、新潟《にいがた》のカツ丼なのよ」

「ソースじゃないですよね？」匂いが明らかに違う。

「醬油だれ……うな丼みたいなものだから」女将が手を伸ばし、テーブルの上の山椒《さんしょう》を取り上げた。「これ、かけて食べると合うわよ」

「新潟のカツ丼って、みんなこんな感じなんですか？」

「そうね。普通の――卵が入ったカツ丼のことは、カツとじ丼って言うみたいよ」

「ああ……なるほどね」

キャベツのサラダを一口食べてから、早速カツ丼に取りかかる。これは……経験したことのない味わいだった。トンカツを食べる時、稀に醤油をかける人がいるのだが、沖田は普通のソース派である。辛めの醤油だれが染みこんだヒレカツは、揚げ物らしからぬさっぱりした味わいになっていて、これはこれで美味かった。試しに山椒を振ってみると、味がぴしりと締まって、さらにさっぱり感が増す。固めに炊かれたご飯にもこのタレが染みこみ、まさにうな丼の感じだった。

カツ丼というのは、勢いで食べる物である。途中で休んだり、他の食べ物に手を出すのはなし。味噌汁《みそしる》、漬物の助けを借りずに、沖田は一気に食べきった。ヒレカツが三枚もあったのに、膨満感がないのも新鮮な感じである。いつか新潟へ行って、本場のカツ丼を試してみようと決めた。

さて……お茶をひと啜り。自分より先に来ていた客は既に帰り、店内は沖田一人になっていた。ここから先が難しい。女将に頼んで、ちょっと外を覗いてもらおうかと思ったが、迷惑がかかる恐れもある。

スマートフォンが鳴った。西川。ふと思いつき、沖田は席を立った。引き戸を開け、体を半分外へ出したまま電話に出る。ついでに周囲を見回したが、露骨に張り込みしている人間は見当たらなかった。

「どうなった？」

「今、飯を食ってる」

「呑気なもんだな」

「時間調整だよ」

一瞬間が空いた後、西川は「どうするんだ？」と訊ねた。

「何とかまくよ。明日以降、逆尾行したいんだけど、どうかな」

「いいんじゃないか？　大竹《おおたけ》にでも任せよう」

「それがいいな」沖田はうなずいた。大竹は極端に無口な上に、存在感が薄い——いや、薄いわけではないのだが、気配を消すのが得意なのだ。追跡捜査係の中で、隠密行動を任せるのに一番適した男である。

「ま、それは明日の朝、お前が死体で見つかっていなければの話だ」

「馬鹿言うな」沖田は鼻を鳴らして電話を切った。

さて、殺されないようにするためにはどうしたらいいだろう。

沖田はソースカツ丼の代金を払い、女将に裏口はあるか、と訊ねた。

「裏って……何で？」いつも朗らかな女将が、怪訝《けげん》そうな表情を浮かべる。

「尾行されてるんですよ」

女将が黙りこみ、沖田の顔を凝視した。この女将は、沖田が警察官であることは知っている。しかし仕事の内容までは教えていないし、こんなことを言い出すとは思ってもいなかっただろう。

「相手をまく必要がありましてね。裏口を貸してもらえると助かるんですけど」

「沖田さん、本気で言ってるの？」

「もちろん」適当な嘘をつこうかとも考えていたのだが、余計な策を弄《ろう》すると失敗する可能性が高い。この件を真面目に捉えるかどうかは、彼女次第だ。

「まあ、いいけど……厨房から出られるわよ」

「すみませんねえ」沖田は手帳に自分の携帯の番号を書きつけ、ページを破いて渡した。「何かあったら電話してもらえます？　何もないとは思いますけど」

「沖田さん、本当に大丈夫なの？」女将が眉根《まゆね》を寄せた。「警察に連絡したら？」

「大袈裟にしたくないんですよ。この店にも迷惑はかけたくないんで……じゃ、出ます」

女将に案内されて厨房に入る。沖田は裏口のドアを細く開け、顔だけ突き出して周囲を見回した。車も入れないような細い裏通りで、人気はない。ここを右の方へ行けば、自分の家までは徒歩五分ぐらいだろう。

振り返って女将に頭を下げ、外へ出る。ドアが閉まった瞬間、鍵《かぎ》がかかる音がした。営業中は、このドアには鍵などかけないのだろうが……沖田はうつむき、早足で歩き出した。本当は駆け出したいぐらいだったが、余計なことをすると目立ってしまう。あくまで、こちらは普通に歩いた方がいい。

無事にマンションまで辿り着く。オートロックなので、中に入ってドアが閉まると、取り敢えずほっとした。オートロックも万全ではない——出入りする人に合わせれば、外から侵入するのは難しくない——のだが、この時間になると人の出入りも少なくなって、突破のハードルは多少上がる。

普段は郵便受けを確認してから部屋に入るのだが、今日はパスした。急いでエレベーターに乗りこみ、自宅のドアの鍵を解錠する——しかし開ける前に、一呼吸置いた。相手が先回りして、中で待っている可能性もないではない。手だけ伸ばして、玄関の照明のスウィッチを入れる。クソ、こういう時に拳銃《けんじゅう》があれば百人力なのだが……沖田はすぐに、玄関に置いてあるスティック型の靴べらを思い浮かべた。金属製で、長さは五十センチぐらいあるから、接近戦ではそれなりの効果を発揮するだろう。もちろんバットの方が有効——やはりマイバットを手に入れよう、と決めた。

低い姿勢で玄関に飛びこみ、まず靴べらを握った。クラウチングスタートの姿勢を取ったまま、玄関のすぐ先にあるリビングルームに視線を投げた。そうしながら、後ろ手にドアをロックする——思い直して、すぐにまた解錠した。何かあったら、自分が急いで逃げ出すことも考えねばならない。

玄関の灯《あか》りが届く範囲に人影は見えなかった。もともと物が少ない部屋なので、誰かが隠れていればすぐに分かるはずだ。

靴を履いたまま、思い切って室内に足を踏み入れる。まず、リビングルームのチェック。

そこからキッチンに回ったが、誰もいない。幸いなのは、カーテン――しかも遮光カーテンだ――が閉まっていることである。部屋の灯りが漏れないので、外で誰かが張っていても、沖田が帰って来たことは分からないだろう。こんなことがあると予想していたわけではないが、毎朝出かける前にカーテンを閉める習慣があってよかった。

「クソ」思わず悪態をついてしまう。どうして俺はこんなにビビっている？　尾行ぐらい、大したことではないはずだ。

トイレ、風呂場、さらに寝室と調べて無事を確認する。誰かが侵入した形跡もなかった。どんなに家宅捜索が得意な刑事でも、完全に「原状復帰」できるものではない。沖田は西川と違い、整理整頓を徹底するタイプではないが、それでも自分が普段使っているものが動いていたりすれば、すぐに気づく。普段から、それぐらいは神経を研ぎ澄ませているのだ。

タイミングを計ったように、西川から電話がかかってきた。

「どうだ？」

「家に着いた。取り敢えず無事だ」

「誰か、外で張ってないか？」

「それは分からないけど、カーテンを開けるとこっちの存在を教えてしまうからな……無視でいくよ」

「そうしろ。明日、誰か護衛を行かせようか？」

「馬鹿言うな」沖田は笑い飛ばした。「そこまで面倒見てもらう必要はないよ。だいたい、うちにはこういう時に役に立ちそうな人間はいないだろう」

「機動隊の一個小隊を派遣してもいいぞ」

馬鹿話をしているうちに、少しだけ緊張が解《ほぐ》れてきた。妙に肩が凝っているが、これはしょうがないだろう。今日はとにかくさっさと寝て、明日はこちらから罠《わな》をしかける——そう簡単に眠れないことは分かっていたが。

8

翌日、西川が逆尾行を指示すると、大竹が何の質問もせずにうなずいた。

「沖田は今日の午後、外へ出る。わざと目立つ動きをするから、お前は変化に気をつけてくれ」

もう一度うなずいたが、やはり無言だった。喋ると損するとでも思っているのかもしれない。とことん変わっている——しかしこの男は、こういう仕事はきちんとこなす。

「我々は逆尾行に参加しなくていいですか？」庄田が心配そうに訊ねた。

「それはやめておこう」西川は彼に向かってうなずきかけた。「人数が多くなると、気づかれる可能性が高くなる。こういうのは一人でやった方がいいんだ」

「だいたいあんた、尾行は得意じゃないでしょう」さやかがからかうように言った。「下手な人が尾行すると、逆効果よ」

「俺は、沖田さんを心配して言ってるんだよ」庄田が言い返した。

「だったら、心配だけしてれば？」さやかも引かなかった。

「冗談じゃない――」

「はいはい、そこまでだ」西川は両手を叩き合わせた。同期のこの二人はしょっちゅう口喧嘩している。だいたいさやかがしかけて――庄田をからかい、庄田が反論してエスカレートしていくのだが……庄田ももう少し大人になればいいのに、といつも思う。軽くスルーするぐらいの余裕を身につけないと、そのうち本当の大喧嘩になりそうだ。

それにしても、さやかは何故いつも庄田に喧嘩をしかけるのだろう。二人の気が合わないのは、西川もよく分かっている。常にはきはき物を言うさやかと、東北出身で何事にも慎重な庄田は、正反対の性格と言っていい。もしかしたらさやかは、庄田に気があるのかもしれない。好きな子の気をひくために悪戯《いたずら》する小学生のようなものか……いやいや、万が一この二人が結婚でもしたら、いつまで持つか、西川は沖田と賭《か》けをすることになるだろう。

「とにかく、尾行は大竹に任せる」西川はこの話を打ち切りにかかった。

「沖田、他に何か思い当たる節はないのか？」鳩山が訊ねた。

「まさか」沖田がむっとした表情を浮かべて否定する。「俺がそんなに、人の注目を集めるわけがないでしょう」

「そうかな？」西川は思わず反論した。「あちこちでぶつかってるから、知らない間に人の恨みを買ってる可能性もあるだろう」

「冗談じゃない。俺のことを何だと思ってるんだ？」

乱暴者。ガサツな男。形容詞はいくらでも浮かんできたが、西川は言葉を呑みこんだ。ここで言い合いをしても話は前に進まない。

「今回の件以外には考えられないんだな？」西川は念押しした。

「もちろん」

「となると、こっちでも裏から手を回して調べる必要があるな」西川は顎を撫で、鳩山を見た。「係長、何か上手い手はないですかね？」

「いやあ、ピンとこないな」

鳩山に聞いたのが間違いだったか……この男からは、前向きのアイディアが出たためしがない。

「取り敢えず尾行している人間の正体を割り出して、そこから誰が指示しているか、調べを進めるしかないですね」

「ああ、そうだな」鳩山が鷹揚《おうよう》に言った。

まったく、この人は……何の役にも立たない上司なのだが、西川は必ずしも嫌いではなかった。少なくとも、人の邪魔をしない。鳩山の場合、自分や沖田が立て続けに打ち出す作戦についてこられないだけとも言えるのだが……取り敢えず、追跡捜査係がこのスタッフになってから致命的なトラブルは起きていないので、よしとしよう。

「ちょっといいか」話が一段落したところで、沖田が声をかけてきた。返事を待たずに、片隅にある打ち合わせスペースに向かう。

西川が向かいに座ると、沖田が怪訝そうな表情を浮かべた。

「お前、コーヒーは？　打ち合わせでコーヒーがないなんて、どうかしたか？」

「ああ……ちょっとな」

妻は昨夜静岡から戻って来たのだが、今朝はコーヒーを用意してくれなかった。体力的、精神的に相当ダメージを受けている様子である。実家通いもそろそろ見直さないと……と思ったが、口には出さなかった。この件では、美也子は異常に頑《かたく》なである。西川は無理して欲しくないだけなのだが、美也子にすれば、母親を心配するのは当然、という感覚のようだ。これは感情的なものであり、いくら話しても折り合いがつくとは思えない。ただし、こういう生活がいつまで続くか考えると、西川としては不安になる。いずれ、美也子が静岡に引っこむと言い出す可能性もある……そうなったら、家族は本当にバラバラになってしまうだろう。竜彦だって、それほど遠くない将来に家を出ることになるだろうし。

沖田が深く突っこんでこなかったことだけはありがたかった。話せないわけではないのだが、今この場で話し始めたら、仕事の相談がぐずぐずになってしまう。

「昨日の事情聴取なんだけどな」沖田が切り出した。

「ああ」

「どう思った？」

「素っ気ない対応だったな。当たり前だろうけど」

「口裏合わせをしている可能性は？」

「ある」西川は昨日の所の様子を思い出しながら、すぐに言った。「所さんは、俺が話を聞いた直後に誰かに電話をかけていた。内容までは聞き取れなかったけど、あれは間違いなく誰かに相談していたんだと思う」

「誰に？」

「さあ」西川は首を捻った。

「おい」沖田が呆れたように言った。「お前、どうかしたのか？　今回の件では全然切れがないぞ」

家庭の問題で気持ちが揺れているから――そんなことは言えなかった。

「まだ気分が乗ってないだけだよ。あまりにも曖昧模糊《もこ》としてるから」

「ノリで仕事するのか、お前は」

「そういう傾向は、お前の方が強いだろうが」

言い返すと、沖田が少し唸《うな》って腕組みをした。まったく、こいつは……自分がどんな風に仕事をしているか、自覚もないのだろうか。

「課長かなあ」沖田がぽつりと言った。

「松岡課長？」

「ああ」

「もう、警察とは完全に縁が切れてるんだろう?」

「そうだと思う」

「確か、目黒南署の署長で辞めて、その後は天下りしたはずだよな」

「それも辞めてるはずだ……もう六十五だからな」

「ということは、辻係長と同い年なんだ」西川は頭の中でデータをひっくり返した。

「そうなるな」沖田がうなずく。「そう言えば、微妙な関係だったよ。同期じゃなかったと思うけど、同い年でかたや警部補、かたや警部——この壁はなかなか高いからな」

「しかし、その後も繋がってはいたんだろう?」

「だと思う」沖田が目を閉じた。そのまま話を続ける。「普通に話もしてたはずだ」

「そうか……つまり、二十年前の南多摩署の刑事課は、結構チームワークがよかったわけだ」

「俺はあぶれてたけどな」沖田が皮肉っぽく言った。

「刑事課在籍中、ずっと仲間外れにされてたわけじゃないだろう?」

「そうだけど、居心地はよくなかった」

「思い切った話をするぞ」西川は前置きして始めた。「二十年前の事件が、自殺じゃなくて殺しだったとする……何らかの理由があって、当時の南多摩署刑事課は、この一件を隠蔽して、自殺として処理することにした。強行係で知らなかったのは新人のお前だけ。要するに、お前以外の人間は全員が重大な秘密を抱えこんだ。だからこそ、誰かが調べ始めたら警戒して、情報を共有し、対策を練る——お前が尾行されたのもそのためじゃないか？」

「否定はできないな」腕組みしたまま沖田がうなずいた。

「否定できないっていうか、賛成しろよ。悪くない推理だと思うぜ」

「分かってる……ただ俺は、ちょっと引っかかってるんだよな」

「何が？」

「事件を隠蔽した動機が分からない」

「ああ」西川はうなずいた。「確かに、ちょっと考えられない処理だ」

「最初俺は、殺しの捜査をするのが面倒で、自殺として処理したんじゃないかと思った。しかし、いくら何でもそれはねえだろう。どんなに馬鹿で怠慢な警察官でも、そんなことはしない」

「ないでもないぞ。殺しではともかく、交通違反や他の事件で、捜査しないで無視していたケースは、ある程度はある。厳しい処分を受けたはずだ」

「そういう間抜け野郎がいたことは知ってるけど、この件は殺しだぜ？　殺しの捜査をしない理由が『怠慢』ってことはないと思うんだ。だから他に理由がある……そもそも、もう辞めている当時の課長に未だに相談するということは、かなり——相当やばい案件になってる証拠だよ。いくら何でも、警察を辞めていれば、もう逃げ切れたと考えるはずだから。もちろん、まだ警視庁にいる人間にとっては一大事だろうが」

「課長――松岡さんに話を聴くタイミングが難しいな」西川は眼鏡を外して拭《ふ》きながら言った。「今は相当警戒しているはずだ。言い訳、でっち上げの証拠――そういうものも揃えているかもしれない。気楽に会いに行ったら、すぐに撃退されるだろう」

「しっかりした証拠が欲しいな。何か、俺の疑念を裏づけるような証拠を」

「お前の勘だけじゃあ、どうしようもないからな」西川は両手を後頭部にあてがい、背中をぐっと反らした。最近、肩凝りがひどい。対策としては、寝る前に湿布を貼るのが一番なのだが、それは美也子にお願いしている。何となく、息子には「貼ってくれ」と言いにくい。

「被害者の周辺を調べるのも手だな」

「ああ。それは俺の方でちょっと手を回している」組織犯罪対策第四課の徳山が調査を引き受けてくれた件を話した。

「そいつは使えるのか？」

「当てにしてもいいと思う。ただし、何かあれば、だけどな。何もなければ、いくら揺さぶっても出てこない」

「そうか……後は、今回の尾行をきっかけにしたいな。それ自体は違法とは言えないだろうけど、何でそんなことをしているか、突っこむ材料にはなる」

「逆尾行については、大竹に任せよう。奴なら何とかしてくれるよ。で、お前、どんな風に目立った動きをするつもりだ？」

「まず、現場に行く。多摩川の河川敷を見てくるよ。ついでに南多摩署にも寄ってこようかな」

「それは意味ないんじゃないか？」西川は釘を刺した。「当時のことを知っている人は一人もいないわけだし、資料も残っていないだろう」

「知り合いがいるんだよ……一課の強行班時代の先輩が、今、刑事課の係長なんだ」

「二十年前の事件とは関係ないんだろうな？」西川は念押しした。

「まさか」沖田が声を上げて笑った。「尾行している奴を疑心暗鬼にさせてやろうと思ってるだけだ。署に寄ったら、何かあるかもしれないと焦るんじゃないか？」

「陽動作戦か……分かった。好きにやってくれ」

「ああ、好きにやらせてもらうぜ」沖田が立ち上がり、ニヤリと笑う。「しかし、おかしなことになってきたと思わないか？　俺の勘も馬鹿にできないだろう」

馬鹿にしてはいない。しかしそもそも、西川は「勘」をあまり信じないタイプだった。一瞬の閃《ひらめ》きなんか、当てになるわけがない……それでもこれまで何度か、沖田の勘が事件の核心を突いたのは事実である。

今回はどうなるだろう。

どうにも嫌な予感がしてならなかった。

午後、西川は無為に過ごした。話を聴くべき相手もいないので、資料を調べ、あれこれ推理するぐらいしかやることがない。元々はそういう作業が大好きなのだが、今日はどうにも上手くいかなかった。気になることがあるから仕方ないのだが……。

午後三時、大竹から電話が入った。

「捕捉《ほそく》しました」

「間違いなく沖田を尾行してるのか？」

「写真を送ります」

大竹はいきなり電話を切ってしまった。余計なことを話すと、体調を崩すとでも思っているのだろうか。不思議ではあるが、いつもこんなものである。ヘマすることもないので、西川は大竹の性癖を矯正する試みをとうに放棄していた。

一つ、気になることがあった。尾行者の正体——沖田が動き始めてすぐに尾行を開始したということは、相手は自分たちのすぐ近くにいる可能性が高い。それこそ、追跡捜査係の動きが見える捜査一課の人間とか。少なくとも、尾行者に連絡できる人間が近くにいるのではないか？

ほどなく、西川のパソコンにメールが届いた。

「おいおい」添付されていた写真を見た瞬間、西川は声を上げてしまった。近くにいたさやかが、背後から画面を覗きこむ。

「これ、尾行してる人ですか？」

「ああ」

「何でこんないい角度で撮影できるんですか？　写真誌の隠し撮りよりもいいじゃないですか」

「分からん。大竹には変な特技があるのかもしれないな」

写真は、一人の男の姿を斜め前から捉えていた。地味な紺色の背広姿。荷物は黒いショルダーバッグだけで、スマートフォンを耳に当てて誰かと話しながら歩いている。道路の向かい側にいて、こちらに向かって歩いて来る人間にカメラを向けた感じだろう。こういうことをされると、大抵の人は気づくものだが……。

「君、この男に見覚えは？」

「ないですね」さやかがさらりと言った。

「若いな……三十歳ぐらいかな？」

「そうですね」

比較できる材料がないので断言はできないが、背は高そうだ。上半身ががっしりしていて首が太いのは、かなり熱心に柔道に取り組んでいるからだろう。もしかしたら選手かもしれない……実際警視庁は、過去に何人ものオリンピック選手を輩出している――いや、まさか。いくら何でも、オリンピックに出るような人間が、こういう汚れ仕事をするわけがない。そもそも柔道選手は、ほとんどが機動隊か教養課の所属である。

「それにしても、いい写真ですよね――いい写真っていうか、何でちゃんと前から写してるんですか？」

「大竹は目立たない人間だから、としか言いようがない」

「透明人間じゃないんですから……後で聞いてみます。何かテクニックがあるなら、教えて欲しいですよ」

「あいつがそういうことを喋ると思うか？　あり得ない」

「……ですね」

西川は大竹に電話をかけた。

「写真は確認した。どうやって、あの角度から撮れたんだ？」

「まあ、いろいろ」写真テクニックを自慢する気さえないようだった。

「場所はどこだ？」

「多摩川の河川敷から、調布の市街地に帰る途中です」

「沖田はどこへ向かってる？」

「南多摩署へ行く予定だと」

「尾行者の件は、奴に話したか？」

「話してません。危ないですから」

「ああ……そうだな」

尾行者を捕捉したと聞いたら、沖田はかっとなって直接的な反撃に出るかもしれない。そんなことになったら、話はさらに複雑になるだろう。厄介なことは絶対に避けねばならない。

「引き続き頼む」

「了解です」

電話を切り、ふっと息を吐く。この件はやはり、沖田に知らせておくべきだろうか……いや、やめておこう。無用なトラブルは避けねば。

「どうでした?」にわかに興味を持ったのか、さやかが首を突っこんできた。

「取り敢えず、まだ尾行者を逆尾行中だ。これからどうなるかは分からない」

「大竹さんのサポート、本当に必要ないですか? 尾行だって、二人一組が基本でしょう」

「大竹のことなら心配いらない。あいつは、膀胱《ぼうこう》を自由自在にコントロールできるから、何時間でも尾行を続けられる」

「マジですか」さやかが目を見開く。

「本気にするなよ」西川は苦笑した。「とにかくあいつは、尾行や張り込みの時には水分を取らないようにしてる。真夏でもそんな具合だから、一度ぶっ倒れたことがあるよ」

「それって……逆に無意味ですよね。周りに迷惑をかけてます」

「そうなんだけど、あいつはああいうやり方しかできないんだから、しょうがない」

「いったいどこで、そういうノウハウを勉強してきたんですかね」さやかが首を捻る。

「さあ……こういうノウハウは様々だからね。たぶん、奴の先輩にも変な人がいたんだよ」

午後五時前、沖田が戻って来た。追跡捜査係の部屋を見渡して、不思議そうな表情を浮かべる。

「あれ？　大竹は？」

「まだ戻ってない」西川は言った。大竹は沖田の尾行者を逆尾行しているから、本部への到着が沖田より遅れるのは当然だが、それでも数分の差だろう。「どうだった？」

「途中で尾行者の顔を見たよ。下手クソな奴だな」

気づいても、具体的な行動に出なかったわけだ。沖田も少しは大人になったのだろうか。

「あるいはわざと身を晒しての尾行だったかもしれない。プレッシャーをかけるために」

……それより、顔に見覚えはなかったか」

「ないな」沖田が首を横に振った。「一瞬見ただけだから。少なくとも一課の人間じゃないだろう。それだったら、だいたい分かるよ」

西川はパソコンを持ち上げ、沖田に画面を示して確認した。

「こいつで間違いないか？」

「ああ……だけどこの写真、どうしたんだ？」

「大竹が撮影して送ってきた」

「マジか」沖田があんぐりと口を開ける。「何でこんなアングルで撮影できたんだ？」

「さあな」

沖田が身を乗り出して画面を凝視した。しまいには唸り声を上げるほど集中していたが、結局「分からない」と諦める。

「所轄の人間かもしれないな」

「何とも言えない」沖田が首を横に振り、音を立てて椅子に腰を下ろした。「だけどこれで、尾行されてるのが俺の妄想じゃないことは分かっただろう?」

「この件では別に、妄想とは言ってないけどな」

「そうかね」

沖田がまた立ち上がり、部屋の片隅に向かった。インスタントコーヒーを淹れて戻って来る。一口飲んで顔をしかめたが、早々に諦めがついたようで、ゆっくりと腰かける。

あれこれ考えている——疑心暗鬼になっているのが、西川には手に取るように分かった。この男は分かりやすいというか、考えていることがそのまま顔に出てしまうのだ。疑心暗鬼なのはこっちも同じだけどな……目の前の電話が鳴ったので、すぐに受話器に手を伸ばす。

「大竹です」

「どうした? 沖田はもうとっくに戻って来てるぞ」

「尾行者は、半蔵門《はんぞうもん》署に入りました」

9

警視庁には、いわゆる「大規模署」が十九ある。交通の要所、行政的に重要な地域などに置かれており、他の所轄と違って署長は警視正だ。

その中でも、千代田署と並んで「格」が高いのが半蔵門署である。どちらの署も警視庁本部に近い――いわばお膝元だからだが、さらにどちらが格上かということで議論が尽きない。両署の間には微妙なライバル関係もあり、年に二回行われる柔道・剣道の対抗戦は異常に熱くなる。実際には、警視庁本部そのものを管内に持つ半蔵門署の方が、少しだけ格上だろうか。半蔵門署は、二・二六事件で警視庁本部が反乱軍に占拠された時に、実質的な警察の司令塔になっていたという「歴史」もある。当然、今の署員はその時代を経験していないわけだが、シンプルな言い伝えも、時を経れば誇り、そして伝説に昇華する。

まあ、俺にとってはどうでもいいことだけどな、と沖田は腹のなかで毒づいた。

新宿通りに面して、皇居のお濠《ほり》も近い場所にある半蔵門署は、それほど威圧感のある建物ではない。一面が茶色いレンガ張りで、それほど無理なく街の風景に溶けこんでいるのだ。正面入り口の付近には植えこみや花壇が作られ、柔らかいイメージを演出している。

新宿通りの反対側から庁舎を眺めながら、沖田は次の作戦を考えた。大竹は、尾行者が半蔵門署に入るのは確認したものの、まだ身元は割り出していない。おそらくだが、尾行者は複数いるはずだ。半蔵門署の男は、沖田が本部に入るまでを担当。退庁後の尾行はまた別の人間が担当するのが効率的だろう。尾行は張り込み以上に気を使う作戦で、人間が極限まで神経を張って相手を観察できる時間には限界がある。

傍らの大竹は、無言で微動だにせず、半蔵門署の庁舎を凝視している。もうちょっと何か話せよ、と思っているところで、スマートフォンが鳴った。さやかだった。

「裏口、配置完了しました」

「もう出たかもしれないけどな」退庁時刻は過ぎている。

「始めたばかりで、嫌なこと言わないで下さいよ」

「変に期待しない方がいい。そんなに上手くいくわけがないんだから」

ハードルを上げておいてから電話を切った。それから大竹に向かって、「俺は下がってるぞ」と宣言した。大竹が無言でうなずく。

裏道を少し歩いて、西川が待機している車に乗りこんだ。

「今、尾行されてる気配はないか?」助手席に座った西川が訊ねる。

「ああ」

「変だな。昼間は徹底して尾行してたのに。夜だって、お前の家を割り出すために尾行を続けるはずだ」

「家なんか、とっくに割れてると思うぜ。相手が警察官だとしたら——警察官なんだろうが、それならターゲットの自宅住所ぐらい、すぐに調べられる」

「ああ、そうか」

「大丈夫か？」沖田は本気で心配になってきた。いつもの西川なら、こんなことはとっくに了解しているはずである。

「何が？」

「いや……何でもない」

やはり向こうは、沖田が気づく前提で尾行していたのかもしれない。お前のことはしっかり監視している、逃げられないぞとプレッシャーをかけようとしただけではないか？そういう相手に対してどう出るべきか……強気に真正面から対決するか、あるいはすり抜けるように逃げるか。

現段階ではまだ判断したくなかった。

西川の携帯が鳴った。

「ああ……正面から出たか。分かった」

電話を切る前に、庄田が飛び出す。西川はすぐにさやかに電話をかけた。

「西川だ……そう、たった今署の正面から出た。庄田も尾行に参加している。ああ、合流して上手くやってくれ」

電話を切った西川が溜息をつく。そういうことをするような状況ではないのだが……沖田は後部座席を飛び出して、素早く運転席に座った。エンジンを始動し、すぐにスタートできる準備を整える。

「焦るなよ」西川が言った。

「焦ってないさ……お前、どうかしたのか？」

「何が？」

「心ここにあらず、という感じだけど」

「そんなことはない」

西川は即座に否定したが、沖田はすぐには信じられなかった。普段の西川だったら、こういう時に集中力を欠くことなどあり得ないし、当て外れの台詞《せりふ》を口にすることもない。

思い切って訊ねてみた。

「家で何かあったのか？」

「いや」西川の返事は暗く、歯切れが悪かった。

「俺でよければ相談に乗るぜ」

「お前に分かるようなことじゃないよ」

「何だよ、その言い草は」馬鹿にされたように感じ、沖田はむっとして言い返した。

「独身の人間には分からないことだ」

「嫁さんと何かあったのか？」

「ない」

「だったら――」

「人の心配をするより、仕事に集中しろよ。今は重要なポイントに来てるんだから……お前を尾行していた奴を割り出したくないか？」

そう言われると、反論できない。西川が私生活で何か問題を抱えているのは間違いなさそうだが、集中しなければならないこのタイミングで、プライベートな話題をだらだら話しているのはまずい。

沖田はノートパソコンを開き、GPSでの追跡を始めた。半蔵門署の男を尾行している三人の位置情報は把握できており、一々連絡を取り合う必要もない。三人は新宿通りを西の方へ——東京メトロの半蔵門駅に向かって歩いている。ほどなく、三人の居場所を示すピンの動きが止まった。

「地下鉄の駅に入ったみたいだ」

「ああ」

西川が生返事した。そっちこそ集中しろよ、と文句を言いたくなったが呑みこむ。逆に不安……こんなに集中力のない西川を見るのは初めてだった。

直後、庄田からメッセージが入った。


半蔵門駅に入りました。渋谷方面行きの電車に乗るようです。

「渋谷方面を目指しているようだ」沖田が報告して、膝に載せていたノートパソコンを西川に渡した。シートベルトを締めて発進……多少遅れるのはしょうがないだろう。仮に渋谷まで行くとしたら、半蔵門線で十分ぐらいしかかからない。一方車は、常に混み合う青山通りを走らねばならないので、絶対に追いつけない。夕方のラッシュに入ったこの時間帯だと、三十分はかかるだろう。もっとも、行き先——直帰するのであれば……だが、彼の自宅は渋谷ではないだろう、と沖田は推測した。そのまま田園都市線直通で、もっと先まで行くのではないだろうか……警察官の給料で、渋谷や表参道に住めるわけがない。

まあ、とにかく渋谷方面へ向かおう。

案の定、青山通りに出たところで渋滞に巻きこまれた。この先も、外苑前《がいえんまえ》駅、表参道駅近くでは、よりひどい渋滞に巻きこまれるだろう。三人で尾行しているからまかれる心配はまずないが、こちらの到着が遅くなるのは仕方ない。

「動いたか?」前を走るタクシーのテールランプを睨みながら、沖田は訊ねた。

「いや、まだだ」

「渋谷方面か……何の用事だろう」

「単に呑みに行くだけかもしれない」

またメッセージ。運転中に確認するわけにもいかず、沖田は西川にスマートフォンを渡した。

「表参道で降りたそうだ」西川が淡々とした口調で言った。

「まさか、そんなところに住んでるんじゃないだろうな?」

「お前の推測通りに、呑みにでも行ったんじゃないか?」

「そいつ、そんなに洒落者《しゃれもの》なのかね？」表参道の飲食店は、どこへ行っても女性比率が異常に高い。男だけのグループなどまず見かけないし、男の一人客となったらますます浮くだろう。もちろん、あの街に馴染《なじ》む男もいるだろうが、大竹の写真を見た限りでは、表参道を颯爽《さっそう》と歩く姿が似合うとは思えない。新橋辺りなら、まったく違和感ないだろうが。

「原宿方面へ歩き出したらしい」

「誰か一緒じゃないのか？」

「そういう連絡は入ってない」

「だから……聞いてくれって言ってるんだけど」

「言ってないじゃないか」

沖田は思わず舌打ちした。西川とは基本的に話がずれがちなのだが、今日は特にひどい。しかし、ここで口喧嘩を始めるわけにもいかなかった。

報告が入ってから十分後、二人はようやく表参道の交差点に到着した。車を停《と》める場所は……右折してすぐ左のビルに、大きな駐車場があったはずだ。

車を無事に駐車して、エレベーターで外に出る。十月の夜、表参道駅周辺は華やかな雰囲気に包まれていた。一番綺麗なのは、街路樹がイルミネーションで飾られる十二月だろうが、今もなかなかいい感じ……若い人が多いからだと気づく。オッサンで埋まった新橋辺りよりも、華やいだ空気が流れるのは当然かもしれない。自分たちはこれから、この付近の平均年齢を押し上げるわけだ。

すぐ近くに、路上喫煙所があった。半蔵門署の男は、駅から少し離れたところにあるトンカツ屋に入った、という報告が入っている。これでしばらくは動かないだろうから、ちょっと煙草を吸ってもいいだろう。西川に一言断ると、文句も言われなかった。普段なら「煙草なんか吸ってる場合じゃない」「いい加減に禁煙しろ」と言うのだが。

どうにも調子が狂ってしまう……火を点けたものの、ゆっくり煙草を味わう気持ちの余裕は失せてしまい、沖田はまだ長い煙草を灰皿に投げ捨てた。

「行くぞ」

西川はうなずきもせず、ノートパソコンを小脇に抱え、横断歩道に向かって歩き始めた。しかし、何だか足取りもふわふわしている感じ……まったく、何やってるんだ？　しっかり話して、何が起きているか聞き出すべきだと思ったが、西川は「取り調べ」の相手としては強敵だ。簡単には本音を漏らさないし、秘密を守るためには嘘をつくことも厭《いと》わないだろう。

かといって、放っておくわけもいかない。

同期で同じ部署で机を並べる人間との関係は、なかなか難しいものだ。

大きな――巨大なトンカツ屋だった。チェーン店の本店なのだが、こんなところにあるとは知らなかった。たぶん、百人ぐらいが同時に食事できるサイズである。店から出て来た人たちが中国語を話しているのに驚かされた。最近はトンカツも、和食の名物として認識されているのか……まあ、日本人としては嬉しい限りだ。寿司《すし》や天ぷら、すき焼きなど高級な料理ばかりが日本食ではない。千円や二千円でも、レベルの高い料理を楽しめると知ってもらいたい。

腹が減った……しかしこの店で、尾行から張り込みに移行して食事というわけにもいくまい。昨夜もトンカツ――カツ丼だったと唐突に思い出す。

「お前ら、ちょっとここで飯食ってこい」沖田はさやかと庄田に指示した。

「監視ですね？」さやかがすかさず反応した。

「できれば盗撮するんだ」

「店内で盗撮はまずいんじゃないですか？」庄田が顔をしかめる。

「阿呆《あほ》なカップルのふりして、お互いの写真を撮り合えばいいじゃないか。それなら不自然には思われない」

さやかがむっとした表情を浮かべたが、反論はしなかった。庄田は平然としている――この作戦に納得した様子だ。

二人が店内に消えた後、沖田は「俺たちはどうする？」と西川に声をかけた。

「飯は先送りにしよう。この辺には、十分で飯を食えるような店はないはずだ」

「だったら待つとするか」しかし沖田の視線は、少し先にあるコンビニエンスストアを捉えていた。あそこで何か仕入れて、ちょっと小腹を満たしておこうか。いやいや、こんな場所でオッサン二人が立ち食いしていたら、悪目立ちするだろう……仕方ない。今日の夕飯は後回しだ。

空いた時間を利用して、西川がどうして調子を崩しているか、聞いてみようかと思った。しかしどうしても躊躇われる。人と人の距離の取り方は難しいよな……西川は店の向かいにある電柱に背中を預け、ぼんやりと店に視線を向けている。

「おい」

「ああ?」

「集中しろよ」

「してるさ」

「そうか? ならいいけど」

とても集中しているようには見えない。やっぱり文句の一つも言ってから事情を聞き出そうかと思った瞬間、スマートフォンが鳴った。同時に西川のスマートフォンも鳴る。メールの着信だ。

「お……なかなかいい写真じゃないか」確認した瞬間、沖田はつい笑ってしまった。

二人は何とか、いいポジションを確保したようだった。店内が空《す》いているせいもあろうが……その状況も写真で分かる。撮影したのはさやかのようだった。目の前に座っている庄田の顔はぼやけており、その後ろの席にピントが合っている。背後の席は横向きで、半蔵門署の男ともう一人、年長の男が向かい合って座っているのが分かった。

「誰だ?」沖田は西川に訊ねた。

「知らない顔だな」西川の眉間には皺が寄っている。「警察官だとは思うが……」

警察官は独特の雰囲気を発しているもので、同じ警察官はそれを素早く見抜く。ただし、警視庁には五万人近くも職員がいるので、知っている顔の方が少ないぐらいだ。見た感じでは五十代後半、いかにも管理職然としている。着ているスーツも上等なようだ。横顔が写っているだけだが、がっしりした顎と太い眉が目立つ。首も太く、若い頃に柔道でみっちり鍛えていたのは間違いない。

「この後、二手に分かれて尾行だな」沖田は言った。半蔵門署の男には顔を知られているはずだから、自分はもう一人の方をチェックすることになるだろう。

状況が一気に進んだので、西川も集中力を取り戻したようだった。この後の尾行の割り振りを相談する。

「お前はどこかへ隠れろ」西川が唐突に言った。

「どうして」

「逆尾行を成功させるポイントは、尾行されている人間は参加しないことだ。それと今、二人目の尾行者はいないか？」

「ない……と思うけど」気配は感じない。ただし、尾行の名人が担当していたら、つけられていることにも気づかないだろう。その気になれば、人間は気配も消せるのだ。

「リスクは避けないと」

西川が言った直後、大竹がすっと寄って来た。尾行者や監視者がいないかどうか、その辺りをぐるりと回って来たのだ。二人の顔を順番に見て、素早く首を横に振る。

「この四人で十分だ」西川が言った。「お前は黙って姿を消せ。家に帰ってもいいし、響子さんのところへ行ってもいい」

「それは駄目だ」沖田は急いで言った。「彼女を巻きこむわけには——」

スマートフォンが鳴って、沖田は口を閉ざした。肝心な時に……と思ったが、確認するとまさにその響子である。嫌な予感がして、西川たちに背中を向けて電話に出る。

「もしもし?」

「ごめん、仕事中?」

「ああ」

「あの……」響子が言い淀《よど》む。

「何かあったのか?」嫌な予感が膨らんでいく。

「誰か……誰かにつけられたような感じがして」

「すぐ行く」

沖田は駆け出した。背中から、西川が語気鋭く「沖田!」と呼びかけたが、止まれない。今は……一刻も早く響子の元へ駆けつけなければ。

合鍵を使わず、インタフォンで響子を呼び出した。反応しない……よし、用心は十分だ。その後スマートフォンで呼び出すと、待っていたようにすぐ電話に出た。

「遅く……なった」最後は駆け足だったので、息が上がってしまった。

「ごめん……大袈裟だったかもしれないわ」

「いや、いいんだ。ちょっと周囲を見回ってみる。もう一度電話するから、その後で部屋に入るよ」

深呼吸して、マンションの周囲をゆっくり回ってみる。物陰に隠れて監視している人間はいなかった。響子を尾行していた人間はいたかもしれないが、家の張り込みまではしていないと判断する。

もう一度電話をかけ、今度はオートロックを合鍵で解除してマンションに入った。部屋のドアを開けると、響子が申し訳なさそうな表情を浮かべて出迎える。沖田はすぐに玄関に入り、後ろ手に鍵を締めた。

「勘違いかもしれないわ」

「どんな感じだったんだ？」

「家に帰って来る途中、誰かにつけられている感じがして……」

「どんな奴だったか分かるか？」

「たぶん、かなり背が高い男の人。普通のスーツ姿だったと思うけど、ずっと同じ距離を保って歩いていて」

素人か、と沖田は鼻白んだ。尾行に慣れている人間なら、時々距離を開けたり隠れたりして、相手に自分の存在を意識させることはない。

「家まで付いて来たのかな」

「分からない」響子が首を横に振った。「まだそんなに遅い時間じゃなかったから大丈夫だろうと思ったけど、焦ってあなたに電話したの」

「それでいいんだ。何かあってからじゃ遅い」

「何かあるの?」響子の顔から血の気が引いた。

話すべきか……沖田は瞬時迷った。しかし今回は、しっかり背景を知ってもらわねばならない。立ったまま、沖田は手早く事情を説明した。

「じゃあ……狙われてるのはあなたなの?」響子の顔に影が射《さ》した。

「別に命の危険があるわけじゃない。そういうことじゃないんだ。たぶん、俺に圧力をかけるために、君を尾行したんだと思う……まあ、その狙いは成功したと思うよ。俺は十分ビビった」

「ごめん……」

「とにかく今夜はここに泊まる。明日以降どうやって気をつけるか、話そう」

「仕事の方は大丈夫なの?」

「西川がいるから心配ない」その西川が、今は頼りになるかどうか分からないのだが。

「駄目ね、私」響子が溜息をつく。「もっと強くならないといけないのに」

「こんなことに対して強い人間なんかいないよ」沖田は笑ったが、かなり無理しているのは自分でも自覚していた。目の下が引き攣《つ》り、痛いほどである。「とにかく、何か食べさせてくれないか？　夕飯を食べ損ねてるんだ」

「そうね……私もまだなの」

「手伝うよ」靴を脱ぎかけ、思い出してスマートフォンを取り出す。「ちょっと電話をかけさせてくれ」

確認すると、西川からの着信が五回もあった。慌てやがって……と思ったが、何も言わずに飛び出してきてしまったのだからしょうがない。かけ直すと、呼び出し音が一回鳴っただけで出た。

「何があったんだ？」

西川の口調は冷たかったが、事情を説明すると態度が一変した。

「大丈夫なのか？」

「少なくとも、監視している人間はいない」

「そうか」電話の向こうで西川が息を吐いた。「どうする？　警備をつけるか？」

「いや、そこまでやる必要はない。だいたい、誰に頼む？　誰を信用すればいい？」どこに敵がいるかさえ分からない状態なのだ。

「まあ……現段階では何とも言えないな」

「今夜は泊まる。週明けは彼女を会社まで送る。会社にいる限りは安全だろう。その後のことは、明日また考えるよ」

「分かった。こっちは取り敢えず、あの二人の身元割り出しに専念する——しかし、嫌な感じだな」

「ああ、嫌な感じだ」沖田は一人うなずき同意した。「何か分かったら、何時でもいいから電話してくれ」

「了解」

ほっと息を吐く。まだ完全に安心できたわけではないが、取り敢えず家に籠《こも》っている限りは安全だろう。あとは反撃の方法を考えないといけないが、そのための第一歩は、まず相手の正体を把握することである。逆尾行、事実を突きつけ黙らせる、表裏から圧力をかけて潰す――様々な対抗手段が考えられるが、とにかく全ては、相手が誰か分かってからのことである。

食事を済ませ――こんなことがあった後だからか、響子は元気がなかった――ほっと一息ついたところで、また西川から電話がかかってきた。

「話して大丈夫か？」

「ああ」

西川の声が暗いのが気になる。しかしこれは、彼自身の調子の悪さとは関係ないとすぐに気づいた。とんでもない事実を把握したに違いない――沖田はスマートフォンを握る手に力を入れた。

第二章　敵

1

　週明け、月曜の朝になって沖田は、登庁が遅れると改めて連絡してきた。響子を会社へ送らなければならない——金曜の夜そのように打ち合わせしていたにもかかわらず、西川は苛《いら》ついた。寝不足のせいもある。普段はとにかく規則正しい生活を送るように気をつけているのに、金曜は自宅へ戻ったのが十一時。それ以降すっかり調子が狂ってしまっていた。

　唯一の救いは、今朝は美也子のコーヒーがあることだった。これがあるだけで、午前中の調子はまったく違う。不思議なもので、朝淹《い》れてくれたコーヒー——カップで三杯分ぐらいある——の味は、夕方まで落ちない。

　沖田が出勤してきたのは十時過ぎだった。顔を見た瞬間、西川は「遅い」と反射的に文句を言った。

「しょうがねえだろう」沖田が口を尖《とが》らせて反論する。「それより、さっさと打ち合わせを——」

恐れもある。


西川は周囲を見回した。一応、捜査一課の他の係とは隔絶された場所にある追跡捜査係だが、壁で区切られているわけではない。沖田の声がついつい大きくなって、外へ漏れる恐れもある。

西川は打ち合わせスペースに向けて顎《あご》をしゃくった。その態度にむっとしたのか、沖田が不機嫌な表情を浮かべたが、それでも荷物をデスクに置くとすぐにそちらに向かう。

「係長は？」沖田が訊《たず》ねた。

「検診」

「マジかよ」沖田が舌打ちした。「あの人、俺らが忙しい時に限って、必ず病院へ行ってないか？　肝臓の病気ってのは、本当なのかね」

「俺は診断書を見たことがあるよ」

「そんなもの、何とでもなるだろう。偽造というか、医者が頼まれて適当に書いた診断書を見たことないか？」

「まあまあ」西川は宥《なだ》めにかかった。「いない人の悪口を言ってもしょうがない。係長には後で報告することにして、取《と》り敢《あ》えず情報のすり合わせをしよう……響子さんの方はどうなんだ？」

「分からない。ただ彼女は、勘が鋭い方だからな。跡をつけられていたのは間違いないと思う」

「心配なら、しばらく泊まりこんだ方がいいぞ。二人一緒なら、相手も手出しできないだろう」

「その相手なんだが……」沖田が手帳を取り出した。広げたページを見ると、いつもの乱暴な字で殴り書きがあった。反対から見ると判読が難しいレベルだが、それでも名前は読み取れる。危険な名前──沖田は普段、あまりメモを取らないのだが、さすがに危機感を覚えたのだろう。「マジなんだな？」

「間違いない」

「そうか……」

「南多摩署にいた人じゃないよな？」

「少なくとも、俺と同時期にはいなかったはずだ」

「そうか」西川は自分の手帳を広げた。気になって、週末の間一度本部へ出向いて調べ上げたのだ。

西野知之《にしのともゆき》。よりによってと言うべきか、表参道署の署長である。五十九歳。定年間近で、ここが最後の職場になるだろう。ノンキャリアの一般警察官としては、ベストに近い歩みだ。

「基本的に交通畑を歩いてきた人だから、俺たちとはまったく接点がないな」西川は彼のキャリアをざっと見直した。「二十八歳で本部の交通捜査課に上がってから、ほぼ交通畑一筋だ」

「ということは、俺たちとはまったく被《かぶ》ってないだろうな」

「ああ」

「二十年前はどこにいた？」

「所轄《しょかつ》——豊島《としま》中央署の交通課係長だった」

「そりゃまた、出世が早いことで」沖田が皮肉を吐いた。大規模署である豊島中央署の係長なら警部……三十九歳で警部は、それほど出世が早いわけではないのだが。

「管轄も違うし、いずれにせよ交通畑の人だから、南多摩署の一件に嚙《か》んでいたとは思えない」西川は指摘した。

「だろうな……もう一人の奴は、西野署長とは関係あるのか？」

「花山《はなやま》な……まだ分からない。キャリアを全部調べたわけじゃないから」

「まだヒラの刑事だろう？　巡査部長だったよな」

「巡査部長はヒラじゃないけど……これまで所轄かどこかで、西野署長と一緒になった可能性はある」

「一本釣りかもしれないぞ」沖田が言った。

「ああ……そうだな」西川はうなずく。

従順でそれなりに優秀な若手に声をかけ、自分の個人的な子分にしてしまう——直接の指揮命令系統とは関係なく、そういう人間関係を築きたがる人間はいるものだ。それは必ずしも、悪いことではない。少し年齢の離れた若手を自分の後継者候補と見こんで、ノウハウを叩《たた》きこんでやろうという場合がほとんどだからだ。ただし稀《まれ》に、個人的な用事まで処理させる――本当の子分にしたくてリクルートする、ふざけた人間もいる。

「花山義樹《よしき》巡査部長、三十二歳か……たぶん、使えない奴なんだろうな」沖田が吐き捨てる。「尾行も下手だ」

「まだ分からんよ。調べにくい相手なんだ」

「半蔵門署か……この年でまだ所轄にいる人間は、何か問題があるんだろう。だいたい、何で所轄の刑事が、他の署の署長と関係があるんだ？」沖田が疑問をぶちまける。

「分からない」西川は認めた。「金曜の密会も意味不明だ。話の内容までは分からなかったし……しかし西野署長も、真面目《まじめ》と言えば真面目だよな。自分の管内からは出なかったわけだから」

渋谷中央署と表参道署の管轄区域は隣接している。都心部故《ゆえ》に管轄の線引きは複雑なのだが、金曜に二人が入ったトンカツ屋は、ぎりぎりで表参道署の管内に入るはずだ。ほんの数十メートル歩いたら、渋谷中央署の管内に入る。

「まあ、署長がちょろちょろ管内から出ていたら問題になるからな」西川は一人うなずいた。基本的に署長は、署内か署のすぐ近くにある官舎に住み、二十四時間対応が普通である。夜中に重大な事件・事故が起きると、若手と一緒に呼び出されるのだ。署長の任期中、本部などでの会議以外では管内を離れたことがない、という人も少なくない。

「窮屈な話だ」沖田が皮肉を吐く。

「お前が署長になる可能性はゼロに近いから、心配するな」

「そもそんな話があっても断る」沖田が鼻を鳴らした。

「まあ、いい……とにかく、西野署長が花山という所轄の刑事にお前を尾行させていたことは間違いないんだから」

「で、どうするよ？　表参道署か半蔵門署に殴りこむか？」沖田が息巻いた。

「よせよ」西川はすぐにストップをかけた。「そんなことしても、何にもならないぜ。否定されたらどうしようもない」

「写真も押さえてるだろうが」

「別件で移動中だって言われたら、それ以上突っこみようがないぞ」

「だったらどうするんだ？」沖田の鼻息はまだ荒かった。「俺だけじゃなくて、彼女まで尾行するような連中だぞ。放《ほう》っておいたら、何をするか分からない」

「基本は、放置だな」西川は、この週末散々考えた末に出した結論を口にした。

「ああ？」沖田が声を張り上げる。「お前、人のことだと思って呑気《のんき》に構えてるんじゃないか？」

「下手に喧嘩《けんか》をしかけたら、こっちが損をするって言ってるんだよ。向こうも、手出しするとしたら、もうとっくにやってるだろう。人気のない場所でお前を襲って、直接圧力をかければいいんだから」

「何の圧力を？」

「お前がやってることをやめさせる——そういうことじゃないのか？」西川は逆に聞き返

した。

「それはつまり――加山の自殺の再捜査をされるとまずいわけだよな？」

「今、俺たちが噛んでいる案件は他にはないからな」西川はうなずいた。「いきなり虎《とら》の尻尾《しっぽ》を踏んだんだろう」

「つまり加山の自殺は……」

「何らかの隠蔽《いんぺい》工作が行われた可能性が高い」西川は結論を口にした。

「どうだよ。これでお前も、少しはマジになったか？」沖田が、少しだけ勝ち誇るような口調で言った。

「なったけど、別に興奮はしないよ。とにかく、最初からこの調子じゃ、先が思いやられる。敵にして一番面倒な相手が誰か、お前にも分かるだろう？」

「――警察官」

西川は無言でうなずいた。自分の立場、そして組織を守るためには、警察官は強くなる。それにしても分からないことはまだ多かった。二十年前、加山が殺され、何らかの理由で自殺と判断された――そもそもその理由がまったく分からない。一人の人間が事件の犠牲者になったことを「なかったこと」にしてしまう理由が想像もできなかった。それに、沖田だけを外した――この件にタッチさせなかった理由も……いや、それは想像できるか。沖田はすぐに騒ぎ立てる男だ。先輩たちに丸めこまれずに「おかしいじゃないですか」と大声を上げたであろうことは簡単に想像できる。そして、全員の意思を統一して隠蔽工作に走る時、少しでも不安要素があれば排除しようとするのは自然だろう。

「放置してどうするんだ。何もしないわけにはいかないだろう」

「連中をあまり刺激しないように、調査を進めるしかないな。まず、加山の周辺捜査をしてみるのがいいと思うけど、どうだ？」

「今さらできるのかね」沖田が疑義を呈した。

「ヒントはある」西川はうなずいた。「金曜に話をした組対の刑事から連絡があった。話が聴けそうな人間を何人か紹介してもらったよ」

「マル暴か？」

「そういう人間もいる」

「マル暴は嫌いなんだよなあ」沖田が不機嫌に吐き捨て、両手で顔を擦《こす》った。

「しょうがないだろう。相手がそういう人間なんだから」

「分かった。手分けするか？」

「そうだな」西川が手帳を見て名前を読み上げると、沖田が自分の手帳に乱暴に書き殴った。

まずはこれでよし……しかし西川の不安は高まる一方だった。いったい自分たちは、どこに——何に足を突っこんでしまったのだ？

葛飾区《かつしか》——京成本線お花茶屋《はなちゃや》駅から歩いて十分ほどのところにある住宅建築現場。骨組みは既《すで》に組み上がっていて、これから本格的に家が姿を現すところ――西川は急に懐かしい気分になった。自分が家を建てたのは、もう十五年も前だが、あの時は休みの度に現場を訪れたものだ。一週間経《た》つと様子ががらりと変わり、徐々に家らしくなっていく経過を確認して楽しんでいた。この家の施主も同じようにしているのではないだろうか。

「おーい、ちょっと様子見だ！」

中年の男が野太い声を上げる。これが会うべき相手――棟梁《とうりょう》なのだとすぐに分かった。背は低いががっしりした体型で、独特の迫力を発している。ヤクザというのは、簡単に辞められるものではない。一度でも違法行為に手を染めた人間が真っ当な世界に戻ろうとしても、無数の壁が立ちはだかる。

しかし中には、例外的なケースもある。受け入れる度量のある人間がいて、本人がすっぱり組織と縁を切ろうと固く決心すれば、不可能ではないのだ。西川が会いに行った男は、まさにそういうタイプだった。上手《うま》くヤクザ組織から抜け出して、今は若い連中を使う身……大したものだ、と西川は感心した。もっともこの男――大本隆守《おおもとたかもり》が暴力団に籍を置いていたのは、わずか三年ほどである。若手も若手、下っ端時代に傷害事件を起こして実刑判決を受けたものの、出所してからは更生して、やはり大工をしていた叔父の引きで今の仕事を始めたのだ。その後は、マル暴とは完全に縁を切っている。

雨が降ってきたので、工事は一時中断になったようだ。若い職人たちが、慌ててビニールシートを用意する。それを見守りながら、大本が煙草《タバコ》に火を点《つ》けた。

「大本さん？」

声をかけると、大本がゆっくりと振り向く。ヘルメットが既に雨に濡《ぬ》れて光り始めていた。かなり強い雨で、傘もなしで煙草を吸っていると、すぐに消えてしまいそうだ。

「どちらさん？」しゃがれ声で大本が言った。酒と煙草でだいぶ喉《のど》を酷使しているのだろう。それに、現場で若い連中に大声で指示も飛ばしているはずだ。

「警察です」西川は低い声で言った。あたふたとシートをかける作業をしている若い連中には聞こえないはずだが、一応気を遣った。

「まさか、うちの若い奴が何かしたんじゃないでしょうね」眼光鋭く西川を睨《にら》む。

「違います」

「ああ……」急に惚《ほう》けたような声を出した。「だったら何ですか？」

「昔のことで話を伺《うかが》いたいんです」ここで抵抗されるだろうと西川は予想していた。完全に暴力団と縁を切った人間は、過去の話を蒸し返されるのを嫌う。

「俺のことかい？」大本が自分の鼻を指差した。

「いえ、大本さんご自身の話じゃないんです」

「そうだとしても、あまり嬉《うれ》しくはないな」

「お時間は取らせません。雨で休んでいる間に終わりますよ」

「そうかい？　じゃあ……」大本が歩き出した。西川はさやかと視線を合わせた。彼女は何となく不安そう……まだ大本からきちんと話を聴けるかどうか、不安なのだろう。それを言えば西川も同じだった。

大本は、現場のすぐ近くにあるコイン式の駐車場に二人を連れて行った。一目見て作業用と分かるワンボックスカーが一台。大本はその横に駐車してあるクラウンのドアロックを解除して、運転席のドアを開けた。しかし乗りこまず、振り返って西川の顔を見やる。

「後ろの方がいいですか?」

「話しやすい場所なら、どこでもいいですよ」

「じゃあ、運転席に座りますかね。こっちの方が慣れてるんで」

「分かりました」

大本が運転席に、西川が助手席に座った。さやかは後部座席。相手の顔を正面から見られない車の中というのは事情聴取がしにくいものだが、この際仕方がない。

シートの処理を終えた若い職人たちもやって来て、雨を避けるためにワンボックスカーに乗りこんだ。リアハッチを跳ね上げてパラソル代わりにし、その下で煙草を吸い始める者もいる。

「今日はやみそうにないな」大本がこぼした。

「商売上がったりですか」西川は応じた。

「ま、しょうがないね。こっちはお天道様次第だから」

「古い話で申し訳ないんですが、あなたが組織にいた頃の話です」

「もう二十年も前ですよ。俺はほとんど未成年みたいなものだった。それに今は、連中とは完全に切れてる」大本がむきになって、早口で言った。

「それは分かってます。加山という男を知りませんか？　加山貴男」

「加山貴男……」大本が、眉間《みけん》を人差し指で押した。「加山貴男、加山貴男……記憶にあるような気もするけど、誰だったかな」

「自殺したんです」

「自殺？」大本が目を見開く。「それは記憶にないけど……」

西川は、二十年前に加山が自殺した日を正確に告げた。それで大本はピンときたようで、一人うなずく。顔には苦い表情が浮かんでいた。

「そりゃあ、記憶にないはずですよ。俺は……こっちにいなかったからね」

「服役中でしたか？」

「まったく馬鹿なことをしましたよ。我が人生における唯一の汚点だね。ただ、あれがきっかけで組から抜けられたんだから、よしとしないと」

「前向きですね」

「前向きじゃないと、若い連中がついてこないから」大本が胸を張った。

「そうですね……加山の名前、思い出しませんか？　正式な組員ではないんです。周辺にいた男というか」

「ああ、分かった。それって、三沢《みさわ》さんでしょう」

「三沢さん？」

「そう名乗ってたんですよ。理由は分からないけど。俺はどうして本名を知ったのかな……覚えてないけど、とにかく変な人でしたね」

「何をやってたんですか？」

「使いっ走りみたいな……ダフ屋とかね。ちょっと愚図な人で、正式の組員にするには問題あり、という感じだったんじゃないかな」

「自殺した時、三十歳ですよ？　その年齢で使いっ走りというのはきつくないですかね」

「どういう事情だったかは分かりませんけどね。ダフ屋商売が一番多かったんじゃないかな。あれ、意外ときついんですよ」

「夏も冬も、イベント会場の外で立ちっぱなしですからね」西川は同調してうなずいた。

「組員がやるような仕事じゃないですよ。三沢さん――加山さんは、そういう中途半端な仕事ばかりやらされていたと思います。しかし、自殺したとはねえ……知らなかったな」

「服役していても、外の情報と完全に隔絶されるわけじゃないでしょうが……」

「教えてくれる人もいなかったですよ。俺には直接関係ない人だったから」

「病気だった、という話があるんですけど」後部座席に座るさやかが遠慮がちに切り出した。

「病気？　もしもそうだったら、俺が捕まった後じゃないかな」大本が首を傾《かし》げた。「何度か会ったことがあるけど、病気っていう感じじゃなかったですよ。自殺するほどの病気だったら、すぐに分かりそうなものですよね」

「そうですね……」さやかがすぐに引いた。

「特に親しいわけじゃなかったんですか？」西川は話を引き継いだ。

「ええ。向こうの方が年上で、直接の接点はあまりなくて……一緒に酒を呑《の》んだことが一回か二回——それぐらいかな」

「その割によく覚えてますね」西川は指摘した。

「いや、今話してて段々思い出したんだけど、とにかく困った人だったんですよ」

「困った？　どういう風にですか？」

「お調子者っていうか。おべっか使いっていうか……口から先に生まれた人ってよく言うでしょう？　あんな感じで」

「信頼できないタイプ？」

「俺はもう、ヤクザ者を肯定する気持ちは一ミリもないけど、口が軽い人間を排除するのは暗黙の了解で……それだけは理解できるな」

「秘密も多いし、誰に喋《しゃべ》るか分からないような人間は組員にはできない、ということですね」

「そうそう」大本が素早くうなずく。「酒を呑んでても、くだらない冗談を飛ばすか、一緒にいる兄貴分におべっかを使ってるか……一緒に呑んでて楽しい人じゃなかったですね」

「軽いタイプだったんですか？」

「そうとも言えると思います。しかし、病気で自殺とはねえ……」大本が首を捻《ひね》る。「そんな風には見えなかったな」

「誰でも病気にはなりますけどね」この男はネタ元にならない、と西川は早くも匙《さじ》を投げた。関係性があまりにも希薄である。

その後もしばらく話をしたが、有益な情報は出てこなかった。しかし、大本の言葉が一つだけ耳に残った。

「三十歳は、もう手遅れなんですよね」

「何が手遅れなんですか？」

「三十歳まで暴力団と関係してきた人間は、もう一生切れないんですよ。二十代――それも前半までには縁を切った方がいい。だから俺は、幸運だったんでしょうね」

それは自らの努力もあったからだ。しかし褒《ほ》めても何にもならないと思い、西川はうなずくだけにした。

2

いきなり福島へ出張か……行くのは構わないのだが、感触が未《いま》だに曖昧《あいまい》なので自信がない。福島には、加山の実母・佐知子《さちこ》が今も住んでいて、庄田が既に電話で話していたのだが、息子のことになるとけんもほろろの様子だったという。福島県警に依頼して面会してもらおうかとも思ったが、話が広がってしまうのもまずい。だったらとにかく行ってしまえ――と新幹線に乗ったのだが、無駄足になる可能性を考えると、気分は上向かない。

「福島駅からそれほど遠くないですね」庄田がスマートフォンを見ながら言った。

「近いと思っても、案外距離があったりするぞ」

「田舎は……そうですね」東北出身の庄田が、納得したようにうなずいた。「車がないと動けませんからね。それより、福島県警に話を通しておかなくていいんですか？」

「今回は、そういうのはなし」沖田は両手でバツ印を作った。「この程度の話――雑談みたいなものだろう？　それでいちいち地元の県警にお伺いを立ててたら、きりがない。それに今回は、できるだけ極秘行動にしたいんだ」

「大丈夫なんですかね」庄田が声をひそめる。「今のところ、尾行されてる気配はないんですか？」

「ない」沖田は即座に言った。東京駅までは、大竹が自分たちを監視しながら送ってくれた。大竹は「尾行している人間はいない」と断言していたから、自分が福島へ向かっていることは誰にも知られていないと思っていいだろう。

それにしても、今日も遅くならないようにしないと。響子に、会社まで迎えに行くと言ってあるのだ。一晩経った土曜には、彼女は前夜の行動を大袈裟《おおげさ》だと思い直したようで、「必要ない」と遠慮したのだが、これは沖田自身の心の平穏のためである。自分がつき添い、会社から家へ送り届けて安心したい。

加山の実家は、福島市役所の裏手……ということを、沖田はタクシーに乗り込んで初めて知った。住所を示すと、運転手は一応カーナビに情報を打ちこんだのだが、実際にはナビに頼らずとも行けそうな感じだった。六十年配の運転手で、若い頃からタクシーのハンドルを握っていたとすれば、福島市内の道路は表から裏まで知り尽くしているに違いない。

「どんな感じのところですか？」沖田は訊ねた。

「あー、普通の住宅街だね。ちょっと行くと阿武隈《あぶくま》川……近くに福島競馬場があるから、レースのある日はわたしらもよく行きますよ」

十月とはいえ、福島市の気温は東京に比べるとずっと低い。十分ほど乗ったタクシーを降りた途端、コートが必要だったな、と沖田は悔いた。急な出張だったから仕方がないのだが、このまま夕方まで聞き込みを続けたら、風邪《かぜ》を引きそうだ。一方、東北生まれの庄田は平然としている。

「何だい、もうすっかり東京に慣れて、寒さに対して軟弱になったかと思ったのに」沖田は自分の両腕をこすりながら言った。

「まだ、東京よりも田舎の方が長いですから」庄田が苦笑しながらうなずく。

沖田は習慣で、まず周囲を観察した。住居表示がなければ、ここが東京だと言われても信じてしまうだろう。二十三区ではなく、多摩地区のような雰囲気が色濃い。集合住宅と言えば二階建てのこぢんまりとしたアパートが二棟あるだけで、あとは一戸建てが余裕のある敷地内に建っている。住宅街に無理矢理作ったような畑も……その先に目を転じると、低い土手があった。あそこが阿武隈川だろう。

少し歩き、加山の実家に辿《たど》り着いた。市営住宅だろうか、かなり古びた平屋が、長屋のような格好で並んでいる。建物の脇には舗装もされていないスペースがあり、そこに車が適当に停《と》まっていた。その向こうに見えているのは、阿武隈川にかかる橋だろうか。

ここには四家族が住んでいるようだった。それに対して車は三台。地方都市だけに福島でも一家に二台の車は普通だと思うが、佐知子は車を持っているのだろうか。市の中心部からかなり離れたこの辺では、車がないとちょっとした買い物にも困りそうだが。

建物の屋根は全《すべ》てえんじ色なのだが、それが色褪《いろあ》せるぐらいの築年数のようだ。当然、東日本大震災には遭遇しているはずだが、よく無事だったと思う。もしかしたら、平屋の方が地震に強いのだろうか。

「俺、行きましょうか?」庄田が遠慮がちに申し出た。

「お、今日は積極的じゃねえか」

「一度電話で話してますし……というか、沖田さん、今日ヤバいです」

「何が」

「顔が」

「何言ってるんだ」むっとして、沖田は低い声で反発した。今さら顔のことを言われても……。

「いや、あの」庄田が慌てて言い訳しようとしたが、上手い言葉が浮かばないようだった。

「何て言うか、その……」

「いつもより凶暴か？」

「あ、はいはい」庄田が勢いよく二度うなずいた。「そうです。とにかく今日は凶暴です。相手がビビりますよ」

「凶暴になってる理由は分かるだろう……いいよ、お前に任せる」

「了解です」

庄田が、道路に一番近い場所にある家の玄関の前に立った。表札を確認すると、ドアの横にあるブザーを指で押した――いや、押しても音がしない。指が曲がるぐらい力を入れて押し直すと、中で「ブー」と間の抜けた低い音がした。まるで、工場で操業時間の始まりを告げるような音だった――沖田は工場で働いたことはないが。

庄田が一歩下がって待った。家に人がいることは分かっている。まだ午後の早い時間なのに、窓に灯《あか》りが灯《とも》っているのだ。東京を出て来る時は雨だったが、こちらでも間もなく降り出すだろう。雲は分厚く低く、家の中が夕方のように暗いことは簡単に想像できる。

ギリギリと刻むように、引き戸がゆっくり開いた。だいぶ建てつけが悪いようだ。

顔を出したのは、七十歳ぐらいの女性だった。この人が加山の母親、佐知子だろう。

「警察です」庄田が声を張り上げ、バッジを示した。「東京から来ました。加山佐知子さんですね？」

「そんなに大きな声を張り上げなくても聞こえてますよ」佐知子が険しい表情を浮かべる。

「近所迷惑でしょう」

「すみません……」途端に庄田がへし折れた。しかし引くほど折れてはいない。「ちょっとお話を伺いたいんですが、よろしいですか」

「警察は、嫌だって言ってもどんどん入って来るでしょう」

「許可が出ない限り、勝手に家には入りませんよ」

「まあ……しょうがないですね。どうぞ」

佐知子が家の中に引っこむ。庄田が情けない表情を浮かべて沖田に視線を向けた。これは難儀しそうですよ……とでも警告したつもりだろうが、この程度のきつい反応は、沖田には予想できていた。東京へ出た息子がマル暴の使いっ走りをしていて、最後は自殺した——おそらく、昔から息子の問題で警察と接点があったのではないだろうか。

家が狭いことは、入った瞬間に分かった。人が二人立てば体が触れ合うような玄関の先が、すぐ台所になっている。家の中からはむっとした熱い空気が流れてくる——ストーブを焚《た》いている部屋に特有の乾いた空気だった。台所の先にある畳の部屋でストーブを焚いているだけで、家全体が暖まるのではないだろうか。

先ほどまではコートが欲しいと思っていたのに、入った途端に背広も脱ぎたくなった。しかしさすがに、それは失礼だろう。

六畳間の真ん中にはこたつが置いてあり、佐知子はすぐにそこに足を突っこんだ。十月も終わりに近く、実際寒いとはいえ、こんなに早い時期に暖房を入れてしまったら、冬はどうするのだろう。体が次第に慣れていくのだろうか。

佐知子はすぐに煙草に火を点けた。こたつの上の灰皿は、もう吸い殻で完全に埋《うず》まっている。この灰皿が空の状態で朝から使い始めたとすると、既に一箱を空にしてしまったのではないだろうか。新幹線からタクシーに乗り継いで、しばらく煙草を吸っていなかった沖田も一服したいところだったが、ここは我慢することにした。佐知子がどういう人間なのか分からないので、迂闊《うかつ》な真似《まね》はしたくない。

「それで？　貴男のことですか？」しきりに煙草をふかしながら佐知子が訊ねた。

「先日、電話させていただいたんですが……」

「ああ、あなたね」どこか馬鹿にしたように佐知子が言った。

「そうです。亡くなられた息子さんのことです」

「今さら何なんですか」庄田の説明に、佐知子が呆《あき》れたような表情を浮かべた。「もう二十年も前ですよ。息子のことなんか、とっくに忘れているんです」

そういえば仏壇もないな、と沖田は思った。別の部屋にあるのか、それとも本当に忘れているのか。

「本当に忘れたんですか？」庄田が素直な調子で疑問を口にした。「ご家族――息子さんでしょう？」

「中学の時からあれこれ問題を起こして、警察のお世話になって……高校はすぐに中退して、逃げるみたいに東京へ出て行ってしまったんです。どれだけ心配させられたか、怒ったか、分かります？　正直、死んだと聞いた時にはほっとしましたよ」

「亡くなった話は、誰から聞いたんですか」

「それは、警察の人から」

「名前は覚えていますか？」

庄田が当時の南多摩署刑事課の面々の名前を挙げた。所、井本、石沢、辻——沖田以外の強行係全員だ。そして課長の松岡。

「覚えてないわ」佐知子が煙草の煙を勢いよく吹き上げる。「二十年前よ？　そんな昔の話まで覚えている人なんて、いないでしょう」

本当に？　記憶には濃淡があり、歳月によって等しく薄れるものではない。息子の死を伝える連絡は、彼女の人生にとって最も強烈な出来事だったはずだが……もしかしたら「大したことはない」と自分に思いこませることで、衝撃を乗り越えてきたのかもしれない。時に、そういう人がいる。事態を実際よりも小さくまとめようとするのだ。

「連絡は電話で、ですか？」庄田がなおも話を転がした。

「電話ですよ。電話一本で、自殺したって」佐知子の唇が震え始めた。

「その後、どうしたんですか？」

「東京へ行きましたよ。確認したいから見に来てくれって言われてね。それで、向こうで火葬にして、お骨だけこっちに持ち帰って墓に入れたんです」

「息子さんを見て……何か変だと思いませんでしたか？」

「そんなにちゃんと見てませんよ。自分で首を切ったんでしょう?」佐知子が手刀で自分の首の左側を二度叩いた。「そういう遺体だから、あまりよく見なくてもいいと……顔は分かりましたから、確認はできたんですけどね」

「何かおかしな様子はありませんでしたか?」

「ないですよ……ねえ、何なんですか?」佐知子が沖田を見た。明らかに庄田よりも年上の沖田の方が、きちんと説明できるとでも思っているのだろう。

「殺されたかもしれないんです」沖田は爆弾を落とした。

「え……」佐知子の言葉が途切れ、動きが固まる。指先で長くなっていた煙草の灰が、ふたつの天板にぽとりと落ちた。庄田が慌てて灰皿を取り上げ、佐知子の煙草の下に持っていく。佐知子が沖田の顔を見たまま灰皿を受け取り、吸い殻の山に新たな一本を加えた。

「はっきりした証拠があるわけじゃないです。ただ、そういう疑いがある……何か新しい証拠が見つかるかもしれないと思って、今日はお訪ねした次第です」

「私は何も知りませんよ」

「そうですか……」

沖田は煙草を取り出し、佐知子に示した。吸ってもいいですか?　佐知子は惚けたような顔でうなずくだけだった。佐知子の灰皿は既に一杯だったので、沖田はバッグから自分の携帯灰皿を取り出した。

「息子さん、東京で暴力団と関係があったようですね」

「そういう話も聞きましたけど……本当かどうか、私は知りません」

「誰から聞いたんですか」

「息子の同級生の子から……こういう話は、同級生の方がよく知ってるものじゃないですか」

「確かにそうですね」沖田はうなずいた。「ご本人に確認したことはないんですか?」

「ありますよ」佐知子が新しい煙草をパッケージから引き抜く。そこで初めて、灰皿が一杯になっていることに気づいたようで、面倒臭そうに立ち上がって台所へ向かった。戻って来た時には、灰皿は空になっていた。

こたつに入りながら灰皿を天板に置き、煙草に火を点ける。全てが面倒臭そうなのに、この時だけは流れるような動きだった。

「息子さんには、東京での生活について問い質《ただ》したんですね?」沖田は質問を再開した。

「ええ」

「どうでした?」

「何も言いませんでした。怒るわけでもなく、否定するわけでもなく、そのまま電話を切ってしまって。何度か電話したんですけど、いつも同じでした」

「会いに行くようなことは?」

「私も主人も仕事をしていたので……」

「息子さんが里帰りして来ることはなかったんですか?」

「全然。出て行ったら、それっきり――あ、いえ、一度だけ帰って来たことがあります。それが十何年かぶりだったんです」

「いつですか?」

「死ぬ前……一ヶ月ぐらい前だったと思います」

沖田はすっと背筋を伸ばし、庄田に目配せした。これは初めてのしっかりした情報だぞ。しっかり聴いておけ――庄田も事情を察したようで、素早くうなずいた。

「その時は、どうして帰省したんですか?」

「さあ、気まぐれですかね。別に用事があったわけではないようでした。一泊して、すぐに帰ったはずです。その一泊も、うちには泊まらなかったですけどね」

「どこへ泊まったんですか?」

「分かりません」佐知子が首を横に振る。指先の煙草が微妙に揺れ、煙が左右に流れた。「うちへはちょっと顔を出しただけで、そのあとは友だちに会いに行くからって……それだけです」

「誰と会っていたかは分かりますか?」

「ええ。小学校の時からの友だちと……少なくともそう言ってました」

「後で名前を教えて下さい」沖田は一気に核心に入った。「それで、ここから先が大事なことですが……その時、息子さんの体調はどうでしたか?　病気をしていたとか、体調が悪そうだったとか」庄田も病気のことは聞いたが、「そういうことはない」と否定されていたはずだ。

「いえ」

「間違いないですか?」沖田は念押しした。

「病気はないです」

病気「は」? 沖田は、微妙な言い方が気になった。どういう意味なのか考えていると、佐知子が口を開く。

「怪我《けが》はしてましたよ」

「怪我? どこですか?」

「右膝《みぎひざ》でした。最初、杖《つえ》をついて家に帰って来たんで、びっくりしたんです。聞いたら、事故で膝を痛めたって」

「交通事故ですか?」

「さあ……事故としか聞いていません」

それからなおも沖田は、手を替え品を替えて質問をぶつけ続けたが、それ以上の答えは引き出せなかった。あとは友人たち——気が急《せ》いた。早くしないと、響子の勤務時間が終わってしまう。

二十年前、加山と会ったはずの男——小学校時代の同級生、諸住直也《もろずみなおや》は、よりによって県警の職員だった。とはいえ、刑事でも制服組でもなく、科学捜査研究所に勤務する「技官」。しかし技官であっても、勤務中の警察関係者にいきなり話を聴くのはいろいろとまずい。それこそ「仁義」が必要だ……沖田は仕方なく、鳩山に動いてもらうことにした。これが正式な捜査なら、それぞれの捜査共助課を通じてやり取りしなければならないのだが、あくまで「参考まで」の事情聴取である。捜査一課の係長として、県警の然《しか》るべき部署に話してくれれば、何とかなるだろう。

県警本部は、福島城址《じょうし》にある県庁に隣接している。沖田たちは、タクシーを呼んで移動した。江戸時代に城があった県庁所在地の場合、県庁や県警本部は、城址やその近くに設置されることが多い——街の中心部は、時代が変わっても変わらないということか。もちろん、城址なら広い敷地を確保できるという事情もあるだろうが。

この辺りは基本的に官庁街で、時間を潰《つぶ》せそうな場所がない。喫茶店かどこかに入って情報をまとめたかったが、適当な店が見つからなかった。庄田がスマートフォンで検索してくれたが、やはり県庁付近には喫茶店もないようだ。県の職員や県警本部に詰める連中は、昼飯をどうしているのだろう、と不思議に思った。よほど立派な食堂があるのか、あるいは弁当持参が原則なのか……仕方なく、県庁のロビーで時間を潰す。冷たい風に身を晒《さら》さずに済むだけでもありがたいと思わなければ……そこで所在なく立ち尽くしたまま十分が過ぎたところで、鳩山から電話がかかってきた。この素早さは、彼にしては上出来だろう。

「話はついた。相手は諸住直也、五十歳。直接話してくれ」

「助かります」

礼を言って電話を切り、すぐに県警の代表番号を呼び出して、科捜研に電話を回してもらった。しばらく待たされたが、電話に出た諸住の声は平静——少なくとも疑念や悪感情は抱いていないように聞こえた。

「お忙しいところすみません。警視庁の沖田と申します」

「話は聞いています」

「これからお会いできますか？　仕事の途中で申し訳ないんですが」

「今、どこにいらっしゃいます？」

「ちょうど県庁に入ったところです」

「ああ……それじゃ、迎えに行きますよ。話をする場所もないんですけど、食堂へでも行きますか」

「大丈夫です」

やはり食堂はあるわけか……五分ほど待っていると、背の高いほっそりした男が姿を現した。暖かい庁舎内にいたのだから当然かもしれないが、ワイシャツ一枚の軽装である。

諸住の案内で県庁の食堂へ移動する間、沖田は彼の経歴をさらりと聞き出した。福島市内の高校から都内の私大の理工学部を経て、Uターン就職で科捜研に入った。それから一貫して、化学分野の専門家として活躍している——薬物や毒物の分析などが主な役目だ。時間があればもう少し詳しい話を聞き出せただろうが、それは諦《あきら》めた。沖田には難し過ぎる。

県庁内の食堂は、いかにも公共施設の食堂という素っ気なさだった。黄色いテーブルクロスがかかった長机に、オレンジ色のパイプ椅子《いす》。券売機で食券を買い、調理場の前のカウンターで料理を受け取る方式だ。昼食時から外れたこの時間でも、食事をしている人がちらほらいたが、料理はどれもなかなかのボリューム……味や量、値段はともかく、栄養的にはいかがなものかと思える組み合わせを食べている人もいた。カレーにラーメンは、あまりにも炭水化物過多ではないか？

基本的には空《す》いているので、窓際の席に陣取る。何も頼まず話をするのも申し訳ない気がして、沖田は飲み物を調達するよう、庄田に命じた。結局彼は、トレーにお茶を三つ——たぶん無料だ——を乗せて戻って来ただけだったが。

「古い話で申し訳ありません」沖田はまず頭を下げた。

「いえいえ……でも、どうしたんですか？」

「うちは名前の通りに、昔の事件を再捜査するのが仕事です」

「再捜査というか、未解決事件の捜査専門ですよね？」

さすがに警察職員だけあって、よく分かっている。逆に言えば、下手な言い訳や嘘《うそ》は通用しないぞ、と沖田は覚悟を決めた。

「ここだけの話にしていただきたいんですが、加山さんは自殺ではなかった可能性があるんです」

「何か新しい証拠でも出たんですか？」

いかにも技官らしく、諸住はまず「証拠」を求めた。もちろん沖田は、首を横に振るしかなかった。

「となると、刑事としての勘ですか?」

「まあ、そのようなものです……曖昧な話は受け入れられませんか?」

「いやいや」諸住が苦笑した。「むしろ、現場の刑事さんの勘には驚かされることが多いですよ。ああいうのを科学的に分析して、誰でも使えるようにしたら、どんな難事件でも短時間に解決します」

「そうなったら、我々は失業でしょうね」

軽口を交わし合っている間に、少しだけ空気が解《ほぐ》れてきた。沖田はお茶で喉を湿らせて、一気に本題に入った。

「二十年前なんですが……加山さんは亡くなる直前に福島に里帰りしてきて、あなたと会っているはずです。あなたというか、あなたたち、ですか?」

「ええ」諸住がすぐにうなずいた。

「覚えてますか?」

「覚えてますよ」

本当に、という疑問を沖田は呑みこんだ。二十年前の特定の出来事を、そんなにはっきり覚えていられるものだろうか。しかし彼の説明を聴くと、納得できた。

「あまりにも久しぶりだったので」

「いつ以来ですか？」

「私は、中学校卒業以来でした。加山は……要するにグレちゃったんですよね。中学時代から、万引きなんかで何度も警察のお世話になって、高校に入ると、地元のマル暴とも関係ができたんです。それで中退して東京へ出て行って——あの時は、十何年かぶりに、こっちへ帰って来たんですよ」

「何の用だったんでしょうね」母親の話と一致する、と思いながら沖田は先を促した。

「それは分からないんですけど、久しぶりだから会おうって、あいつから連絡があって……ちょっと躊躇《ちゅうちょ》したんですけど、久しぶりでしたから。昔の友だち何人かと呑みました」

「どんな様子でした？」

「昔通りというか」諸住が苦笑した。「あいつは基本的に、お調子者なんですよ。人に合わせてしまう——だから、悪い人間にも引っ張られやすい。酒の席でも調子だけはよくてね……まあ、昔話をしてそれなりに盛り上がりましたけど」

「当時、彼が暴力団の周辺にいた人間だということは分かっていましたか？」

「ある程度は」諸住が真顔に戻ってうなずく。「こういう仕事をしていますから、その手の情報は入手できます。もちろん、実際にどういうことをしていたかまでは分かりませんけどね」

「病気じゃなかったですか？」

「はい？」諸住が目を細める。

「病気を苦にして自殺した、というのが当時の見方だったんですが」

「病気じゃなくて怪我でしょう？　右だったか左だったか忘れたけど、事故で膝に大怪我をしたってこぼしてました。実際、松葉杖をついて現れましたからね」

「そんなにひどかったんですか？」松葉杖が必要なぐらいの重傷だったら、新幹線に乗って福島まで来るのも一苦労だったはずだ。

「かなりひどかったですね」諸住がうなずく。「偽装とは思えませんでした」

「交通事故ですか？」

「本人は『事故だ』としか言ってなかったんですけど、あれだけの大怪我だと、普通は交通事故だと思いますよね」

「病気ではなく怪我、なんですね？」沖田は念押しした。

「病気を苦にして自殺、という話はどこから出てきたんですか？」

「二十年前に調べた刑事たちの結論です」

「何かの間違いというか、勘違いじゃないんですか？」諸住が首を捻る。「怪我と病気を取り違えるとは思えませんけど……どうなんでしょう」

「それは私にも分かりません」沖田は首を横に振った。間違いではなく、故意に誤情報を残したのではないか？　となると、この「怪我」に何か重要な意味があったかもしれないと思えてくる。

あくまで仮定の話だ。沖田は、捜査の手順を間違ったと認めざるを得なかった。病気ではなく怪我——この情報が最初に分かっていれば、かつての先輩たちにぶつけることができたのに。矛盾を指摘されれば、彼らも真相を話さざるを得なかったのではないだろうか。

「会ったのは、それが最後ですか？」

「ええ。その後、死んだ——自殺したという話を聴いて、墓参りには行きましたけどね。墓はこっちなので」

「律儀ですね」

「レールから零《こぼ》れ落ちた人間でも、昔の仲間だったことに変わりはないですから。元々は、そんなに困った奴じゃなかったんですよ。友だちを虐《いじ》めたり、喧嘩を売ったりするようなことはなかったですから……自殺じゃないかもしれない、という話ですよね？」

「ええ」

「だったら殺しだったとか？」

「分かりません」沖田は正直に認めた。

「もしも殺されたんだったら……難しいかもしれないけど、犯人は挙げて下さいよ」諸住が真顔で言った。「加山はどうしようもない人間だったけど、だからと言って殺されていいわけじゃない」

3

西川は沖田との電話を終え、ふっと息を吐いた。斜め前の席に座るさやかが、心配そうな視線を向けてくる。西川は彼女にうなずきかけ、「やっぱり病気じゃない。怪我——右膝を怪我していたようだ」と報告した。

「交通事故ですかね」さやかが首を捻る。

「どうかな……膝を怪我する状況はいろいろ考えられるけど」

数年前、犯人追跡中の沖田が塀から飛び降りて、足を骨折したことがあった。道路で転んだだけでも、上手く受け身が取れなかったら重傷を負うだろう。

「交通事故だとしたら、記録が残ってないですかね」

「二十年前だぜ？　難しいだろうな」

「警察になくても、保険会社とか」

「それを確認するためには、まず、いつどこで事故が起きたかが分からないと……もう少し、掘り起こし作業が必要だ」

「記録が当てにならないとしたら、証言を探るしかないですね」さやかが手帳をめくった。

「この、もう一人のマル暴に話を聴いてみますか？」

「そうだな」西川は渋い表情を浮かべた。暴力団員が怖いわけではないが、苦手なのは間違いない――いや、この男はさやかの指摘と違って暴力団員ではなく、加山と同じような「周辺人物」である。しかし加山のように使いっ走りで終わったわけではなく、今は自ら何軒かの飲食店を経営するまでのし上がったようだ。そこから上がりの何割かを上納しているのだろう。

「連絡先はお店なんですね」

「たぶん、そいつがやってる店だろう」

錦糸町《きんしちょう》にある「ロトンヌ」という店のことは、もう調べていた。ごく小さなバーのようで、ホームページまであるのが意外だった。暴力団の息がかかった店なら、あまり積極的には宣伝しない感じがするが……経営者の情報はなかった。

「早速行きますか？」さやかは乗り気だった。

「君を連れて行きたくないんだよな」西川はストップをかけた。

「何でですか？」さやかが露骨《ろこつ》に不満そうな表情を浮かべた。

「自然にやりたいんだよ。男女二人連れの刑事は、こういう店では結構目立つ」

「私なら、自然にやれますよ」

「そうかもしれないけどさ……」

さやかは自信があるようだが、安心はできない。二人のやり取りを聞いていた鳩山が、急に会話に割りこんできた。

「よし、俺が行こう」

「え?」西川は目を見開いた。身長百八十センチ、体重は軽く百キロを超えている鳩山は、外での仕事を嫌う。基本的に動くのを面倒がるし、横着な性格なのだ。もちろん、係長は司令塔として本部でどんと構えていないといけないのだが。

「いや、俺とお前なら、バーに聞き込みに言っても不自然じゃないだろう」

「いいですけど……」

西川はさやかに視線を向けた。係長が言い出すなら仕方ない……とでも言うように、さやかが肩をすくめた。店は午後六時から。これから出かければ、店が開く少し前に急襲できる。鳩山が一緒というのは不安でもあったが、さやかを連れて行くよりはましな気がした。

「じゃあ、出かけますか」

「よし」鳩山がにやりと笑う。「三井、俺たちは直帰だから、あとはよろしくな」

「はあ」さやかが困ったように言った。「お気をつけて……」

鳩山のテンションが妙に高いのが不気味だった。もしかしたら、ただ酒にありつけるとでも思っているのかもしれない。慢性的な肝臓病で、医者から酒はきつく止められているはずなのに……陰でこっそり呑んでいるのでは、と西川はずっと疑っている。完全禁酒すれば、もう少し体重も減らせて、肝臓の負担も軽くなりそうなものなのに。

地下鉄に乗るなり、鳩山が上機嫌で言った。

「警視庁と錦糸町——このギャグは定番だな」

「まあ……そうですね」

定番どころか、辟易《へきえき》している。酔ってタクシーに乗った刑事が「警視庁へ」と頼んで寝入ってしまい、目が冷めたら錦糸町のネオン街にいた──発音が似ている故のギャグだ。この話のオチは、この刑事が「それじゃしょうがない」と次の一軒へ繰り出した、というものである。

地図を頼りに歩き出すと、西川はすぐに、目当ての店の最寄駅は「錦糸町」ではなく「亀戸《かめいど》」ではないかと考え始めた。地図上は、両駅のほぼ中間地点。しかし、錦糸町から歩いて行くと、途中で橋を渡ることになる。川を越えると、急に遠く離れた感じになるものだ。

それにしても、こんな場所にバーがあるものだろうか……基本的には住宅街で、公団住宅や民間のマンションなどしか見当たらない。

「マル暴の周辺関係者は、よく客商売に手を出しますけど……」地図と道路を見比べながら西川は言った。「こういう場所っていうのはちょっと意外ですね」

「住宅街だからって、飲食店がないわけじゃないだろう」鳩山が反論した。

「そうですけど、暴力団の息がかかった店があると、周囲に悪い影響を与えるんじゃないですか？」

「実際に暴力団の息がかかっているのと、それっぽく見えるのは、まったく別の話だぞ」

反論できない……鈍いこの男に言い負かされたのが悔しくて仕方なかった。

問題のバー「ロトンヌ」は、雑居ビルの一階に入っていた。狭いものの、本格的な雰囲気のバーである。奥に向かって細い造りで、右側はカウンター、左側は四人がけのテーブル席になっていた。カウンターの奥の棚には、ずらりと酒瓶が並んでいる。基本は洋酒……大抵のブランドのウィスキーは揃《そろ》っている感じで、カクテルも定番ならＯＫだろう。

まだ準備中だったので、二人が入って行くと、カウンターの中でグラスを磨いていた二人のバーテンが怪訝《けげん》そうな表情を浮かべた。

「すみません、六時からなんですが」背の高い方のバーテンが声をかけてきた。本当に申し訳なさそうな口調……少なくとも二人のバーテンには、暴力団関係者の雰囲気は一切なかった。

「丸尾《まるお》さん、いるかな」西川は彼に声をかけた。「だいたいここにいるって聞いてきたんだけど」

「はい、あの……」バーテンが一瞬首を巡らし、店の一番奥にあるドアを見やった。店内にドアは二つ。一つはトイレだろうが、もう一つ、奥のドアは一種の事務室の入り口かもしれない。

「いるね？」西川は念押しした。

「失礼ですが……」バーテンの顔は引き攣《つ》っていた。

「警察だよ」

鳩山がバッジを示し、さっさと店の奥に進んだ。カウンターとテーブルの間の空間は狭く、鳩山は体を斜めにしないと前進できない。

「係長、ちょっと……」

西川は思わず彼を抑えにかかった。久しぶりに現場に出てテンションが上がっているのかもしれないが、ちょっと行動が乱暴過ぎる。しかし鳩山は、まったく気にする様子もなく、ドアをノックした直後にいきなり引き開けた。まずい……ここは冷静に、慎重に行くべきなのに。

「丸尾、いるか？」

何だ、知り合いに話しかけるような軽い口ぶりは？

鳩山が一歩引くと、開いたドアの隙間《すきま》から一人の男が顔を出した。怪訝な表情から怒りの表情へ変わる寸前——しかしその怒りは、鳩山の顔を見た瞬間、すっと引いた。代わりに、苦笑と困惑が混じったような、複雑な表情を浮かべる。

「鳩山さん？」

「おお、覚えててくれたか。十年ぶりか？」

「そんなものですかね」丸尾が頰《ほお》を人差し指で掻《か》いた。丸々と太った鳩山と対照的にほっそりした男で、頰はこけて影ができている。覚せい剤常習者には、異様に瘦《や》せた人間がよくいるのだが……。

「ちょっといいかい？　話を聴かせてくれ」

「話せるようなことは何もないと思いますよ」

「お前さんのことじゃないんだ。他の人間の話だよ」

「話せないこともありますよ」口調は柔らかなものの、丸尾の態度は頑《かたく》なだった。誰にも迷惑はかからねえよ」

「大丈夫だって」鳩山がうなずいた。「相手はとっくに死んでるんだから。誰にも迷惑はかからねえよ」

丸尾が素早くうなずき、ドアを大きく押し開いた。西川は、さっさと部屋に入ろうとする鳩山の肘《ひじ》を摑《つか》んで振り向かせた。

「知り合いなんですか？」

「十年ほど前に、ちょっとした事件でな……単なる情報提供者だ。悪い奴じゃない」

「知り合いだったら、先に言って下さいよ」思わず文句を言ってしまった。

「驚かせてやろうと思ってな」

鳩山がニヤリと笑い、西川は頭を抱えたくなった。鳩山の自己満足以外に、まったく意味のない行動だ……。

ドアの向こうが、丸尾の「執務室」のようだ。六畳ほどの狭い部屋だが、二人がけのソファが二脚と小さなテーブルがあり、テーブルには、今時あまり見かけない大きなガラス製の灰皿が置いてあった。奥には事務用のデスクがあり、備品としては電話とノートパソコンだけ。その横にゴミ箱、そして小さな冷蔵庫が置いてある。冷蔵庫の横は……簡素なインテリアには似つかわしくない、かなり大きく本格的な金庫だった。

それにしても、あまりにも素っ気ない。店を何軒も持っている男の「執務室」なら、もう少し趣味性が出るものではないだろうか。これではまるで、レンタルオフィスのようだ。彼の「匂《にお》い」がまったく感じられない。

鳩山は、許可もなしでソファに腰を下ろした。こういうのは、昔ながらの悪い警官がよくやる図々《ずうずう》しい行動なのだが、彼にすれば久しぶりに会った情報提供者と気楽に接しようという狙《ねら》いなのだろう。

丸尾が冷蔵庫を開け、ミネラルウォーターのボトルを三本取り出す。二本を西川と鳩山の前に置き、自分はさっさとキャップを捻りとってごくごくと飲んだ。それからようやく、ソファに腰を下ろす。

「仕事なんですよね？」丸尾が鳩山に念押しした。

「もちろん」

「そうじゃなければ、一杯差し上げるところです」丸尾はあくまで、愛想のいい商売人のイメージを貫いていた。

「いやいや、もう酒はやめたんだ。ここ数年は一滴も呑んでいない」

鳩山が首を横に振った。嘘つけ、と西川は白けた思いを抱いた。

「なかなか強い意思ですね」

「医者に脅されたら、逆らえないよ」

鳩山はボトルに手を伸ばそうとしなかった。たとえ水でも、聞き込みの最中には、出された飲み物に手をつけない——自分を厳しく律するタイプの刑事もいるが、鳩山がそうだとは思ってもいなかった。むしろ、出されたものは残さず平気で平らげるような……結構長い間一緒に仕事しているのに、この係長のことをあまり知らないのだと意識する。

丸尾が煙草に火を点ける。沈黙の時間を利用して、西川は目の前の男を観察した。身長は日本人男性として平均的と言っていいが、とにかく痩せている。体にぴたりと合ったスーツは、西川が腕を通したら袖《そで》が裂けるだろう。パンツの裾《すそ》から見える足首も、今にも折れそうなほど細い。覚せい剤中毒でなくても、何か持病でも抱えているのだろうか、と心配になった。年齢不詳……しかしよく見ると、耳を覆うほどの長さに伸ばした髪には少し白い物が混じっていた。自分と同年輩かもしれない、と想像する。

「十年前は――」丸尾が切り出した。

「おかげさまで、例の一件は無事に解決したよ」

「それは、新聞で読んで分かってましたよ」

「そうかい。で、あんたの方は上手くいってるのかい？」

「まあ、鳩山さんに助けてもらったおかげで、何とか」丸尾がにやりと笑う。「店も増えました」

「あの頃は、上野の店が根城だったな」

「あそこはまだありますよ。今は若い奴に任せて、俺はここにいることが多いけど」

「チェーン展開してるのか。じゃあ、あんたは立派な青年実業家だな」鳩山が喉の奥で低く笑った。

「四十五の男を青年呼ばわりしたら変でしょう」

なるほど、やはり自分と同年輩か……今のやり取りは少し気になる。丸尾は鳩山に情報提供する見返りとして、お目こぼしか保護を求めたのでは、と西川は想像した。「助けてもらった」という台詞《せりふ》は、彼が当時苦境にあったことを窺《うかが》わせる。鳩山はそこにつけこんだのだろうか？　そういう腹芸、あるいは卑怯《ひきょう》なことができる人間ではないはずだが……基本的には雑で、目配りのできない男なのだ。

「それで、いったい何ですか？　死んだ人の話とは穏やかじゃないですよね」

「二十年前のことなんだ」鳩山がVサインを作る。「あんた、常道会の周辺で使いっ走りをしていた、加山貴男という男を知ってるだろう」

「さあ」急に丸尾がとぼけた。目が泳ぐ。演技は下手なようだ。

「いや、知ってるはずだ」鳩山は引かなかった。「だいたいあんた自身、もともと常道会の近くにいた人間だろうが」

「昔の話ですよ」丸尾が苦笑した。

「その後は、常道会の上部組織、正王会《しょうおうかい》傘下に移籍してる」

「移籍って……プロ野球じゃないんですから」

「確かに全然違うが、年俸がアップするという意味では同じようなものじゃないか？　店も増えてるし」

「営業努力ですよ」丸尾が愛想よく言った。

るな?」

「加山貴男だが」鳩山が話を引き戻し、念押しした。「二十年前に自殺した男だ。知って

「まあ……顔見知り程度ですよ」

「あんたにとっては先輩だ」

「年齢が上というだけでね」丸尾が馬鹿にしたように言った。「あの人とは、仕事の質が全然違いましたから」

「加山は使いっ走り、あんたは二十年前も人を使って商売をしてたわけか。その頃は、何かやばい商売をやってたんじゃないのか?」

「俺は今まで、警察に目をつけられるような仕事は一つもしていませんよ。税務署との関係も良好です」

「結構、結構」鳩山が大袈裟にうなずく。「真面目に仕事して真面目に税金を払うのが、市民としての義務だな」

「加山さんみたいな人と一緒にされてもねえ」

「しかし、知ってはいるんだろう? 本当に顔見知り程度なのか?」

「何をもって顔見知りと言うか、ですが」

「加山が膝を怪我していたのを知ってるか?」

「ああ……死ぬ前でしょう? 松葉杖なんかついてましたから、目立ちましたね」

「それ、何だったんだ?」

「事故だって聞いてましたけど、詳しいことは知りません」

「交通事故？」

「事故って言ったら交通事故じゃないんですか？」

「その辺がはっきりしないんだが、実際のところ、どうなんだい？」

丸尾が、煙草を灰皿に押しつけた。腕組みをして首を捻る。本当に思い出そうとしているのか、そのポーズを装っているのかは分からなかった。

西川は二人の会話に割って入った。

「加山さんがどこの病院に通っていたか、分かりますか？　かなりの重傷だったようですから、長く病院通いをしていたんじゃないかと思います」

「さあ……いや、知ってるはずだけど」

「はず？」西川は身を乗り出した。

「一度、頼まれて、俺の車で送っていったことがあるんです。松葉杖なんで、電車やバスはきつかったんだろうけど、あの人、タクシーに乗る金にも困ってたから」

「だったら、どこの病院だったか、覚えてませんか？」

「いや……ちょっと出てこないな。一度じゃなくて、二回行った気もするんだけど」

「当時、あなたは上野の店を根城にしていたんですよね？　その近くでは？」

「あの時は店じゃなくて……自宅かな？　どういう経緯だったかは覚えてないけど、加山さんはうちにいたんですよ。それで、家から病院まで車で送って行って……」

「当時、丸尾さんはどこに住んでたんですか?」西川はさらに突っこんだ。

「その頃は、三ノ輪《みわ》だったかな」

東京メトロ日比谷線の駅か……西川はスマートフォンを取り出し、「三ノ輪　病院」をキーワードに検索を試みた。小さな街だが、もちろん病院はいくつかある。

「三ノ輪駅近くの病院ですか?」

「いや、結構走った……一時間ぐらい走ったかな」

なかなか情報が絞りきれない。三ノ輪から車で一時間というと、かなりの距離になる。北へ向かえば、茨城《いばらき》県ぐらいまで入ってしまうだろう。しかし……無理矢理ヒントをひねくり出した。

「加山さんはその頃、新宿に住んでいたはずです」

「ああ、そうだった」丸尾がうなずく。「昭和四十年代築のボロマンションですよ。交通の便がいいこと以外には、何のメリットもなかったな」

「その近くの病院ではなかったですか?」

「新宿……いや、違うかな」丸尾が首を捻る。

病院通いするなら、自宅の近くが一番便利だ。しかし本当に交通事故の被害に遭ったら、その現場近くの病院に運びこまれるだろう。その後の治療、リハビリも同じ病院で行っていた可能性が高い。結局、いつどこで事故が起きたか分からない限り、病院は割り出せないのではないだろうか。しかし、交通事故だという確証もない。

「二回、行ってるんですよね？　一回よりも記憶は鮮明だと思いますが」

「池袋だ」丸尾が唐突に顔を上げて言った。

「池袋の病院ですか？」

「池袋、そう……」丸尾の顔から自信の色が消える。人差し指でこめかみを叩きながら、必死に記憶を補強しようとしていた。

車で三ノ輪から池袋へ行く場合は、明治通りを使うか、首都高の環状線を使うか……どちらも時間的には同じようなものだろう。

「池袋……だな」ようやく納得したように、丸尾が言った。

「間違いないですか？」

「加山さんは、酒が好きでね。当時、都内のあちこちに行きつけの店があった。池袋にも……それで、病院へ行くついでに、池袋にある『ジンジャー』っていう店へ行こうってしつこく誘われましてね。酒を呑むというより、女の子と楽しむ店のようだったけど、そこのサービスの話を延々と……松葉杖で行くと大事にしてもらえる、とか言ってましたよ。そこの女の子の一人に入れ上げているっていうような話だったな」

「その女の子の名前、分かりますか？」

「いや、さすがにそこまでは……」丸尾が苦笑した。「聞いたかもしれないけど、どうせ源氏名でしょう」

「キャバクラか何かですか？」

「そうだったと思うけど、よく覚えてないですね。俺はキャバクラ遊びには興味がないもので」

西川は、今度は「池袋　ジンジャー」をキーワードに検索してみた。飲食店が何軒か引っかかってきたが、そのものずばりの「ジンジャー」という店はない。風俗業界において、二十年というのは無限と同等の長さである。キャバクラの平均的な営業期間は五年程度、と聞いたこともあった。いずれにせよ、二十年前の店が残っている確率は極めて低いだろう。建物は残っているにしても、店はまったく別の業態になってしまっているはずだ。この辺は、所轄に確認すれば何か分かるかもしれない。

「加山が死んだこと、聞いたんだろう？」鳩山が話題を変えた。

「ええ」

「どう思った？」

「どうもこうも、そういう人なんでしょう？」

「自殺するような？」

「ま、底辺ですよね」丸尾が肩をすくめる。「どこへ行っても、何をしても、浮上できない人間っていうのはいるんですよ」

むかつく発言だ——しかし丸尾の言葉は真理を突いている、と西川は思った。暴力団の世界でも、ドアマットのようにずっと踏みつけ続けられる人間はいるものだ。

　二人は、錦糸町ではなく亀戸に出た。鳩山はさやかに宣言した通り直帰するつもりのようだ……彼が帰宅するには錦糸町よりも亀戸の方が近い。西川からすると、自宅へは一駅遠くなるのだが、それぐらいならどうでもいい。むしろちょうどいい運動だ。

「軽く行こうか」鳩山がさらりと西川を誘った。

「酒、いい加減にやめませんか？」西川は忠告した。

「いや、酒は……まあ、酒は呑まなくてもいいけど、今の話をちょっとまとめておこうよ。加山をまともに知っている人間にようやく会えたんだから」

　確かに、今夜の情報を軽く整理しておきたい。加山の人となり、そして病院の情報──明日からの捜査に勢いをつけたかった。西川は鳩山の誘いに乗ることにした。

　亀戸駅といえば、亀戸天神の最寄駅という感じなのだが、実際には駅から亀戸天神へは結構距離がある。錦糸町から歩いても同じぐらい時間がかかるだろう。そして駅の周辺はごちゃごちゃとした繁華街──錦糸町駅周辺が、「東の新宿」とまで言われるほどの繁華街に発展してしまったのに比べ、ぐっと気さくで下町らしい雰囲気が濃い。錦糸町ほどギラギラしておらず、細い路地をそぞろ歩きするといかにも楽しそうだ。

「本当に、今夜は酒はやめておきましょうよ」西川は先ほどよりも強い口調で再度言った。

「じゃあ、呑むより食う、にするか？」

「構いませんけど、食事も気をつけないとまずいんじゃないですか？」

「今日は女房がいないんだ」

「ああ……じゃあ、軽く行きますか」妻がいない状況のきつさは西川もよく分かっている。つい同情して乗ってしまった。

二人は結局、駅からほど近い路地にある居酒屋に入った。午後六時、店が賑《にぎ》わい始める時間である。鳩山は店員を呼びつけて「生中二つ」と言ったが、西川は「生中一つ。あとは烏龍茶《ウーロン》にして下さい」と訂正した。

「何だ、お前、烏龍茶なのか」

「それは係長の分です。本当に、今日だけでも禁酒しましょうよ」

「普段禁酒してるんだから、たまにはいいじゃないか」鳩山が口を尖《とが》らせた。

「本当に禁酒してるんですか？」

鳩山が黙りこむ。容疑者は、自分に都合の悪い話が出た時に嘘を積み重ねるタイプと、黙秘するタイプに分かれる。鳩山は後者のようだ——別に容疑者ではないのだが。

飲み物がくると、鳩山がさっさと料理を頼んだ。フライドポテト、アジフライ、豚角煮に煮込み……油の海に溺《おぼ》れるつもりか、と西川は呆れた。最後に、申し訳程度に野菜サラダを追加する。

「係長……もうちょっと料理にも気を遣った方がいいですよ」

「家では野菜と魚ばかり食わされてるんだよ」鳩山が情けない表情を浮かべる。「たまには羽目を外さないと」

鳩山には、厳密な食事療法が必要なはずだ。中には、羽目を外しても翌日から平気で厳しい生活に戻れる人もいるだろうが、鳩山がそんなに精神的に強いとは思えなかった。

「しかし、加山というのは、本当にどうしようもない奴だったんだな」烏龍茶を一口飲んでから鳩山が言った。

「底辺というのは、確かにそうですね。組にも入れてもらえなかったわけですから」

「いいように使われて、最後はあんな形で死んで……考えてみれば哀《あわ》れな話だ」

西川は、頭の中で次第に加山のイメージを固め始めていた。基本的に能力は低いが、調子だけはいい人間。そして基本能力が低いが故に、誰かの完璧《かんぺき》な「お気に入り」になることすらできない。暴力団の周辺で、適当な仕事をしながら何とか生きていくぐらいしかできなかったのだろう。

「明日、病院を探してみますよ。池袋周辺の、救急指定病院でいいでしょう」

「そうだな。二十年前のカルテが残っているかどうかは疑問だが」

「電子カルテなら、半永久的に残しておけるでしょうけど……二十年前というと、まだ一般的じゃなかったでしょうね」

「IT化の端境期だな」鳩山がうなずく。

「とにかく、絨毯《じゅうたん》爆撃で調べてみます」

「ああ――沖田の方はどうだろう？　無事なのか？」

「そろそろ東京へ着く頃です。念のために、大竹にまた監視を指示しました」

「超過勤務がなあ……」鳩山がぶつぶつ言った。彼にすれば、できるだけ部下に残業させないことが手柄になるのだ。もちろん、緊急事態になれば、そんなことも言っていられないのだが。

「できるだけ効率的にやりますよ」

「頼むぞ。上も煩《うるさ》いんだから」

鳩山が渋い表情を浮かべたが、料理が次々に運ばれてくると、途端に顔を綻《ほころ》ばせた。嬉々《きき》としてアジフライにソースをかけ、豚角煮を取り分ける。そういう様子を見ていると、食べ物に関して忠告する気になれなくなってしまうのだった。

4

沖田は、東京駅から響子の会社へ直行した。この時点で午後七時前……勤務時間をだいぶ過ぎており、彼女は会社で居心地の悪い思いをしているかもしれない。最近彼女の会社では、残業に関して非常にうるさくなっているというのだ。沖田が電話した時には、ほっとした声で応じたほどである。

「七時半にそっちへ着くから、外で何か食べてから帰ろうか」

「何か、申し訳なくて……」

「念には念を入れ、だよ」地下道を大手町駅に向かって早足で歩きながら、沖田は言った。

「今日は何か変わったことはなかったか？」

「ないわよ。お昼に外へ出ただけだし」

「その時も異常なし？」

「もう」響子が苦笑した。「皆と一緒だったのよ？　そんな時に何かあるわけないじゃない。あなたは？」

「こっちも異常なしだ」

　とはいえ、東京に残っていた西川は慎重だった。沖田が東京駅に到着するタイミングで大竹を向かわせ、逆尾行を再開する、と宣言したのだった。大竹の姿は確認していないが、今もどこかで沖田を見守っているのは間違いない。大竹には、後で飯でも奢《おご》らないとな……ただし、あの男と一緒だと、二時間の食事タイムで間を持たすのが苦痛になる。

「とにかく、会社の前に着いたらもう一回電話するから、すぐに出られるように準備しておいてくれ」

「分かった」

　大手町駅から都営三田《みた》線に乗って響子の会社を目指す。乗っているのはわずか十分ほどだが気が急く……沖田は意識を集中させるために、周囲の観察を始めた。ちょうど帰宅ラッシュの時間にぶつかったので、車内はかなり混んでいた。これは、尾行する側にとってはいい環境である。これだけ混んでいると、まず気づかれることはない。一方で、追われる方にとっても悪くはない状況だ。不意に動けば、尾行者は対応できなくなる。

　会社は、最寄駅から歩いて五分ほど。沖田は、歩きながら響子に電話を入れた。会社の入ったビルに到着すると、ガラス張りのロビーに響子の姿を見つけた。沖田に気づくと、軽く手を振ってから外へ出て来る。ほっとして、沖田はつい表情が緩むのを感じた。

しかし沖田は、響子が出て来た後も、少し距離を置いて歩いた——彼女を先へ行かせ、自分は後ろを固めたつもりではあったが、同時に彼女の同僚に自分の姿を見せないための配慮でもあった。何しろ、強面《こわもて》揃いの警察の中でも、「顔が怖い」と言われているぐらいである。一般人が見たら、響子に危険を及ぼす人物だと勘違いされてしまうかもしれない。

駅の近くまで来て、少し歩みを速め、響子に追いついた。振り向いた響子が、露骨にほっとした表情を浮かべる。二人一緒なら、取り敢えず何とかなるだろう。

「最近、どこかいい店は見つけた？」

「特にないわね。このまま家に帰ってもいいけど……」

「いや、腹が減った。遅くならないようにこの辺で食べて行こう」

結局二人は、何度か入ったことのある牛タンの専門店に向かった。そこそこ高いのだが、安心できる味である。入り口のところで店員の案内を待つ間、沖田は大竹に電話を入れた。

「もう彼女と合流してる。後は俺がやるから引き上げてくれ」

「了解」

「ああ、それから——」例によって大竹が必要最小限のことしか言わずに電話を切ろうとしたので、沖田は慌てて大声を上げた。「誰かいたか？」

「いません」

「分かった」

大竹がいないと言うのだから、今日は尾行はついていなかったのだろう。あるいは、こちらが逆尾行していたことに気づかれたのかもしれない。それなら手を引くのも当然だ。少なくとも自分ならそうする——尾行は中止して、別の手を探す。

牛タン屋というのは、とにかく料理が出てくるのが早い。下焼きしたタンを炙《あぶ》るだけだから、提供するのに時間がかからないのだろう。沖田は、今夜は酒抜きにした。塩辛いのが持ち味の牛タンは、いかにもビールに合いそうなのだが、沖田の舌の感覚とは微妙に相性が悪い。沖田にとっては酒の肴《さかな》ではなく、あくまで飯のおかずだった。

響子は今日も食が進まなかった。このところずっとこんな調子なので、さすがに心配になってくる。

「風邪、抜けないのか？」

「風邪っていうより、胃の調子がよくないの」響子が打ち明ける。

「何かストレスの溜《た》まることとでも？」

「異動で上の人が変わったんだけど、そのせいかもしれないわね」響子が嫌そうな表情を浮かべた。

「合わないんだ？」

「うん……会社のストレスって、ほぼ百パーセント人間関係から生じるって言うわよね」

「分かる」沖田はうなずいた。「俺も、西川と話してると苛々《いらいら》するし」

「そう？　結構楽しそうにしてるように見えるけど」

「まさか……冗談じゃない」沖田は腕を広げた。「あいつほど馬の合わない奴はいないよ」

「でも、仕事ではいつも組んで、上手くやってるんでしょう？」

「人間性と仕事は関係ないのかもしれない」自分でも何を言っているのか分からなくなってきた。ちょうど料理が運ばれて来たので、沖田は急いで食べ始めた。

牛タンは、分厚さ故の弾力こそが命だ。固いかな、と思えた肉に歯がざくりと食いこむ一瞬、そして歯が肉を切断していくのをはっきりと感じられるのが沖田は好きだった。これに麦飯、とろろ、牛テールスープを組み合わせることを考えた仙台の人は偉大だと思う。そうそう、辛い味噌南蛮《みそなんばん》の存在も忘れてはいけない。あれが食事全体を引き締めてくれる。

結局響子は、麦飯を半分ほど残してしまった。どこかで胃薬でも買って行こうかと考えながら、沖田は彼女の分の勘定も払った。最近、こういうことが面倒臭くて仕方がない。二人で外で食事をすれば「デート」なのだが、払いは大抵沖田が受け持つ。懐が痛むほどではないのだが、二人の財布を一緒にしてしまえば、支払いもスムーズになるのではないだろうか。別に、金のためだけに結婚しようと思うわけではないが、この際ちゃんと籍を入れ、一緒に住む方が何かと楽ではないだろうか。日本は、法律も様々なサービスも、籍を入れた夫婦に対して手厚い。

「トイレに行っていい？」

「ああ。外で煙草を吸ってるよ」

外に出て、煙草をくわえて火を点ける――ずいぶん久しぶりの煙草だった。新幹線に乗る直前に吸ったきりだから、三時間も煙を絶っていたことになる。今日は、煙草の消費量は普段の半分以下という感じだ。

ふいに誰かが近づいて来て、沖田は意識して下半身に重心を移した。何かあった時、下半身に力が入っていないとすぐにやられてしまう。

「ちょっといいですか」

相手の声を聞いて、沖田は少しだけ力を抜いた。声は後ろから聞こえてきた。遠慮がちに話しかける口調には敵意が感じられない……振り返ろうとした瞬間、「そのままで」と鋭い声を飛ばされた。やはり敵か？　しかし相手は、物理的に沖田の動きを止めようとはしていない。本当に、背後から相手の動きを制しようとしたら、脇腹にナイフぐらい突きつけるものだ。

「時間をもらいたいんですが」相手の声が元に戻った。

「何のために」

「ちょっとお話ししたいことが」

「だったら、今話せばいい」

「お連れの方がいるでしょう？」

おっと……こいつは――声からして中年の男だったが――いつから俺の後をつけていたんだ？　それよりも、どうして大竹が気づかなかった？　もしかしたら逆尾行の逆尾行かもしれない。大竹を俺の「マーカー」にして、ここまで辿り着いた可能性がある。確認しても、答えるわけはないだろうが。

「じゃあ、どうしろと?」

「電話してもらえませんか?」

「は?」それで沖田は気が抜けた。このやり取りはいったい何なのだろう。これだけ丁寧に頼みこんでくるなら、自分の顔を見せずに背後から迫って来る必要などないはずだ。

素人ではない——また警官か?

「後で、背広のポケットを見て下さい」

「どうして」

「連絡先を入れておきました。お見せしたい書類があるんです。連絡して下さい」

マジか。沖田は内心焦った。もしも本当なら——まったく気づかなかった。もしかしたら相手は、名うてのスリ師かもしれない。気づかれずに相手のポケットに手を出し入れできる人間というと、それぐらいしか思い浮かばなかった。

「名前ぐらい教えてもらえないかな」

返事なし。何か状況が変わったのか? 沖田は、相手が凶器を持っている可能性を無視して、思い切って振り向いた。

誰もいない。

いや、中肉中背、明るいグレーの背広姿の男が一人、足早に沖田から離れて行く。あれが今の男か？　慌てて追いかけようとしたが、ちょうど響子が戻って来てしまった。明るい表情で「お待たせ」と言う彼女を見ると、無理はできなくなる。

背広の右ポケットに手を突っこんだ。名刺の感触……取り出して確認すると、名刺は名刺でも、今食事を終えたばかりの牛タン屋の名刺だった。その裏に、手書きで携帯電話の番号が綴《つづ》られている。律儀な性格なのだろうか、字は角ばっていて読みやすい。

この名刺を使っているということは、男は一時は沖田たちと同じ店にいたのだろう。まったく気づかなかった——尾行がいないことに安心して気が抜けたんじゃないか、と沖田は自分に腹が立ってきた。

家に戻ると、響子はすぐに風呂《ふろ》に入った。その時間を利用して、沖田は名刺を渡してきた相手に電話をかけた。番号から契約者名を割り出すことは可能だが、そんなことをするより先に、話を聞きたかった。

「俺を尾行してたのか？」沖田はまずそれを確認した。

「そういうわけじゃありませんが」

「待ち伏せ——の訳がないな。どこへ行くかは決まってなかったんだから」

「失礼なことをして申し訳ありません。しかし、どうしても話したいことがあったんです」

「俺を見つけ出して接触するぐらいなら、こんな方法じゃなくてもよかっただろう。仕事場へ電話すればいいのに」

「記録が残るようなことはしたくなかったんです」

「それで……何が話したいんですか?」

「それは、改めて時間を作ってお話ししたい」

「俺の仕事の関係で? つまり、俺が何者かも分かっている?」

「追跡捜査係の沖田さん」

「あんたも警察官ですか?」

沈黙。それを肯定と受け取ったが、これ以上は突っこまないことにした。この男が、西野署長の手の者ではないという保証はない。誰がどこで繋《つな》がっているか分からないから、どれだけ警戒しても十分ではない。

「とにかく、改めて会えませんか?」

「何の話だ?」

「お渡ししたい情報があります」

「情報? 何の?」あまりにもはっきりしない態度に、沖田は苛立ちを覚えた。情報を小出しにするにもほどがある。「言いたいことがあるなら、今言ってくれないかな」

「電話では言えないこともあります」

「どうしろと?」

「ですから、お会いできませんか?」

沖田は送話口を手で覆って溜息《ためいき》をついた。ふざけた話だ——しかし、この要求を受けざるを得ないことは分かっている。目の前に情報をぶら下げられて、無視するわけにはいかないのだ。

「だったら、今すぐだ」

「場所はどうしますか？」

「そっちの都合がいい場所は？」

「では、渋谷——代々木《よよぎ》公園で」

「あんな場所で会ったら、目立ってしょうがないだろう」

「ああいう広い場所だからこそ、目立たないんですよ……しかし、気をつけて下さい」

「何に対して？」依然として話はなかなか前に進まない。

「あなたが今やっている仕事について」

「何の仕事の件かな？」

「二十年前の一件です」

やっときた——核心に入ったか。沖田はスマートフォンをきつく握った。

「あの件は、あなたが想像しているよりもずっと複雑です。単なる不祥事ではない」

「どういう意味だ？」

「それを、会ってお話しします」

男は、待ち合わせ場所をより正確に告げた。最近は「奥渋谷」と呼ばれる地域——代々木公園の西側だ。どの駅からも結構歩く。沖田は、待ち合わせの時刻を十時十分に修正した。

「あんたのことは分からないと思うけど……」

「こちらで見つけます」

「それと、最後に一つ。あんた、警察官なのか？」

相手は無言で電話を切った。沖田は舌打ちして背広を羽織った。そこへちょうど、風呂から出て来た響子がパジャマ姿で顔を見せる。

「どうかした？」心配そうな表情を浮かべる。

「ああ……ちょっと出て来るよ。遅くなるかもしれないけど、必ず帰るから。先に寝ててくれないか」

「大丈夫なの？」響子が心配そうに眉《まゆ》をひそめる。

「ああ、問題ないよ」

少なくとも相手は、俺に敵意を持っていない——自分の勘を信じたかった。

夜十時。何だか今日は、天気の変化にやられっぱなしだ。昼間雨が降ったせいか、夜になってぐっと気温が下がり、東京でもコートが欲しいぐらいである。響子が心配してストールを貸してくれたのだが、何だかくすぐったい。真冬のマフラーならともかく、ストールなど巻いたことがないのだ。それでも、首の周りが暖かくなるだけで、だいぶ助かっている。

待ち合わせたのは、代々木公園の西側、井の頭《いかしら》通り沿いにあるガソリンスタンドだった。この辺りには、小洒落《こじゃれ》たカフェなどが多いのだが、そういう場所で話をする気にはなれないのかもしれない。外で立ち話をしている方が目立たない、ということもある。

約束の時間まで、あと十分ある。意外に早く着いた――千代田線を選んで代々木公園駅から向かったのが正解だった――ので、時間を持て余している。相手を待たせるのは性格上我慢ならなかったが、常に相手より早く来て、必ず苛ついているのだから世話はない。

ここへ来る前に、西川にだけは電話を入れておいた。あの男にしては珍しく、どこかで呑んでいる様子だったが、別に問題はないだろう。危険なことが起きるとは思えなかった。

スマートフォンを見ながら時間を潰す。風が吹き抜けて、思わず首をすくめた。ちょっと強い風が吹くと、ストールも頼りにならない。

スマートフォンの時計表示が十時十分になった。約束の時刻だが、まだか――顔を上げて周囲を見回すと、一人の男がこちらに近づいて来るのを見つけた。背広は先ほどと同じ、明るいグレーだった。時間通りだな、と沖田は背筋を伸ばした。

向こうもこちらに気づく。うなずきかけたりするわけではなかったが目が合い、ほっとしたような感覚が滲《にじ》み出すのが分かった。俺と会うことが、そんなに大事だったのか？

沖田は内心首を捻りながら、こちらへ向かって来る男の方へ一歩を踏み出した。自分より何歳か年上――五十歳ぐらいだろうか。中肉中背で、きちんとネクタイも締めている。髪は短く刈り上げ、ほとんど坊主頭と言ってもよかった……が、前髪が少しある。昔で言うところのクルーカットか。端正な顔立ちで、目元が涼しい。

ふいに男の表情が変わる。ちらりと後ろを振り向くと、いきなり走り出した。それも沖田の方へではなく、道路へ。視線は沖田に向けたまま——何かを必死に訴えようとしているのだが、何が言いたいのか分からない。沖田も男に向かって走り出した。

男が歩道を飛び出し、道路に出る。その瞬間、クラクションの音が激しく鳴り響き、ついで衝突音が沖田の耳を切り裂いた。沖田が見たのは、宙を舞う男の姿だった。そして次の瞬間には、さらに大きな衝突音——白いレクサスが、フロントからガードレールに突っこんでいた。

沖田は完全に混乱していた。何が起きた？　しかし考えるより先に、全力疾走に移っていた。助けなければならない人がいる——男は車道の真ん中で倒れて、ぴくりとも動かない。井の頭通りは交通量の多い道路で、放っておいたら第二第三の事故が起きてしまう。

沖田は男の足元で仁王立《におうだ》ちになり、両手を大きく広げて振った。ドライバーに聞こえるかどうかは分からないが、「止まれ！」と叫ぶ。沖田の眼前、二メートルのところで、軽トラックが急ブレーキをかけて停止した。運転席に座る若い男が、怒ったように口を開けて何か叫ぶ。すぐに窓を開け、顔を突き出して「何やってんだよ！」と怒鳴った。

「事故だ！　救急車を呼んでくれ！」

それで状況を察したのか、男が慌てた様子でスマートフォンを取り出す。他の車も沖田の手前で停まり、ドライバーが次々と車から降りて来た。野次馬に囲まれる中、沖田は男の前で屈《かが》みこんだ。

まずい……出血は主に頭からで、それもかなり量が多い。ぴくりともせず、既に死んでしまっているようだった。手首に触れ――脈はある。取り敢えず出血を何とかしないといけないが、頭なので動かすのも危険だ。

何もできずに立ち上がると、軽トラックに乗っていた若い男が、蒼《あお》い顔で近づいて来たところだった。

「救急、呼んだから」男が緊張しきった声で言った。

「ありがとう」

「やばそう？」沖田の肩越しに倒れている男を見ながら訊ねる。

「分からない」一見しただけでは、何とも言えなかった。

沖田はぐるりと周囲を見回した。男をはねたのは、ガードレールに衝突した白いレクサスだろう。運転していたらしい中年の女性が、今にも吐きそうな顔でレクサスに寄りかかっている。

さらにもう一人……クソ、半蔵門署の花山だ。俺を尾行するのではなく、ターゲットを切り替えたのか。瞬時に、頭の中で推測が結びつく。はねられた男は、俺に何か情報を提供しようとしていた。それをいち早く察知し、接触の現場を押さえようとしたのではないだろうか。俺と落ち合う直前でそれに気づいた男が逃げ出し、まったく関係ない車にはねられた――これは俺の責任でもあるのではないか？　尾行者は諦めたわけではない、と考えておくべきだったのだ。

もう一度、男の横にしゃがみこむ。

「しっかりしろ！」

反応はない。肩を摑んで揺さぶってやりたいという欲望と戦わねばならなかった。素人が余計なことをすると危険だ。

「おい！　聞こえるか！　沖田だよ、沖田！」

沖田というキーワードに反応したのか、男の体がぴくりと動く。しかし意識が戻ったわけではないようで、反応はそれきりだった。クソ、冗談じゃない。こんなところで死なれてたまるか。

もう一度脈を取る。弱いが、きちんと脈動していた。心配なのは頭の怪我である。一命を取り止めても、意識を取り戻さなかったらどうしたらいいのだろう。

救急車は永遠にこないように思われた。


男は新宿の病院に運ばれた。ずっと意識は不明……しかし一緒に救急車に乗りこんだ沖田は、取り敢えず男の身元――名前と住所を摑んだ。手早く所持品を調べた結果、背広の内ポケットから長財布に入った免許証が見つかったのだ。

森野《もりの》孝臣《たかおみ》、年齢四十七歳。住所は杉並区になっている。それ以上の情報はない――警察官であることを証明するバッジは持っていないようだった。もちろん、むやみに体を動かすわけにはいかないので、入念なチェックはできなかったのだが。

病院に到着し、男が処置室に運ばれると、沖田はまず西川に電話をかけた。もう酒場にはいない——自宅に戻った様子で、声にも酔いは感じられなかった。

「さっきの男——俺に接触してきた男が車にはねられた」

「狙われたのか？」

「いや、誰かに尾行されていたようだ。それに気づいて、振り払おうと駆け出したところで車にはねられた。それ自体は事故だ」

「お前は？」

「怪我はない」

「そうか」西川がすっと息を呑む。「身元は？」

「名前だけは分かった。警察官じゃないかと思うんだが……」

「調べるから名前を言ってくれ。お前はどうするんだ？」

「しばらく病院にいるよ。たぶん、処置に時間がかかると思う。つき添わないと」

「家族の方はどうする」

「ああ……」それは考えていなかった。所轄の方で連絡するだろうが、この病院で対面することを考えると気が重い。それを言えば、所轄の交通課にも事情を話さねばならないのだが、それも難しいだろう。待ち合わせ中に急に道路に飛び出した——状況はそうなのだが、そもそも森野との関係を説明できない。「顔見知り」でもなかったのだし。

「一人で大丈夫か？」

「今のところは……この件で、他の連中に迷惑をかけるわけにはいかないよ」

「俺はその『他の連中』に入ってないのか」西川が不満げに言った。

「別に迷惑はかけてないだろう」

「お前の『迷惑』の基準が分からない」

「いいから……病院の方は何とかする。お前は、この人が何者なのか調べてくれ」

「分かった。後で電話する」

西川のことだから、あらゆる手を使って、三十分以内には男の正体を探り出すだろう。

これで一安心──電話を切って処置室に戻ろうとすると、途中で、制服警官に行く手を阻まれた。所轄の交通課か……事故現場に居合わせた人間として話をしなければならないことは、警察官としては当然だと思う。だが、それが面倒に感じられてならない。だいたい、どこまで話すかも決めていないのだから……偶然を装おう。自分はたまたまあそこにいて、事故を目撃しただけ──若い制服警官が近づいて来たので、沖田は背筋を伸ばした。

「沖田さんですね？」

「ああ」

「交通課の三枝《さえぐさ》です。ちょっとお話、いいですか」

「俺は事故の状況しか話せないよ」

「それが一番知りたいんです」

促されるまま、廊下のベンチに座って三枝の質問に答え続ける。自分では冷静に観察していて、その結果を話しているつもりだったが、何度か聞き返された。記憶と答えが曖昧になってしまっている。考えてみれば……目の前で人が車にはね飛ばされるのを見たのは初めてだったのだ。

「被害者の方が道路に飛び出したのは間違いないですね？」

「ああ」

「どうしてですか？」

「それは分からない」沖田は右掌《みぎてのひら》で顔を擦った。「何か動きがあったと思ってそっちを見たら、道路に飛び出して行くところだったから。そこに車が突っこんできたんだが、法定速度内だったと思う」

「今、ドライブレコーダーを調べています」

「だいたい、先の信号が赤だったんだ。あの場所で、そんなにスピードを出せるはずがない」ドライバーの女性の方がショックを受けているはずだと思い、沖田は彼女を庇《かば》う証言をした。もちろん、嘘でもない。

「でしょうね」三枝がうなずく。

「容体はどうなんだ？」沖田は逆に質問した。

「手術に入ったようです。状況はまだ分かりません……それより沖田さん、何であんな時間にあんな場所にいたんですか？」

「仕事だ」

「追跡捜査係の仕事ですか？」

この馬鹿野郎、と沖田は腹の中で悪態をついた。他に何の仕事がある？　もしかしたらこいつは、追跡捜査係を暇なセクションだと思いこんでいるのか？　一つ説教してやろうかとも思ったが、言葉を吞みこむ。余計なことを言うと、森野との関係を説明せざるを得なくなり、さらに厄介な状況に陥る。所轄の交通課の相手をしている暇はないのだ。

沖田は立ち上がり、両手で腿《もも》を叩いた。

「もういいだろう？」

「お疲れ様でした」三枝も立ち上がり、沖田に一礼した。

「ところで、被害者は何者なんだ？」

「それがですね……」制服警官の顔に影が射《さ》した。「警察官なんですよ」

「何だって？」予想通りだった——しかし沖田はわざと目を大きく見開き、驚きの表情を作った。「どこの人間だ？」

「港中央署の交通課です。今日は非番だったようですね」

「ご家族は？」

「連絡済みです。もうこちらに向かってると思いますよ」

「その面倒は、君たちに任せていいんだろうな」

「当たり前じゃないですか」三枝が意外そうな表情を浮かべる。「それがこっちの仕事ですから」

うなずき、沖田はその場を離れた。森野の容体は気になるが、家族の愁嘆場に立ち会うのはやはり気が進まない。

急いで病院の外に出て、駐車場から西川に電話を入れる。森野の所属を告げると、西川は悔しそうな声で「そうか……」と短く言った。自分より先に割り出されたのが悔しいのだろう。しかしこれは、単に時間の問題だ。誰が調べても、すぐに身元に辿り着いたはずである。

「しばらく病院の近くでうろついてるよ」

「駄目だ」西川がぴしりと言った。

「何で」

「響子さんを一人で放っておいていいのか?」

「ああ、いや——そうだな」家に籠《こも》っていれば大丈夫と思っていたが、西川に指摘されるとにわかに不安になる。

「明日以降、調べることがたくさん出てくる。忙しくなるぞ。今夜ぐらい、響子さんと一緒にいてやれ」

「……分かった」

今度は響子に電話をかける。出た時には、自分でも予想していなかったほど安心してしまった。今夜は帰る——その言葉は、響子にとってというより、自分にとって大事だった。

5

「どうかしました?」

美也子に声をかけられ、西川は我に返った。

「いや、何でもない……悪いけど、コーヒー、もらえないかな」

「こんな時間に?」

美也子が不審げに眉をひそめながら、壁の時計を見上げた。十一時十五分……確かに。こんな夜遅くにコーヒーを飲んだら、今夜は眠れなくなるだろう。そうでなくても心配事が多いのに。

かといって、酔いを少し抜かないと風呂にも入れない。調子に乗って、鳩山と二軒目に行ってしまったのが失敗だった……西川はふらふらと立ち上がり、冷蔵庫を開けてミネラルウォーターを取り出した。一気に傾け、冷たい水が喉を刺激する感覚を楽しむ。これだけで一気に酔いが醒《さ》めたようだった。

「ずいぶん大きい声で電話してたけど、大丈夫なの?」コーヒーの用意をしながら美也子が訊ねる。

「沖田が、ちょっとね」

「沖田さん？」美也子が眉根を寄せる。

「交通事故に巻きこまれて」

「え？」美也子が目を見開く。「そんな、呑気にしていていいの？」

「いや、あいつが怪我したわけじゃないから。たまたま交通事故の現場に出くわして、所轄の事情聴取を受けてたんだ」

「沖田さんも……変に運があるのかもしれないわね」

「そうだな」相槌《あいづち》を打ちながら、西川はついに、胸に溜まっていた心配事を吐き出す決心を固めた。「ところでお義母《かあ》さん、様子はどうなんだ？」

「相変わらずよ。本人は焦ってるんだけど、焦るのが一番よくないって医者にも言われてるし」

「あのさ」西川は美也子の前に腰かけた。「入院する感じじゃないから、ここからどうやって普段の生活を取り戻すかが問題だろう？　そのための選択肢は限られていると思うんだ」

美也子がうなずく。しかし目に光はなかった。西川は一本ずつ指を折っていった。

「今のところ、選択肢は三つある。お義兄《にい》さんが世話を引き受ける、うちが引き取る、今と同じように、君が通って調子がよくなるのを待つ——俺は、この家に来てもらうのが一番いいと思うんだ。ここなら部屋も余ってるし、取り敢えず仮住まいしてもらう感じでいいんじゃないかな。それなら君の負担も減るし、お義母さんの近くにいられるから安心だろう？　それに、実家を処分する必要もないんだ。向こうの家が気になるなら、月に一回ぐらい掃除に行けばいいんだし」

「私は、今の状態でしばらく様子を見るしかないと思うわ」美也子が反論した。「だって母が、家を離れたがっていないのよ？　昔から、旅行に行くのも嫌がってたぐらいだし……家が好きな人だから」

「確かになあ……」美也子の実家の見事な庭を思い出した。田舎故にかなり広い庭は、義母が趣味のガーデニングを楽しむスペースになっている。家自体も常に綺麗《きれい》に整理整頓されていて、かえって居心地が悪くなるぐらいだった。家を自分好みに仕立て上げることが、義母にとっては何よりの楽しみなのだろう。とはいえ、今はそれも満足にできない。

「あなたにはお金の面でも迷惑をかけるけど、母をあの家から出すのは無理よ。それに、月に一回の手入れだと、せっかくの庭が駄目になっちゃうから」

「そうか……」西川はゆっくりと息を吐いた。

「ごめんね」

「いや、俺は大丈夫だけどさ」本当は大丈夫ではないのだが、西川は強がりを言った。最近家の中が少し雑然としてきた……。「しかし俺たちも、こういう問題が降りかかってくる年齢になったんだな」

「ちょっと早い気もするけど」

「どこの家でもある話なんだろうな」

「いろいろだと思うけど……本当にごめんなさい」

そうやって頭を下げられると、何も言えなくなってしまう。ここは一つ、自分も我慢を続けなければならないだろう。精神的、肉体的には、美也子の方が自分よりもずっとダメージを受けているのだし。

コーヒーができあがった。いつもより少しだけ苦かった。

翌朝、沖田はげっそりした顔つきで追跡捜査係に現れた。昨夜はそれなりに遅かったわけだが、それよりも気持ちの疲れの方が大きいのだろう。そういう自分も、やや二日酔い気味……帰宅してからの、美也子との後ろ向きな話し合いもきつかったし、やはりコーヒーのせいで睡眠時間が削られた。

とはいえ、やることは山積みだ。沖田も、疲れてはいるが目は死んでいない。

「花山を攻める方法、何かないかな」バッグをデスクに置いて椅子に座るなり、沖田が切り出した。「直接締め上げるか?」

「いきなりか?」西川はポットからコーヒーを注ぎながら言った。早くもいい香りが鼻先に漂う……やはり、美也子のコーヒーは抜群だ。

「ふざけた野郎だぜ。奴のせいで、森野さんは瀕死《ひんし》の重傷を負ったんだ……おっと、怪我の具合を確認しておかないと」

西川が返事する暇も与えず、沖田が受話器を取り上げる。早口で相手に確認すると、すぐに電話を切った。表情が暗い。

「やばいのか？」西川は思わず訊ねた。

「何とか一命はとりとめたけど、状態はよくない。頭を強打していて、まだ意識が戻らないんだ。それプラス、骨折が三ヶ所」

「よく生きてるな」西川は顔をしかめた。

「ああ。とにかく、しばらく話は聴けそうにない。どうしたものか……やっぱり花山だろうな。これから半蔵門署に乗りこんで連れ出そう。それで、目立たない場所で締め上げて吐かせる――」

「沖田……」西川は右手を広げて額を揉《も》んだ。コーヒーを一口飲んだが、気持ちは落ち着かない。「否定されたら終わりだぞ？　たまたまあの場所にいただけだったら――だいたい、奴が森野さんを突き飛ばしたわけでもないだろう」

「じゃあ、どうするんだよ」

「監視と尾行」

「それじゃ時間がかかり過ぎるだろうが」沖田が口を尖らせる。

「俺たちが焦れば、向こうの術中にはまるだけだぞ」

「その『術中』って何だよ」

「それが分かってたら、とっくに対策を練ってる」

　沖田が鼻を鳴らす。焦ってもしょうがないだろうが……西川は目を伏せた。どう考えても、今のところ密《ひそ》かに調査を進めるしか方法はない――いや、もう一つ、気になることがあるではないか。

「森野さんだけど、結局用件は何だったと思う？」

「二十年前の案件に関して、何か情報を摑んでいたんだろうな」沖田の表情が急に引き締まった。

「ということは……」西川は顎を撫《な》でながら天井を見上げた。「森野さんは、二十年前には南多摩署にいたんじゃないか？」

「いや、どうかな」沖田が目を細める。集中している時の癖だ。

「覚えてないのか？」

「いやいや」沖田が首を横に振った。「南多摩署も結構でかい所轄なんだぜ？　部署が違って、当直が一緒になるようなことがなかったら、顔も合わせないだろうが……とにかく覚えてない。南多摩署に彼がいたかどうかも分からない」

「そうか。ちょっと調べる必要があるな」人事情報を探るのは、それほど難しくはない。警部補以下の人事を担当する警務部人事二課に問い合わせれば分かることだ。「お前、人事二課の方で調べてくれないか？」西川は沖田に頼んだ。

「いいよ。後輩が一人いる」沖田が受話器に手を置いた。

「こういう微妙なことを頼める相手か？」

「大丈夫だと思う。素直に昨日の件を話せばいいんだよ。たまたま事故現場に出くわしたから、気になってるとか何とか」

「じゃあ、頼む」

「お前も頼りにならねえな」沖田が皮肉っぽく笑った。

西川はそれを無視した。沖田の攻撃を全て受けて切り返していたら、仕事にならない。

沖田は人事二課の後輩をすぐに摑まえ、まずジャブを放ち始めた。さっさと用件に入ればいいのに、これも沖田の悪い癖である。ちょっとした前置きが、話をスムーズに進めるための推進剤になると信じこんでいるのだ。

用事はすぐに済んだ。人事データも全部デジタル化されているから、沖田の後輩は、クリック二回か三回で必要な情報に辿り着いたのだろう。沖田が相槌を打ちながら、手帳にペンを走らせる。

電話を切った沖田が、怪訝そうな表情を浮かべる。しばらく無言で、拳《こぶし》を顎に押し当てた姿勢で固まって手帳を凝視した……やがて、眉間に深い皺《しわ》を寄せながら顔を上げた。

「池袋だな」

「池袋？」

「豊島中央署……二十年前には、豊島中央署の交通課にいた」

「南多摩署は全然関係ないか」西川はうなずいた。「ということは、お前、からかわれたんじゃないのか？」

「いや」沖田が短く否定する。「あの様子は真剣だった。冗談でも何でもないと思う」

「むしろ、花山たちの仲間だったとは考えられないか？　新しい方法でお前にプレッシャーをかけようとしたとか……」

「じゃあ、何で車にはねられた？　あれは明らかに、花山から逃げ出そうとしてパニックになったからだぞ」

「そうか……」西川は顎を撫でた。

「おい」沖田がにわかに心配そうな表情を浮かべた。「お前、何かあったのか？」

「何が」

「最近、ピント外れの発言が多いぞ。こんなことは言いたくないけど、お前らしくない」

「ああ……」見抜かれているか。実際、自分でも調子が上がらないと思っているぐらいだから、沖田にもバレバレだろう。ガサツに見えて、結構鋭い男なのだ。

「家で何かあったのか？」

「まあ、歳《とし》をとるといろいろあるんだよ」

「歳をとったって言うほどの歳じゃないだろう」

「そもそも大したことじゃない。人に相談するほどの話でもないし」

「ならいいけど、仕事に影響が出るようだったら別問題だ。厳しく調査させてもらうぜ」

「別に影響はないだろうが」

「ま、何かあったらいつでも言ってくれ。相談にも乗るよ――暇なら、な」

余計なことを……最近は、人のプライベートな空間には踏みこまないのが礼儀のようなものだし、特に西川の問題は、人に相談してどうなるものでもない。愚痴を零してもストレスが減ることもないだろう。沖田も気を遣ってくれているのだろうが、どうしようもないこともあるのだ。

いずれ、こういう苦境が「日常」に変化して、仕事のペースを取り戻せるのだろうか。

西川は豊島中央署に足を運んだ。交通課に顔を出し、課長と話す。「何でお前が」とでも言いたげな怪訝そうな表情を向けられたが、「追跡捜査係の仕事は、途中では言えないことがありますから」と言って押し切った。実際には、人にきちんと説明できるほどの事実もないし、推理が固まっているわけでもない。

「二十年前だろう？　当時の人間なんか、一人もいないよ」課長が渋い顔で言った。

「でしょうね」これは分かり切っていたこと……しかし西川は諦めなかった。「当時の記録なんかは残ってないんですか？」

「個別の記録はねえ……処理が終わったものは、一定期間が過ぎれば破棄するし」

「ですよね」うなずかざるを得ない。

「しかし、森野って人も災難だよな」課長が深刻な表情でうなずく。「警察官が事故に遭うなんて……交通事故を起こさないように指導するのが警察官の仕事なのにな」

「どうなんですかね。状況はよく分かりませんけど――当時、何か大きな交通事件はありませんでしたか？」

「俺が知る限り、ないね。赴任した時に、過去の案件には全部目を通してみたけど、目を引くようなものはなかった。だいたい、交通関係の重大事故というと、高速絡みだろう」

「確かにそうですね」

あまり速度が出ない一般道では、何台もの車が巻きこまれる事故が起きても、人的犠牲はそれほど大きくなかったりする。しかしスピードが出ている高速道路の場合、事故の規模は大きくなりがちだ。バスの事故などでは、単独でも多数の死者が出たりするから、高速隊は難しい事故処理と捜査を強いられる。

「それでいったい、森野って人がどうしたわけ？」

「ちょっと捜査絡みで、いろいろありまして」西川は口を濁《にご》した。

「何なのか、教えてもらうわけにはいかないの？　一方的に言われてもねえ」

「いえ――ありがとうございます。必要な情報は入手できましたので」

「俺は何も喋ってないよ」課長が怪訝そうな表情を浮かべた。

「何も分からない、ということが分かりました」

こうなると、森野の現在の職場に探りを入れざるを得ない。しかし西川は躊躇《ためら》った。現職の警察官が事故で重体――となったら、勤務先もばたばたしているだろう。しかしここは、無理にでも突っこんでおかないといけない。西川は沖田に電話を入れてから、港中央署で落ち合うことにした。こういう場合は、何かと図々しい沖田がいた方が頼りになる。都内を行ったり来たりしていると、若手の頃の感覚が蘇《よみがえ》ってくる。昔から「刑事は将棋の駒《こま》」と揶揄《やゆ》されているのだが、それをつくづく実感したものだ。一番嫌なのは、自分の意思と関係なく動かざるを得なかったことである。基本的には上の指示を受けて、あちこち動く。しかしその指示が間違っていて、完全な無駄足になったことも、一度や二度ではなかった。今はまだましだろう。追跡捜査係の刑事は、自分の考えと判断で動く。どこへ行くにしても、失敗するのも自己責任だ。鳩山がまともに指示してくれないせいもあるが……いつの間にか、追跡捜査係では西川と沖田が実質的な司令塔になって捜査を進めるのが定番になってしまっている。

これから行くと、港中央署は昼休みに突入するタイミングになる。時間の無駄を避けるために、西川は途中で早めの昼食を食べて行くことにした。とはいっても、池袋駅西口でも、豊島中央署があるこの辺りには飲食店があまりない。西口で、安くてそれなりに美味《うま》い店があるのは立教大の周辺だ。いかにも学生向けで、今の西川の胃袋ではこなせないようなボリュームたっぷりの料理を出す店が多いのだが……あまり胃に負担をかける気にもならず、駅構内の立ち食い蕎麦《そば》屋で済ませることにした。

もしかしたら、人生で一番多く食事をしているのは、立ち食い蕎麦屋かもしれない。五分で食事が済む上に、安くて確実に満腹になる。独身時代には、昼も夜も立ち食い蕎麦で済ませることすらあった。今はさすがに、昔に比べると行く機会は減っているが。

十月というのは、熱い蕎麦か冷たい蕎麦か迷う中途半端な時期だ。もっと寒くなれば間違いなく熱い蕎麦を頼むのだが、今はまだ早い。入り口にある券売機の前で少し迷った末に、西川は冷やし天ぷら蕎麦を頼んだ。街場の普通の蕎麦屋ではまず出ないメニューだが、西川はこれが結構好きだ。冷たい汁がかかった蕎麦の上に、大きなかき揚げがどんと載っている。ネギを少なめにしてもらって――立ち食い蕎麦屋はこれでもかとネギを入れてくることが多い――五分で昼食を終え、地下鉄に飛び乗った。

港中央署に着いたのは、十二時半。沖田は庁舎の前で仁王立ちになり、腕組みをしていた。ひどく不機嫌で、唇はへの字になっている。

「飯、食ったか」沖田の第一声はそれだった。

「ああ、済ませた」

「何だよ、こっちはまだ食ってないのに」

「食べられる時に食べるのが刑事の基本だろう」

「クソ」悪態をついて、沖田が踵《きびす》を返した。「行くぞ」

食事していないぐらいで機嫌が悪くなるとは……これではまるで子どもじゃないか。良い歳をして、沖田はまだ子どもっぽいところが抜けない。こんなことだから、いつまで経っても結婚に踏み切れないのだ。

交通課には課長がいたので――どう見ても二人より年下だった――まず丁寧に挨拶《あいさつ》する。

「うちの人間も病院に行かせているんですが、まだ意識が戻らないようですね」課長の倉《くら》橋《はし》が渋い表情で言った。「事故の時、どんな具合だったんですか？」

沖田がその場にいたことは、もう聞いているようだった。それ故、あまり警戒していないのかもしれない。警官は互いに庇い合うものだし、病気や怪我の「見舞い」は日常茶飯《さはん》事《じ》なのだ。今回もそういうことだと勝手に判断しているのだろう。

「あんなにはっきりと交通事故の現場を見たのは初めてですよ」沖田が深刻な表情で打ち明ける。「十メートルぐらい、はね飛ばされてましたから」

「即死でもおかしくないような事故だったんですね」

「とっさに受け身を取ったかもしれないけど、十メートルっていうと結構な距離ですからね。それに、どこから落ちるかまではコントロールできない」

「十メートル飛ばされて、頭から落ちたんじゃ、どうしようもないですね。病院の方でも、生きてるのが奇跡だと言ってるようです」

「昨日は非番だったんですか？」西川は訊ねた。

「ええ」

「あんなところで何をしてたんですかね」少しわざとらしいかもしれないと思いながら、西川は大袈裟に首を傾げた。「自宅からも遠いですよね」

「さあ……非番の時のことまでは把握してないので」倉橋が逃げを打った。もちろん、彼の言い分はまったく正しいのだが。

「何か、交通事件の捜査でもしていたんですか？」

「いや、基本的にうちは今、捜査するような案件を抱えてませんよ。だからうちとしても、何が何だか分からない状態で」

「ご家族は……」西川は遠慮がちに——そう見えるように訊ねた。

「今は奥さんと二人ですね。息子さんがいるけど、確か関西の方の大学に行ってるんじゃないかな」

「奥さんも心配ですね」西川は深刻な表情でうなずいた。

「もちろん、署の方でも万全のケアをしますよ」倉橋がうなずく。「お気遣いいただいて恐縮です。しかし、沖田さんも驚いたでしょう？」

「そうそう」沖田が深刻な口調で言った。「何だか申し訳なくてね。もちろん、事故は防ぎようもないけど、仲間が目の前で事故に遭ったのはショックで……何かできることはないかと思いましてね。これから病院へ見舞いに行くつもりです」

「それは、ご家族も喜ぶと思いますよ——喜ぶじゃなくて、安心する、かな」倉橋が言い直した。

「奥さんはずっと病院なんですか？」沖田が訊ねる。

「昨夜からずっと詰めていると聞いています」

「分かりました」沖田がパン、と腿を叩いた。話は終わり、の合図。しかし一瞬立ち上がる素ぶりを見せた後、座り直して「最近、何か変わったことはありませんでしたか？」と改めて訊ねた。

「どういう意味ですか」それまで愛想よく話していた倉橋の表情が急に曇《くも》った。

「いや……」沖田が顎に拳をあてがう。「今考えてみると、事故に遭う前にちょっと様子がおかしかったというか……何だか考え事をして、ふらふらしながら歩いているような感じだったんですよ。それで、その後にいきなり道路に飛び出したもので……普通、そういう動きはしないですよね？　警察官は用心深いものだし」

「まさか、自殺だったとでも言いたいんですか？」倉橋の顔が引き攣る。

「そうは言いませんけど、道路にいきなり飛び出すっていうのはちょっと変でしょう。車に飛びこんで自殺するっていうのも、聞いたことがありませんけど」

「そういうのは、まずないですね。確実に死ねるわけじゃないし」

「何か病気とか？　それで足元が危なくなることもあるでしょう」

「元気でしたよ。四十七歳だけど、健康診断はオールクリアだって自慢してましたからね」

「なるほど……精神的にはどうなんですか？　ストレス社会ですからねえ」

「それもないと思いますけどね。もちろん私は、管理職として十分ケアしてますけど、森野さんにはそういうことはまったくなかったですよ」

「そうですか……しかし、心配ですね」

「まったくです」倉橋がうなずく。

「とにかく、これから病院に行ってみますよ」沖田がうなずき返し、立ち上がった。

署を出ても、まだ午後一時になっていなかった。この会談も無駄に終わった——ただし、非常に難しい会談になることを、西川は事前に予想していた。捜査権限もない二人がいきなり訪ねて、重要な手がかりを掴めるとは思えない。

次は家族か……一命をとりとめたとはいえ、被害者家族に話を聴くのはいつでも気が重い。しかし沖田は、元気よく大股《おおまた》で歩いている。自分が絡んだも同然の一件なので、気合いが入っているのだろう。

「花山の尾行はどうする？」沖田が唐突に訊ねる。

「それは夕方からだな」

「だったらまだ、動き回る時間はあるな……よし、気合い入れていくぞ」

肩を怒《いか》らせるようにして、さらに歩く速度を上げる。まったく、元気な男だ。

今の自分には、こういう元気はない。

6

新宿の病院に着くと、沖田はまず森野の様子を訊ねた。病院側は迷惑しきった様子……警察関係者が出たり入ったりして、しつこく話を聴いているのだ。生命の危機を脱したとはいえ、患者の容体が急によくなるはずもなく、説明に困っているのだろう。

しかしそれは病院側の事情で、俺には関係ない。

「意識はまったく戻らないんですか？」沖田は、応対してくれた医師に必死に食い下がった。

「今のところは何とも言えません」

「意識、戻るんでしょうね」

「それも何とも言えません」

クソ、何でそんなに頼りないんだ――まだ三十代前半にしか見えない医師の胸ぐらを摑んで、揺さぶってやりたくなった。「何とも言えない」なんて台詞だったら、俺だって言えるんだよ。

「怪我の部位が頭ですからね。万全のケアをしてますけど、いつどうなるかについては、簡単には言えないんです。脳というのは、そんなに簡単なものではないので」医師はあくまで慎重だった。

「今はどうなってるんですか？」

「まだ集中治療室に入っています。脳圧が十分下がるのを待って、一般病室に移すつもりですが」

「それは何時頃になりますか？」沖田はなおも食い下がった。

「何とも言えません」

「何とも言えません」は三回目だぞ、と沖田は苛ついた。もう少し具体的なことを喋ってみろよ……。

「ご家族はどうしてますか？」

「私は、そこまでは把握していないので」

医師が冷たく言い放つ。仕事はあくまで治療で、家族の面倒を見るのは他の人間の役目、とでも言いたげだった。医者がそんなことでいいのか？

集中治療室に入っている人間には会えない。当然話もできない。となると、家族に面会しなければ……沖田は看護師たちから話を聞いて、家族の居場所を確認した。集中治療室の近くにいるはずだという。昨夜から完全徹夜で病院に詰めているとしたら、疲労はピークに達しているだろう。妻に会えても、話ができるかどうか分からなかった。となると、ターゲットは息子か。関西の大学へ行っているという息子も、こういう事態だから急遽《きゅうきょ》東京へ戻って来ているのではないだろうか。

「集中治療室」の看板が見えるところまで行く。廊下の両サイドにベンチがあり、中年の女性と若い男が、廊下を挟む格好で座っている。森野母子か……息子の方は腕組みをしてうつむいていた。つい居眠りしてしまったというより、必死で寝ようとしているのかもしれない。一方母親の方は、ピシッと背筋を伸ばし、両手を腿の上に置いて、前方の壁を凝視していた。二人が近づくと、のろのろとこちらを向く。沖田は立ち止まり、丁寧に一礼した。港中央署の交通課でケアしているという話だったが、面倒を見る人は誰もいない様子である。あの課長、適当なことを言いやがったのか？

沖田は西川に目配せした。お前が行け——沖田はその容貌《ようぼう》ゆえ、初対面の人間を怖がらせたり警戒させてしまうことがある。眼鏡をかけた真面目顔の西川なら、その心配はない。

西川がうなずき、森野の妻に近づいた。

「追跡捜査係の西川と申します」

妻——名前は真紀子《まきこ》だったと沖田は思い出した——が立ち上がろうとしたが、それだけでバランスを崩して、また座ってしまう。手を貸さないと立ち上がることもできないのではと思ったが、沖田が一歩を踏み出す前に、息子が飛んで来た。寝ているかと思ったが、実際には起きていたようだ。怪訝そうな視線を二人に向けると、母親の前に立って胸を張る。まるで、母親を攻撃から守ろうとでもするようだった。

「実は昨夜、こちらの沖田がたまたま現場にいまして……通報したのも沖田です」

厳密には俺は通報していない——軽トラックのニイちゃんに指示して電話させただけだ。しかし、細かい部分を訂正する必要もないだろうと思い、沖田は深刻な表情で真紀子にうなずきかけた。

今度はしっかり立ち上がり、真紀子が沖田に向かって頭を下げた。

「お世話になってしまって……」

「いえ」沖田は素直に好意を受け入れられなかった。「もう少しできることがあったんじゃないかと思います」

「事故ですから、しょうがないです」

「すみませんが、息子さんですか？」沖田は青年に顔を向けた。ひょろりとした体型で、風が吹けば飛ばされてしまいそうな頼りなさだ。顎も細く、いかにも柔らかいものばかり食べて育った現代の若者という感じである。

「はい」しかし外見に似合わず、声は野太かった。

「お名前は？」

「隆正《たかまさ》です」

うなずきかけると、敵意はないと判断したようで、隆正が一歩引く。それで沖田は、真紀子と直接対峙《たいじ》することになった。

「容体は変わらないようですね」

「ええ……まだ意識が戻らなくて」

「大丈夫ですよ」この場では、こうやって励ますしかない。「警察官は鍛えていますから、ちょっとやそっとのことではびくともしません」

今回は明らかに「ちょっとやそっと」を超えるレベルの事故なのだが。

「私も昨夜からずっと気になっていて……お見舞いしないといけないと思いました」

「ご丁寧にすみません」真紀子がまた頭を下げる。

「あの……昨夜からずっとこちらに？」沖田は訊ねた。

「はい」

「もしかしたら、ずっと寝てないんじゃないですか？」

「ええ……」

病院側も気が利かない。こうやって座り心地の悪いベンチで我慢していても、森野の意識が戻るわけではないのだから、休む場所を提供すべきではないか？　病室だって、一つぐらいは空いているだろう。そうでなければ、無理にでも帰宅させるとか。

「少し休まれたらどうですか？　先ほど病院側に話を聞きましたが、急に容体は変わらないという話でしたよ」

「でも、目を覚ました時には、ここにいないと」

それがいつになるか分からないから大変なのだが……しかし沖田としてはうなずくしかなかった。すぐに、西川と視線を交わす。西川は素早く首を横に振った。駄目だ……この状況で、真紀子に話を聴くのは不可能だろう。沖田は焦った。できるだけ早く、森野が自分に接触してきた理由を知りたい。そのためには、真紀子からも早く話を聴きたいのだが、今は無理だ。

「何だったら、我々の方から病院に話しておきましょうか？　少し横になれる部屋ぐらい、用意してもらえると思いますよ」

「ご迷惑をかけるわけにはいきませんので」真紀子は妙に頑なだった。

こうなると、あまり無理もできない。出直すしかないな……沖田は西川に目配せした。西川がさっとうなずく。明日にでも——あるいは森野が意識を取り戻したタイミングで、またここへ来るしかないだろう。

「では、我々はこれで失礼します」西川が丁寧に頭を下げた。「くれぐれもご無理なさらないで下さい」

「改めてお礼を……」

「それは、お気になさらず」

言って、西川が踵を返す。沖田も彼に倣《なら》おうとした瞬間、真紀子が「隆正」と短く言った。隆正が慌てて顔を上げ、母親に向かってうなずきかける。沖田と西川が並んで歩き出すと、隆正が後ろから「お送りします」と声をかけてきた。

「気にしないで」

振り向いて西川が言ったが、沖田は「じゃあ、そこまで」と逆の発言をした。真紀子に比べて、隆正はまだ冷静なようである。ここで少し話をしておくのも手だろう。今は離れて暮らしているとはいえ、何か知っている可能性もある。

真紀子から十分離れたと判断したところで、沖田は少し歩調を緩めて隆正と足並みを揃えた。

「今、関西の大学だって？」

「京都です」

「いつ帰って来たんだ？」

「今朝——五時ぐらいです。六時間ぐらいかかりました」

「車？」

「死ぬかと思いました」隆正が苦笑した。「十万キロ走ってる中古車なんで、夜中に高速を走ると、マジで怖いんです」

「大変だったね」

「それより、本当にありがとうございました」歩きながら隆正が頭を下げる。警察官の息子だからというわけではなかろうが、今時の若者にしては礼儀正しい。「おかげで、父は一命をとりとめたと思います」

「いや……もうちょっと何とかできたかもしれない。でも頭の怪我だから、動かせなかったんだ」

「そうですか……」

「何であんなことになったのか、分からないんだよ。お父さん、持病か何かあったのか？」ないことは分かっていて、敢《あ》えて確認した。健康診断はオールクリア──しかしそれは、勤務先でそう言っているだけで、家族には悩みを漏らしていたかもしれない。

「ないです」隆正が即座に否定した。「だいたい、何であんな時間にあんなところにいたのか、分からないんですよ」

「昨日は非番だったと聞いてるけど」

「そうですね。非番の時はだいたい家にいて、本を読んでますから……時代物の小説が好きで」

「なるほどね」

会話は転がっているが中身がない。どう切り出すべきか悩んでいると、西川がいきなり振り向いた。

「ここだけの秘密なんだけど、いいかな」

「はい？」隆正が立ち止まる。

西川が体の向きを変え、隆正と正面から向き合った。おいおい、いきなり本題に入るつもりか？　俺たちが——俺がどんなにやばいことに巻きこまれているか、お前は理解してないのか？　ここで事情を明かすと、森野の家族にまで迷惑をかけるかもしれない。

しかし——考え直す。これが突破口になる可能性もあるのだ。

「座ろうか」

言って、西川が先に近くのベンチに腰を下ろす。隆正が許可を求めるように沖田の顔を見た。沖田がうなずくと、遠慮がちに西川の横に腰かける。沖田は二人の前で立ったままでいた。ベンチは狭く、三人で座るだけの長さがなかったのだ。

「実は森野さんは、ここにいる沖田と会う予定だったんだ」

「え？」事情が呑みこめない様子で、隆正が目を見開く。

「そうなんだよ」沖田はうなずいた。「ただし、この件は絶対に誰にも言わないでくれないか？　実はいろいろ裏の事情があって……事故の処理をしている所轄も知らないんだ」

「親父《おやじ》、何かまずいことをしたんですか？」

「違う」おそらく彼は、善意の第三者……情報提供者だ。少なくとも沖田は、そういう感触を得ていた。こちらに接触してきたやり方はあまり上手くないが、悪意は感じられなかったのだ。「いや、実は森野さんの目的はよく分からなかったんだ。電話で話しただけだから、会って確認しようとしたんだけど……約束の時間に森野さんはあの場所へ来た。でもいきなり道路に飛び出して、車にはねられたんだ」

「何でそんなことに……」隆正が唖然《あぜん》とした表情を浮かべた。

「それは分からない」花山に追われていることに気づいて逃げ出した――おそらくそれが事の真相なのだが、隆正に告げるわけにはいかなかった。今は、余計な情報を頭に入れて欲しくない。

「とにかく、森野さんは俺に何かを話そうとしていた。それが何かを知りたいんだ。ただしお父さんは、まだ話せる状態じゃない」

「それで、だ」西川が話を引き取る。「ちょっと家を覗《のぞ》かせてくれないかな？　お母さんは病院から引き返しそうにないし、今、このタイミングで家を見せてくれないだろうか」

「いや、でも……それはまずいんじゃないですか」隆正が引いた。

「頼む」西川が頭を下げた。「黙っていれば分からないと思うんだ。家を汚すようなことはしないから、何とか……ちょっとした芝居をしてくれるだけでいい」

「お父さんは、何か大きな不正と戦おうとしていたんだと思う」沖田は思い切って告げた。

「それが何だかは分からない。でも埋もれさせてはいけないと思うんだ。お父さんは警察官だ。俺たちは、警察官の正義を守らないといけない」

さらなる躊躇い。沖田も西川も黙りこんだ。もう少し強く押して、半ば脅迫するような形でこちらの要求を呑ませることもできるだろう。しかしそれでは、後々禍根《かこん》を残す。そんなことは避けたかった。

「分かりました」隆正が唐突に言った。「大事なことなんですよね？」

「もちろん」沖田はうなずいた。隆正が突然こちらの要求を受け入れたので驚いたが、説得が功を奏したのだろう。彼とはまた、じっくり話そう、と思った。

できればその時は、森野を褒め称《たた》える内容にしたかった。

森野の自宅は、中央線の西荻窪《にしおぎくぼ》駅近くにあった。かなり年季の入った二階建てで、家族の歴史を感じさせる。「着替えを取りに戻る」という理由で病院を離れた隆正が、財布の中から鍵《かぎ》を取り出して玄関ドアを解錠した。玄関に入った途端、「ああ」と短く漏らす。

「何か問題でも？」沖田は訊ねた。

「いや、母は相当慌てていたみたいです……玄関は、いつもこんな風に荒れてないんですよ」

沖田の目には、荒れているようには見えなかったが……何足か出ている靴が、きちんと揃っていないというだけだった。

「お父さんの書斎みたいなところはあるのかな」

「書斎というか、書庫があります……確かに書庫ですね、あれは」

隆正が、どこか呆れたように言った。今回は、取り敢えず見てみるだけ――家全体を調べるにはかなりの時間がかかるし、それこそ真紀子の許可が必要である。書庫は、まず狙うべき場所の一つだった。もしも何か隠すものがあるなら、夫婦の寝室ではなく自分専用の場所を使うだろう。

しかしそもそも、書類の類《たぐい》があるかどうかも分からない。森野は、ただ言葉で情報を伝えようとしているだけだったのかもしれない。そもそも彼は、事故に遭った時に何も持っていなかった。一度話をして信頼関係を築いてから、後から重要な書類を渡す手を考えるつもりだったのかもしれない。

「書庫だけ見てみよう」

提案すると、西川がうなずく。今日はそれほど調子は悪くないようだ。

書庫は二階にあった。広くはない——四畳半ほどの部屋だが、隆正の言う通り、間違いなく書庫である。天井近くまである本棚が四つ、平行に並んでいて、入った瞬間に沖田は軽い恐怖を覚えた。本棚には補強も転倒防止の処理もされていない。少し大きな地震があったら、本棚は倒れて中の本は全て床に散乱するだろう。ふと部屋の隅を見ると、壁と床の間に数ミリほどの隙間が見えた。おいおい、これは限界だ……家を建てる時に補強をしなかったのだろう、床が沈み始めている。

「ありゃ……」沖田の背後から部屋を覗きこんでいた隆正が、呆れたように言った。「また本が増えてますね」

「そうなのか？」沖田は振り返って訊ねた。

「俺が三年前に家を出た時は、一番右側の本棚はまだ四段分ぐらい空いてたはずです」

「じゃあ、三年で何十冊分か埋まったわけだ」

「いや、軽く三桁《けた》は増えてると思います」

見ると、本棚のほとんどを埋めているのは文庫本である。それも、ざっと見た限りでは時代物の小説ばかり。文庫の時代小説は今が全盛期なのだろうが、もしかしたら出版されているものを全部入手しようとでも思っているのかもしれない。今は文庫本も、そんなに安くはないのだが……買った本をとにかく残しておこうとする感覚も、沖田には理解できなかった。俺なら、読み終えた本はさっさと処分するけどな……もっとも沖田の場合、小説などほとんど読まないのだが。

「右だ」

西川が言って、さっさと部屋の右側に移動する。沖田は左から始めた。隆正が部屋の灯りをつけてくれたので多少明るくなったが、それでも暗い。あまりにも本棚が圧迫的なのだ。窓はあるのだが、それも本棚に邪魔されて、秋の陽光は部屋にほとんど入ってこなかった。もしかしたら、その辺も考えて本棚のレイアウトを決めたのかもしれない。直射日光が当たると、本の背はすぐに日焼けする。

沖田はまず、一番左の本棚を上から下までざっと見回した。個別のタイトルは確認しないが、とにかく時代物ばかりのようだ。しかし一番下の段は、文庫ではなく単行本になっている。取り敢えず異常はなし。

次いで、本を取り出してチェックする。それぞれの本の全てのページを調べるとなると、一日がかりになってしまうだろう。そこはひとまず棚上げして、取り敢えず本と本の間に何か挟まっていないかを調べ始めた。

始めてすぐに、手が乾燥してガサガサになってしまう。本というのは、触っているだけでも体の水分を吸い取るのかもしれない。

本棚一つをチェックし終えるのに、三十分以上かかった。あまり長くかけていると、いろいろまずいことが起きる……二つ目の本棚はもう少しスピードアップしたが、結局何も見つからなかった。書庫はあくまで書庫、ここに物を隠しておくような気はなかったのかもしれない。

「何なんですか！」

突然女性の声が響いて、沖田はびくりと身を震わせた。まずい……ドアの方を見ると、真紀子が立っていた。怒っているというよりも、びっくりしたような表情。何で彼女がここにいるんだ？　だいたい隆正はどうした？　すぐに、母親の背後に、隆正が申し訳なさそうな顔で立っているのを見つける。おそらく真紀子が急に帰って来て、玄関に見知らぬ靴があるのに気づいて隆正を詰問したのだろう。まったく間の悪いことだ……とても病院を離れられない様子だったのに、いったいどうしたのだろう。

「勝手に家に入らないで下さい」真紀子が抗議した。

「いえ、あの、隆正君の許可を得ていまして……」自分でもみっともないほど、沖田はへどもどしてしまった。

「隆正は関係ありません。私は何も聞いていません！」

この勢いはまずい……先ほどまで悲しみと苦しみに打ちひしがれていたのに、急に怒りに全てを支配されてしまった感じである。

「勝手に上がりこんだことは謝罪します」西川が前面に出て頭を下げた。「しかし、どうしても知りたいことがあったんです」

「どうして本部の人が主人のことを調べてるんですか？　関係ないでしょう」

「これは単なる交通事故じゃないんです」

西川が明かした。まずい……沖田は焦った。話がどんどん広がってしまう。しかしある程度はきちんと説明しないと、解放してもらえそうになかった。

「だったら何なんですか？」

「私たちは、森野さんと接触していました。ある事件に関して、森野さんが情報を持っているという話があったからです。森野さんは、私たちに協力すると約束してくれて、渡すべき書類があると言っていました。できればその書類を見つけたい……それで家に上げてもらったんです。あなたの許可を得なかったことは謝罪します」

西川が、立板に水で説明した。しかし、真紀子の怒りの表情は崩れない。ここは引くしかない――沖田は素早く頭を下げて、「取り敢えず失礼します」と言った。それで真紀子が、ようやく納得したように、少し身を引く。沖田は素早く廊下に出たが、西川はまだ書庫の中……何やってるんだ、と沖田は少し声を荒らげて「西川！」と呼んだ。

西川は何か言いたげ……しかし今回は、彼の真意がまったく読めない。

「早く出ろ」

低い声で言うと、ようやく西川が廊下に出て来た。露骨に不満そうな表情を浮かべているが、何も言おうとしない。何なんだ？ 何か見つけたのか？ しかし、真紀子が見守っている状況では、たとえ何か見つかっても持ち出すわけにはいかない。

「出て行って下さい」真紀子が冷たく言い放った。「主人を助けてくれたことには感謝していますが、それとこれとは話が別です」

「大変失礼しました」沖田は謝罪し、深々と頭を下げた。気づくと、隣にいる西川はぼうっと突っ立っている……沖田は頭を下げたまま、彼のスーツの袖を引っ張った。それで我に返ったように、西川が素早く一礼する。

「どうぞ、お帰り下さい」真紀子の口ぶりは少しだけ丁寧になっていたが、それでも冷たく怒った態度に変わりはなかった。

参った——作戦失敗。これはもう一度、新しい作戦を考えねばならない。ただし、二度目はさらにハードルが高くなる。西川の調子が今ひとつ上がらない今、自分が何か手を編み出さねばならないだろう。

まったく自信がなかった。

西荻窪駅へ向かう途中、西川は終始無言だった。しかし家から十分離れた地点で、急に立ち止まる。彼の斜め後ろを歩いていた沖田は、背中にぶつかりそうになった。

「何だよ、いきなり」

「あそこに何かあったんだ」西川が打ち明ける。

「何か？　何かって何だ？」

「分からない。何かだよ」

「何なんだよ、それは」沖田は両手を広げた。「どうして早く言わなかったんだ？」

「言える雰囲気じゃなかっただろうが。お前が、さっさと書庫を出なくちゃいけない空気を作ったんだぞ？　俺は、もうちょっと待てと合図したつもりだったのに」

「お前との間で以心伝心ってわけにはいかないよ」

「ああ、そうかい……お前が真紀子さんを抑えておけば、その間に何とか持ち出せたのに」

「勝手に持ち出したら窃盗《せっとう》じゃねえか」

「持ち出せなくても、写真を撮るぐらいはできた」

「書類なのか？」沖田は西川に詰め寄った。

「分からん」

「何なんだよ」お手上げだ、と言わんばかりに、沖田は両手を軽く上げた。「それじゃ、何も分からないじゃないか」

「だから、『何か』だって言っただろう。具体的な話はしてないぞ」

「どこにあったんだ？」

「『真田《さなだ》太平記』の一巻と二巻の間」

「どんなものだ？」

「ビニールのカバーに入っていて、結構分厚かった……本と本の間が不自然に開いていたんで分かったんだ」

「何かな……」

「だから、お前がもう少し彼女を引きつけておいてくれたら分かったんだ」

「今そんなことを言われても、どうしようもないだろう」沖田は口を尖らせた。

「まったく……」

だんだんムカついてきた。俺の助けなしでも、自分で早く動けば何とかできたのではないか？　自分の失敗を他人のせいにするのは、チームプレーで一番やってはいけないことである。

7

西川は苛立っていた。

ぎりぎりで手に入らなかったものが、頭の中で次第に大きな存在になってくる。あれはもしかしたら、絶対に手に入れなくてはいけない、大事な証拠だったのではないか……。

何だったのかは今でも分からない。サイズは文庫本とほぼ同じ——ということは、縦十五センチ、横十センチほどか。厚みは数ミリ……一センチまではいかなかった。数枚の紙をまとめて四つ折りにしたら、あんな感じになるのではないだろうか。

とはいえ、そんなものは世の中にいくらでもある。

本部に戻っても、気分は晴れなかった。しかし、やるべきことは迫っている。目の前で、沖田が大竹たちに尾行の指示をするのを、西川は無言で見守った。今日は大竹と庄田が担当し、取り敢えず花山が家に帰るまで確認する。

「あの」庄田が遠慮がちに切り出した。「もう、花山を揺さぶってもいいんじゃないでしょうか。昨夜のこともありますし」

「俺もそう思うんだけどな……」

同調した沖田が、西川をちらりと見た。西川は半ば無意識のまま、首を横に振った。今そんなことを言われても、結論が出せるわけもない。

「どうなんだよ、そろそろ直接プレッシャーをかける作戦を考えたら?」沖田が苛ついた口調で提案する。

「それはやらない方がいいって、朝言ったばかりだろう」

「しかし――」

「まだ早い。変に刺激する必要もない。それより、西野署長の動きをチェックする方法でも考えてくれ」

「ああ?」沖田が目を見開いた。「作戦を考えるのはお前の仕事だろうが」

「自分の頭で考えないと、いつまで経っても歯車のままだぜ」

「おい――」

「ちょっと出て来る」

別に行く当てがあるわけではなかったが、何となく一人になりたかった。今、西川の頭は、二冊の『真田太平記』に挟まっていた「何か」のことで一杯になっている。何とかもう一度家に入って、回収する方法はないだろうか……。

一階に降りて食堂に入る。一日のうちで最も人がいない時間帯――だだっ広い場所であるにもかかわらず、今は孤独になれる。

窓際の席に陣取り、ゆっくり腰かける。煙草が吸える人間ならここで一服して、リセットするところだろう。煙草を吸わない西川は、こういう切り替えが苦手である。基本、起きている時は事件のことばかり考えている……ふいに「正面突破しかない」という考えが膨れ上がった。真紀子を説得し、重要な書類らしきものがあるようだから、是非それを見せて欲しいと頼みこむのだ。

いや、そもそも、森野が意識を取り戻してくれれば、事態は一気に動くのだ。当たり前の事実を一瞬でも見逃していたことに気づいて、西川は愕然《がくぜん》とした。こんなことは基礎の基礎ではないか。

ボケている原因ははっきりしている。美也子の実家の問題がずっと頭の片隅に引っかかっているのだ。どうしても上手いアイディアが浮かばない――自分たちが一番楽できるのは義母を家に引き取る方法だが、拒否されてはそれもできない。こんな状態がずっと続いたら、いずれは全員がダウンしてしまうだろう。義母のわがままが原因……いや、これをわがままと言ってはいけない。長年連れ添った夫を亡くしたショックが消えぬまま、故郷から引き剝《は》がされたら、さらに精神のバランスを崩してしまうかもしれない。

まったく、手詰まりだ。仕事でこんなに悩んだことはないのに……。

「どうかしました？」

声をかけられ、西川ははっと顔を上げた。自分の世界に没入していたのだが……見ると懐かしい顔が目の前にあった──大阪府警の三輪《みわ》。

「何だい、いきなり」

「いやいや、いきなりと言われましても」三輪が人懐っこい笑みを浮かべ、大きなバッグをテーブルに置いた。

「仕事？」

「当たり前やないですか」呆れたように三輪が言った。「こんな怖いところに遊びに来る人間はいませんで」

三輪は大阪府警捜査三課の刑事で、以前何度か一緒に仕事をしたことがある。こちら側に負債が多い感じではあるが、元々愛想のいい男なので、気にしている様子もない。

「ちょっと、こっちで捕まえたマル被の証言の裏取りで……警視庁さんの捜査三課も追っていた男だったんで、すり合わせをしてきたんですわ。で、ちょっと東京の蕎麦でも食べて帰ろうかな、と」

「何も、警視庁の食堂に来なくても」西川は苦笑した。「美味い蕎麦屋なら、他にいくらでもあるのに……ここが東京の蕎麦の典型みたいに思われたら困るよ」

「分かってますわ。たまに不味《まず》いものを食べると、かえって舌の感覚が尖るでしょう？スイカに塩、みたいなもんですよ」

「その喩《たと》えは合ってないけどね……しかし、うちの三課も追っていた相手なら、かなりの大物だろう。表彰ものだね」

「いやいや、俺に捕まるぐらいやから、所詮《しょせん》は間抜けな泥棒ですよ」三輪がニヤリと笑った。

「何だったら、今夜一杯やらないか？」西川は口元に盃《さかずき》を持っていくふりをした。昨夜は鳩山と一緒で、午前中は二日酔いに悩まされたが、気さくな三輪と呑むのは気分転換にもなるだろう。

「いや、夕方の新幹線で戻らないかんのですよ。マル被が、俺の取り調べを受けたくてうずうずしてるらしいんで」

「じゃあ、引き止めたら悪いな」気分転換の宴《うたげ》はすっと消えた。

「すみませんねえ、それはまたの機会に……それより、どうかしたんですか？　一人でこの辺を真っ暗にしてますよ」

「ちょっと難しい事件に直面しててね」

「西川さんでも、難しいことなんかあるんですか?」三輪が目を剝《む》いた。「どんな難事件でも、ちょいちょいで解決するんやないですか?」

「そんなことができたら苦労しないよ」西川は苦笑した。一緒に仕事をした時に、自分たちが散々苦労して——岩を一ミリずつ掘るように犯人に迫っているのは分かっているはずなのに。

「えらく悩んでらっしゃるようですな。何だったら、ちょいと悩み相談に乗りましょうか? 私でも役に立つかもしれませんで」

「いやいや……」大阪府警の人間に、今抱えている問題を明かすわけにはいかない。だが気がつくと、西川は曖昧な形ながら悩みを打ち明けていた。しまった、と思った時にはもう遅い。こんなこと、普段は絶対にしないのだが——。

「ははあ、なるほどね」三輪が真顔でうなずく。「要するに、相手のご機嫌を損ねたわけですな」

「確かに、ちょっと配慮が足りなかった」西川は頭を掻いた。

「被害者家族には、十分過ぎるほど気を遣って接しないと」

「そうなんだよな……焦ったんだ」

「まず謝ることですな」

「接触すると、また怒らせそうだけど」

「謝らんと、何も始まらんでしょう。情報が欲しいのは分かりますけど、まず謝らんとその後の話はできまへんで。許してもらうのに多少時間がかかるのは仕方ないとして、まずは時間を空けずに謝るのが一番ええ方法やないですか」

「……そうだな」

結局それしかないか。策を弄《ろう》して裏から情報を入手しようとしたから、こんな目に遭っているのだ。こういう時こそ愚直に——いや、刑事の仕事はそもそも愚直であるべきだ。三輪から基本を教えられるとはね、と西川は苦笑した。しかし彼も四十歳、もうベテランと言っていい年齢である。しかも関西人に特有の当たりの柔らかさがあるわけで、その辺は見習わなければならない。

「一回、借りだ」西川は人差し指を立てた。「東京だろうが大阪だろうが、今度会った時は必ず奢る」

「何かしましたっけ？」

とぼけているわけではなく、三輪には本当に自覚がないようだった。こういう刑事は警視庁には——少なくとも自分の周りにはいないな、とつくづく思う。

「一人で？」沖田が怪訝そうに言った。

「ああ」

「何で。俺も行くよ」

「お前は頭を下げるのが苦手だろうが」

「そんなことはない」沖田が胸を張った。

「やめておけ」西川は首を横に振った。「お前は自分が分かってない」

「何だよ、それ」

「とにかく……大勢で行かない方がいいだろう。真紀子さんは疲れているし、ずっと緊張状態が続いているはずだ。そこへ何人もで押しかけたら、精神的に深刻なダメージを与えてしまう」

「……そうかい。で、俺はどうする？」

「大人しくしててくれ。お前が動くと、ろくでもないことが起きる」

「じゃあ俺は、西野署長の身辺でも探っておくよ」

そもそもそれを頼んだのは自分だった、と思い出した。花山に尾行をつけるのは簡単だが、署長である西野を物理的に追いかけ回すのは難しい。間接的な調査になるが、そういうのは沖田が苦手とするところである。

「いいのか？」

「しょうがねえよ。どっちにしろ、調べなくちゃいけないことだし」

「絶対に直接接触するな」西川は釘《くぎ》を刺した。「こっちの姿を見せずにやるんだ」

「分かってるよ。俺のこと、何だと思ってるんだ？」沖田が吐き捨てた。

乱暴者。後先考えずに突っ走る男。極秘捜査には一番向いていないタイプだ。西川はさやかに視線を向けた。

「手伝いますよ」さやかがうなずき、軽い調子で言った。事情は分かってますよ、とでも言いたげな顔つきだった。

「ああ？　必要ない。俺一人で十分だ」沖田が反発する。

「二人の方が、動いていても怪しまれませんよ」さやかが正論を持ち出す。

「まったく……しょうがねえな」沖田も折れた。

「じゃ、西野署長の件はよろしく頼む。俺は出かける」

気は楽にならない。本当は、誰か援軍が欲しいぐらいだったが、自分で言った通り、大人数で押しかけるのはよくない。

真紀子がまだ自宅にいるのではないかと思い、警視庁を出たところで家に電話を入れてみた。出ない……真紀子も隆正も病院に戻ったようだ。いったいいつまであそこに詰めるつもりなのだろう。しかし、これはむしろ好都合かもしれない。病院ならば、真紀子も感情露《あら》わに怒ったりしないはずだ。

夕方、病院は見舞い客で混み合っている。普通に会社から直行したような女性――そういう雰囲気は見れば分かるものだ――が意外に多いことに西川は驚いた。大抵、仕事用のバッグの他に、大きな紙袋などを抱えている。共働き夫婦の夫が入院して、妻が普通に働きながら世話をしているのだろう。心労も疲労も二倍だろうな、と西川は同情した。

今の自分も似たようなものか……美也子の手助けをするどころか、自分の身の回りの世話さえままならない感じではあるが。

二人が揃っているのではないかと想像していた集中治療室の前には、隆正しかいなかった。ベンチに腰かけ、腕組みをしたままうなだれている。両足は大きく広げたまま——頭ががくんと揺れると、のろのろと顔を上げた。徹夜で車を飛ばしてきたダメージが、ここにきて出てきたのだろう。若いとは言え、徹夜で東名をぶっ飛ばしてくれば、ダメージは翌日にも残る。

西川を見ると、一瞬怪訝そうな表情を浮かべたが、ほどなく困ったような笑みに変わった。ある意味、罪の共有者……西川はさっと一礼して、「先ほどは申し訳なかったね」と謝った。隆正に謝っても事態が進展するとは思えなかったのだが。

「いえ、あの……」隆正が両手で顔を擦った。何を言っていいか、考えがまとまらないようだった。

「お母さんは？」

「休んでます。病院の方で部屋を用意してくれました」

「そうか」西川はすっと背を伸ばした。謝罪は先送りか……取り敢えず今は、隆正のご機嫌取りをしておこう。

「君は、少しは寝られたか？」

「今何時ですか？」

西川は腕時計を見て「五時半」と答えた。

「マジですか？」隆正が目を見開く。「ここで一時間、寝てました」

「そろそろ限界だろう」

「でも、起きてないと……」

「だったらコーヒーでも奢るよ」

「ここは離れられません」隆正が抵抗した。

「そりゃそうだよな」西川はうなずいた。「売店で買ってくるよ。ちょっと待っててくれ」

「ああ……すみません」

西川は、走らないように気をつけながら急いだ。真紀子が戻って来ると、また話がややこしくなる。今は隆正を懐柔しながら、真紀子も巻きこむ手を考えよう。

売店の近くにある自動販売機で、紙コップ入りのコーヒーを買った。縁《ふち》ぎりぎりまでコーヒーが入ったカップを二つ持つことになったので、来た時の半分ほどの速さでしか歩けない。何とか一滴も零さずに、隆正の元に辿り着いた。隆正が一礼してカップを受け取り、早速音を立てて啜《すす》る。ほっと息を漏らし、一瞬目を閉じた。

「お父さんの容体はどうだ？」

「変わらないです。明日の朝には一般病室に移すそうですけど」

「それならよかったじゃないか。順調に回復してるんだよ」西川は隆正を勇気づけた。

「そうですかね……」隆正はまだ、まったく安心していない様子だった。

西川は彼の隣に腰を下ろしてコーヒーを一口飲んだ。何だかざらざらした味がする……どういう仕組みでこんな味になるのだろうか。美也子が用意してくれたコーヒーはとうに飲み干してしまったが、あの味を思い出すと情けなくなる。日本は世界に誇る自販機大国なのだ。コーヒーだって、もう少し上手く淹《い》れられないものだろうか。

「さっきは申し訳なかった……家の方で、お母さんを怒らせてしまったね」

「いえ」隆正は何と判断していいか分からない様子だった。

「いない間に勝手に家に上がりこんだら、それは怒るよな」

「勝手にっていうか……俺はいいって言ったでしょう」

「そうかもしれないけど、お母さんから見れば『勝手に』だろう」

「……ですかね。あの、父は何か、変なことにでも首を突っこんでいたんですか？」

「分からない」西川は正直に答えた。「うちは――追跡捜査係は、未解決になっている事件を再捜査するのが仕事なんだけど……実は今回は、お父さんの方から接触してきたんだよ」

「捜査って言っても、父は交通課ですよ？　事件の捜査と関係あるとは思えないんですけど」

「俺もそう思う」西川はうなずいた。「だからどうしても話を聴きたいと思ったんだけど、それがまだ叶《かな》っていない。正直、よく分からないんだ。君の方で、何か聞いてないか？」

「いや、俺は……」隆正が首を横に振った。「一緒に暮らしてないですから、何とも言えません。話すのって、帰省した時ぐらいですから」

「盆暮れだけか」

「東京へ帰って来るだけでも、金がかかりますから」

車を持っているのだから、貧乏学生とは言えまいが……いや、確か、車の走行距離は十万キロと言っていた。それぐらいの中古車なら、必死でバイトすれば、自力で買えないこともないだろう。

「お母さんは、いつもあんな感じなのかな」

「あんな感じって言いますと？」

「あんなに怒るものか？」

「いや、そんなことはないですけど……今日は、こういう状況ですからしょうがないんじゃないですか」

「君も怒られた？」

隆正が肩をすくめる。かなり強く雷を落とされたのは間違いないだろう。

「今は落ち着いているのかな」

「どうですかね。ずっと頭を下げっぱなしだったんで……とにかく、相当怒ってました」

「一応、もう一度ちゃんと謝罪しておこうと思ってね」

「ああ……でも、少し間を置いた方がいいですよ。あんなに怒ってるのを見たことはないんで」隆正が忠告した。

「そうか。今日も顔だけは出しておこうと思ったんだけど……」

「お勧めできないです」

そう言われると腰が引けてしまう。しかし西川は、もう少し粘ろうと思った。一眠りしたら体力、気力が回復して、きちんと話ができるようになるかもしれない。冷静に話ができれば、説得できる自信はあった。

ふいに、第三者の気配がした。顔を上げると、制服警官が二人、こちらに向かって来るところだった。一人はかなりの年配……階級章で警視だと分かる。所轄の交通課長だな、とピンときた。普段、課長が自ら事故現場に出たり、被害者の見舞いに行ったりすることはないのだが、今回は警察官が意識不明の状態になっているので、特別なのだろう。あるいは、真紀子の見舞いかもしれない。たとえ被害者が死んでも、交通課長が顔を出して悔やみの言葉を述べることはほとんどない。あくまで、同じ警察官として家族を慰めに来たということか——。

しかし西川は、すぐに自分の考えが間違っていると悟った。そもそも見舞いだったら、制服ではなく私服で来るはずである。

予想通り、所轄の交通課長だと名乗った斉木《さいき》は、厳しい口調で西川を問い詰めた。

「何で追跡捜査係が首を突っこんでるんだ？　これは単なる交通事故だぞ」

「うちの人間が現場にいましたから。一種の責任を感じて、ということです」

「現場にいたのはあんたじゃないだろう」

「追跡捜査係は常に一体で動いています」

「お為《ため》ごかしはいい！」低い声ながら、斉木が厳しい口調で忠告した。「これは単純な交通事故だ。うちがきちんと処理している。それとも、追跡捜査係では何か隠しているのか?」

「まさか」西川は笑みを浮かべたが、我ながら硬い……。「それより、どうして私がここにいると分かったんですか?」

「スパイはどこにでもいると思えよ」

病院側に釘を刺していたのだろう、と想像した。ということは、自分たちはかなりの危険人物になってしまったはずだ。所轄の交通課としては、ごく普通の事故として淡々と処理しているつもりが、追跡捜査係が首を突っこんできたことが不安なのだろう。

ただしこちらとしては、全ての状況を話せるわけもない。話が複雑過ぎるし、隠していた事実を後から明かせば、向こうの心証も最悪になるのだ。

だいたい、この状況に交通課が首を突っこんでも、事態は前進しないはずだ。交通課は事故処理、さらには交通事件の捜査には精通しているが、それ以外に関しては素人と言っていい。

「さっさと帰ってくれ。首を突っこむな」

「突っこんではいませんよ」西川はやんわりと否定した。

「追跡捜査係がここにいること自体、迷惑なんだ」

「いや、それは……」

「いいから、さっさと帰ってくれ!」斉木が少し声を張り上げる。

真紀子に会う前から、いきなり高い壁が立ちはだかってしまった……仕方なく、西川は立ち上がった。どうもこの件は、上手くいきそうにない。真紀子に謝罪するのさえ、時間がかかりそうだ。

隆正に一礼して、その場を立ち去る。何だか心がジャリジャリする。門前払いを食らわされたり、罵声《ばせい》を浴びせられることには慣れていると思っていたのだが、自分の心は意外にまだ柔らかいようだ。いい歳をして……もっとタフにならないといけないな、と反省する。

一口飲んだだけのコーヒーカップが、まだ手の中にある。蓋《ふた》もないので、どこかで飲み干して捨てていかないと。売店のあるロビーの一角に腰かけ、コーヒーを飲み始める。まだ熱く、一気には飲めない。何だか全てが上手くいかないようだ。さっさと飲んで病院を出ないと、斉木に見つかってまた文句を言われるかもしれないのに。

ようやくコーヒーが半分ほどに減った。自棄酒《やけざけ》じゃないんだから、コーヒーはもっとゆっくり味わわないと……顔を上げた瞬間、真紀子に気づいた。思わず腰を浮かしかけたが、座り直して様子を観察する。寝たというが、本当だろうか。まだ疲れ切った様子で、足取りも重い。背中は丸まり、今にも立ち止まってしまいそうだった。

西川は、残ったコーヒーを無理に一気飲みして立ち上がった。大股で売店に向かう。入院に必要なものを物色しているのだろうか、熱心に売店を見ている真紀子に、背後から声をかけた。

「森野さん」

真紀子がびくりと身を震わせ、振り返る。西川の顔を見た瞬間、無表情になった。先ほどの露骨な怒りよりも怖い。しかしここで引くわけにはいかないと、西川は素早く一礼した。

「謝罪に来ました」素直に話を持ち出す。「先ほどの件です」

「そんなこと言われても……」真紀子の声が途中で消えた。

「座りませんか？　きちんと話をさせて下さい」

抵抗されるだろうと思っていたが、真紀子は意外にも素直に西川の誘いに乗った。少し距離を置いて、ロビーのベンチに腰かける。周辺には、見舞い客や、狭い病室に飽きた入院患者などがけっこういるので話しにくいが、ここで躊躇してはいけない。

「先ほどは、本当にすみませんでした。正式にあなたの許可を取るべきでした」

「許可って……家の中を見るようなことは許可できませんよ」

「そうですよね」西川はうなずいた。まったく正論で、反論する余地もない。しかし西川は、毛筋ほどもない隙間をこじ開けにかかった。ここで明かしていいかどうかは判断が難しいところだし、三輪のアドバイスに従えば、焦って話を進めるべきではないのだが……時間はない。

「実は、先ほどお話しできなかったことがあるんです」

「別に、話を聞いても……主人の意識が戻るわけじゃないですから」真紀子が溜息をついた。

「治療については病院に任せるしかありませんが、私としては、どうしても知りたいことがあるんです」

「今、そんな話につき合う余裕はありません」

「分かります。本当に申し訳ないんですが……」

「失礼していいですか」

真紀子が腰を浮かしかけたので、西川は慌てて声を張り上げた。

「森野さんは、おかしなことに巻きこまれていたかもしれないんです」

真紀子がそろそろと腰を下ろした。不審げな表情が浮かんでいるが、完全な嘘だとも思っていないようだった。しかし今のはまずい……こんなに人がたくさんいるところで話すことではないのだ。どんなに小声で話しても、聞かれてしまう恐れがある。

「ちょっと外へ出ませんか？　ここでは話しにくい」

「聞く意味のある話なんですか？」

「本当は、この段階でお話しできることではないんです。先ほどお話ししようとも思ったんですが、そういう感じではなかったので……」

今の台詞が真紀子を傷つけてしまうのでは、と西川は後悔した。まるで、会話が成立しなかった原因を彼女に押しつけるようなものではないか。しかし真紀子は、自然な動きで立ち上がった。

「駐車場に車を停めてあるんです。そこでいいですか？」

「もちろんです」

既に陽は暮れかけていた。風が少し冷たくなり、ブラウス一枚の真紀子は寒そうにしている。両腕で自分を抱くようにしたまま、足早に歩いて行く。

駐車場の端に停めてあった車は、まだ真新しかった……買い換えたばかりか、ほとんど車には乗っていないか、どちらかだ。

真紀子がロックを解除したので、西川は素早く助手席側に回りこんだ。本当は、後部座席に並んで座った方が話しやすいのだが、そんな状況を他人が見たら変に思うだろう。とにかく自然に見えるようにしないと。

真紀子が運転席に座ったが、どうにも落ち着かないようで、何度か座り直す。ようやく動きを止めると、ハンドルを握って、「どういうことですか?」と訊ねた。

「息子さんからは何も聞いていませんか?」

「隆正から? いえ」

話すような余裕もなかったのかもしれない。あの剣幕だったら、隆正も引いてしまっただろう。

「息子さんに事情を話して、家に入れてもらったんです」

「私は何も聞いていません」真紀子の声が強張《こわば》った。

「お話しする余裕もなかったんです」

「どういうことですか?」真紀子の声が尖る。隠し事をされた、と憤《いきどお》っているのだろう。

「実は、あれは単なる事故ではないかもしれません」

「事故じゃない？　どういう意味ですか？」

西川は、先ほどよりも一歩突っこんで事情を説明した。まだ話せないこともあるが、これは仕方がない……真紀子はすぐに黙りこんでしまった。集中している——西川の話が心に刺さったようだった。

「主人は隠し事なんかしていません」

話し終えた瞬間、真紀子が硬い口調で言った。

「仕事に関しては、ご家族にも言えないことがあるんです。私もそうです。おそらくご主人は、何か重大な情報を持っていた……それを私たちに伝えてくれようとしたんだと思います。ご主人とは今、話ができない状況ですが、私は何としても知りたいと思っています」

「そんな……」

「お願いします」西川は狭い車内で頭を下げた。「どうしても知りたいことなんです。そのヒントが、ご自宅の書庫にあるはずなんです」

西川は必死に真紀子を説得した。

8

「真田文書？　勝手に名前をつけるなよ」沖田は思わず声を張り上げ、電話の向こうの西川に文句を言った。真田太平記の一巻と二巻の間に挟まっていたからといって、この名前はないだろう。

「分かりやすいだろうが。それに、森野文書と言うとまずいぞ」

「まあ……バレやすいよな」結局沖田も同意した。いや、名前などどうでもいい。問題はその内容だ。

「これは爆弾だぞ」西川は露骨に緊張していた。普段あまり聞くことのない声である。

「前置きはいいから、要約だけ話せ」

「それは難しい」西川が拒絶した。「正式の調書じゃなくてメモなんだ。しかも森野さんは相当の悪筆だ」

「自筆のメモか……それの何が問題なんだ？」

「加山の名前が見える」

「どういうことだ？」

「とにかくそれだけ……これから戻るから、すぐに検討しよう」

「分かった。十分で帰って来いよ」

「無茶言うな」

電話を切ると、さやかが期待に満ちた表情で沖田を見た。

「まだ何も分からないぞ」何か聞かれる前にと、機先を制して沖田は言った。「奴が戻って来てから詳細を検討しよう。時間がかかるかもしれない」

「皆でやればすぐじゃないですか」

「悪筆のメモだそうだから、解読が大変そうなんだ」

「それは、見てみないと分からないですね」

「そうだな……おい、奴が戻って来るまでに、俺たちが調べたことをまとめておこうぜ」

「分かりました」さやかがうんざりした口調で言った。「まとめるのは、私がやるんですよね」

「キーボードを打つのは、お前の方が速いだろう？」

「はあ……まあ、そうですね」

さやかがキーボードを打つ音をBGMに、沖田は頭の中を整理した。まず、西野署長の経歴。

初任地は中野中央署。二十五歳で交通機動捜査隊、二十八歳で本部の交通捜査課に引き上げられ、その後は主に交通捜査畑を歩いてきた。ひき逃げや過積載など「交通事件」捜査のプロと言っていい。キャリアは順調で、三十八歳で警部に昇任し、豊島中央署の交通課係長に転出した——そこで沖田ははたと引っかかった。豊島中央署と言えば、二十年前の森野の勤務先ではないか。二人は同じ交通課で、上司と部下だった可能性が高い。その件はいつでも確認できる。一度頭の外へ出しておいて、沖田は西野の経歴を辿った。出世する人間の常として、所轄と本部を行ったり来たり——現在のポストである表参道署長に転出する前は、交通部理事官だった。現在五十九歳という年齢を考えると、もう本部には戻らずに、ここが最後のポストになるだろう。ノンキャリアとしては、最高に近い出世街道を歩んできたわけだ。

続いて花山……まだ若い花山は、葛飾中央署でキャリアをスタートさせている。二十五歳で刑事課に引き上げられたのだが、この時に西野との接点ができた可能性がある。七年前には、西野は葛飾中央署の副署長を務めていたのだ。副署長と刑事課の平刑事にはあまり接点はなさそうだが、所轄というのはどんなに大規模でも、「閉じた」世界である。それこそ、西川と話したように、西野が花山の何かに目をつけて一本釣りしていた可能性もある。あるいは、警察官に必須《ひっす》の柔道や剣道を通じてかもしれない。

花山はその後、二十八歳で機動捜査隊に配属されたが、去年、三十一歳で半蔵門署に異動になっている。これはキャリアの上では少しマイナス——上手くやっていれば、機動捜査隊でそのままキャリアを積み重ねるか、本部の捜査一課、捜査三課などに異動していただろう。この辺りは、西野の意向も働いていないわけだ。もしも本当に「子飼い」にしたかったら、自分の下に置いたはずだ。西野が表参道署の署長になったのは去年。その時に花山を、半蔵門署ではなく表参道署の刑事課に異動させる手もあったはずだ。西野も、最後の勤務先に、息のかかった人間をわざわざ置いておく必要はないと考えたのかもしれない。もはやこの先、人に恩を売っておく意味もないだろうし。

もう一つ気になるのは、森野と西野の接点だ。この辺は当事者か、当時の所轄の同僚に確認するしかない。沖田は、人事二課にいる後輩に電話をかけた。もう勤務時間外だが、明日の朝一番で調べてもらえば、無駄なく動ける。

二十年前、豊島中央署の交通課にいたメンバーを割り出す――不可能ではないが、それなりに時間がかかるかもしれない。全員割り出しても、実際に当たれる人間が何人いることか。

「できましたよ」

さやかが声を上げると同時に、部屋の片隅にある共用プリンターが音を立てて紙を吐き出し始めた。沖田は立ち上がり、プリントアウトされたばかりの紙を手に取った。Ａ４の紙にびっしり……異動を繰り返す警察官の職歴を追っていくと、定年間近の人の場合、これぐらい詳細になってしまう。それに、花山の短い経歴もつけ加えられていた。

読み直しているうちに、西川が帰って来た。顔が赤い――かなり興奮しているのが分かる。西川にしては珍しいことだった。

「どうした」

「この事件は、底が見えないぞ」

西川の説明によると——帰りの電車の中で必死に解読を試みたらしい——二十一年前、豊島中央署管内で交通事故が発生した。事故は多い街だから珍しくもない。しかし異様なのは、この件が正式な記録として残されていないことだった。

「事故を記録しない？　それはまずいだろう。というか、あり得ない」

沖田は首を捻った。交通事故が起きると、事故としての処理以外にも様々な面倒な手続きが生じる。保険会社との交渉もその一つで、警察が事故を処理した記録がないと、保険さえ使えない。物損事故なら、保険の等級が下がるのを嫌がって、自腹で修理費を払う人もいるのだが、人身事故となるとそうもいかない。

西川が、判読できた部分を自分の手帳にメモしていた。

「タクシーの中で字を書いてると、酔うな」西川が不機嫌に首を横に振った。

「電車じゃなかったのか？」

「見られたくなかったから、しょうがなかったんだよ」言い訳するように言って、西川が手帳をめくった。「事故が発生したのは、二十一年前の四月八日、深夜一時過ぎだった」

「森野さんは……」沖田は自分の手帳に視線を落とした。「当時、二十七歳か」

「そうか……交通課の駆け出しという感じかな」納得したように西川がうなずく。「とにかくこの日、森野さんは当直だった。事故の様子はよく分からないんだが、とにかく車が歩行者をはねた事故だったらしい。森野さんは当然、現場に急行した。被害者は既に病院に搬送されていて、森野さんは現場を調べ始めた。先輩の交通課員がドライバーに話を聴き始めていたんだが……森野さんは、急に現場から引き上げるように指示されたらしい」

「事故処理の途中で？」沖田は目を見開いた。

「ああ。いかにもおかしいというか……何もないのに、事故の途中で現場を離れるなんてあり得ない。その時現場に残ったのは、田中《たなか》、宮内《みやうち》とある」

「豊島中央署の交通課員だろうな。たぶん、森野さんの先輩だ」

「それは記載がないけど……」西川がボールペンの先で手帳を突いた。

「人事二課にいる後輩に、当時の豊島中央署のスタッフ全員を割り出すように依頼した。明日の午前中には分かるんじゃないかと思う」

「お、珍しく手が早いな」

「俺はいつだって手が早いよ」反論してから、沖田は質問をぶつけた。「署に帰されて、その後どうなった？」

「正確には、現場から病院に直行させられた。病院で被害者から事情聴取するように指示されたんだろう。実際に話ができたかどうかは分からない。署に引き上げるように指示されたのは、病院にいる時だったようだ」

「それで、その後は？」

「何もない」

「ああ？」

「だから、何もないことになった」

「意味が分からん」沖田は首を横に振った。「事故が起きて怪我人が出たんだろう？　なかったことにはできないじゃないか」

「分かってる」西川の声に苛立ちが混じる。「しかし、実際そうなんだ。少なくとも森野さんのメモによると、事故処理はされなかった」

「そもそも事故はあったのか？」

西川が、無言で一枚の写真を差し出す。夜間に撮影されたカラー写真。一台の車を写したもので、バンパーに凹《へこ》みがあるのがはっきりと見える。今は、衝撃吸収特性を持ったバンパーもあるが、二十一年前だとそうでもなかったのか……この凹み具合を見る限り、被害者が受けた衝撃は相当なものだったはずだ。軽傷では済まなかっただろう。

幸い、車のナンバーも写っている。事故が「なかったこと」にされていても、このナンバーを手がかりに、事故の当事者を割り出すことはできるだろう。

「どうして写真が一枚だけ残っているかは分からないけど、森野さんが密かに持ち出した可能性はあるな。あの頃はまだデジカメじゃなかったはずだから、大変だったと思うけど」

「隠蔽が許せなくて？」

「隠蔽と言っていいかどうか……とにかく森野さんは、この処理に納得できなかったんだろう。だからこそ、こうやって事故の様子をメモに残しておいた。調書も作られなかったはずだから、これだけが事故の記録というわけだ」

「個人のメモじゃ、正式な記録にはならないぜ」

「しかし、手がかりにはなる」西川が即座に言い返した。「ただ、まだ多くの部分は解読できていないから、事故の詳細が分からないんだ。当事者の名前も不明」

「ちょっと、そのメモを見せてくれ」

沖田が手を伸ばすと、西川が四つに畳んだA４の紙を手渡した。二十年以上前の紙とあってかなり古くなっているが、筆圧強くボールペンで書きつけられた文字は、くっきりしている。しかし西川が苦労したのも理解できる悪筆だった。文字は崩れて暗号のようになり、全体を解読するのは不可能に思えた。

「これは……想像してたよりすごいな」

「頭が痛いよ」西川が首を横に振った。

「これと写真が、合わせて真田太平記の一巻と二巻の間に挟まっていたんだな？」

「ああ。だから真田文書だ」

「それはやめろって」

文句を言いながら、沖田は森野のメモを凝視した。駄目だ、これは……自分にはまったく読めない。世に悪筆番付があるとすれば、堂々東の正横綱かもしれない。自分などまだ幕下だ。じっくり見ていると、本当に頭が痛くなりそうだった。

しかし突然、沖田の頭に一つの人名が浮かび上がった。西川から事前に言われていたせいかもしれないが……顔を上げ、西川に向かってうなずきかける。

「加山、だな」

「ああ。一部、加山と読める部分があるんだ」

「被害者が加山……」

「そうだと思うけど、もう少し前後の文脈を検討しないと断言できない」

「前後もクソもないだろう」

「いや、ちゃんとやるしかない。森野さんが意識を取り戻さない限り、このメモだけが頼りなんだ」

徹夜は久しぶりだった。いや、こういう形での徹夜は初めてかもしれない。張り込みが長引き、仕方なく夜を明かしたことはあったが、デスクに齧《かじ》りついたままで朝を迎えたことは一度もなかったはずだ。

朝五時。西川が比較的平然としているのが癪《しゃく》に障る。もしかしたら、自宅の書斎で徹夜するのに慣れているのかもしれない。

「えらいことだな」眼鏡を外し、拳を目に押し当ててマッサージしながら西川が言った。

「本当なら、だけどな」沖田は敢えて懐疑的に言った。

警察は、常に厳密に事件に取り組むわけではない。時と場合によっては立件を見送ることもある。それには常にマイナスの気配がつきまとうのだが……今回もそういうことかもしれない。

「さて、少し寝ようぜ」西川が平然と言った。

「今さら寝られるかよ」沖田は反発した。

「あのな、どんなに興奮してても、眠れる時に眠れないようじゃ警察官失格だぜ」

「午前五時だぜ?」沖田は左手首を持ち上げ、長年愛用しているヴァルカンの時計、クリケットで時刻を確認した。「これから寝ても、かえって疲れるだけだ」

「じゃあ、皇居一周でもしてこい」白けた調子で西川が言った。「それでシャワーでも浴びてさっぱりすれば目が覚める。間違いなく、午後にはダウンするけどな」

「そんなかったるいこと、やってられるかよ」

警視庁は、皇居一周のマラソンをするには最高の場所である。正門を出て、桜田門《さくらだもん》の交差点を渡ればすぐに走り出せる。実際、昼時に皇居の周りを走るランナーの一割は警視庁本部詰めの警察官だという説もあるぐらいだ。

「勝手にしろ。俺は寝る」

西川が眼鏡をデスクに置いて立ち上がる。打ち合わせスペースに入ると、しばらくがたがたと音が聞こえていたが、すぐに静かになり、ほどなく寝息が聞こえてきた。立ち上がって確認すると、椅子を三つ並べて横になり、背広を布団代わりにかけている。椅子に乗っているのは上半身だけで、脚は床に垂れる不自然な姿勢だが、気にもならないようだ。まったく、こういう状況でも平気で眠れるのは実に羨《うらや》ましい……。

沖田も腕組みし、目を閉じてうつむいた。こくりこくりとしてはバランスを崩し、目が覚めてしまう。それに、新たな発見による興奮もあって、どうしても眠れなかった。

――気づいた時には、顔が痛かった。何だ……目を開けると、眼前に灰色の光景が広がっている。デスク。鼻を刺激するコーヒーのいい香りに気づき、完全に目が覚めた。

ゆっくりと体を起こすと、首と肩に嫌な痛みがある。寝違えたか……机に突っ伏して寝てしまったのだろう、顔も痛かった。

「ちゃんと寝なかったんですか?」さやかが心配そうに訊ねた。

「朝五時までやってたんだから、しょうがないだろう。そんな時間から眠れるかよ……西川は?」

「顔を洗いに行きました……コーヒーです」

「助かる」

さやかが沖田のデスクにコーヒーを置いた。蓋をとって一口啜ると、熱さと香ばしさで一気に眠気が吹き飛ぶ。

「ホットドッグ、食べます?」

「何だい、お前の奢りか?」

「後ろめたいんですよ」さやかが唇を尖らせた。「一人だけ帰れって言われたら、嫌な感じですから」

「全員が徹夜したら、今日の追跡捜査係は全滅じゃないか」

「そうかもしれませんけど……」

「ありがたくいただくよ」沖田は、さやかが差し出した紙袋を受け取った。中からホットドッグを取り出すと、早速かぶりついた。馴染《なじ》んだ味……少し硬めのパン、ソーセージの塩気も、眠気を吹き飛ばすのに最高だ。

「いきなりですか？」さやかが呆れたように言った。

「朝はまず飯からだろうが」

「普通、顔を洗うのが先じゃないですか？」

「こいつは育ちが悪いんだ」洗顔から戻って来た西川がからかう。「顔を洗って朝飯を食って歯を磨く——これが正しい朝の過ごし方だよな」

「西川さんの分もありますよ」さやかが紙袋を差し出した。

「ありがとう。金、払うよ」

「一つ貸しにしておきます」さやかが指を一本立てて見せた。「この分、お昼か夜でお願いします」

よく言うよ、と沖田は白けた。朝飯の貸しを夜の宴席で取り返す——少ない投資で大きな見返りだ。もっともこの図々しさこそ、さやかの持ち味である。捜査でも、結構ぐいぐい相手に迫って行くことが多い。

沖田はさっさとホットドッグを食べ終えた。その間にも他のスタッフがどんどん登庁してくる。鳩山が顔を見せたタイミングで、沖田は西川に声をかけた。

「やるか」

ばならない。

「ああ」西川が打ち合わせスペースに向けて顎をしゃくった。あの狭い場所に全員を詰めこむのは無理があるが、捜査一課の他の刑事たちに聞かれないよう、多少は我慢しなければならない。

あまりに狭いので、沖田と西川はテーブルを外に出した。空いたスペースにめいめいの椅子を持ち寄り、西川が中心になって話を始める。

西川が昨日からの動きを簡単に説明した後、真田文書――未だにこの言い方には馴染めない――の細かい内容を飛ばして、いきなり核心に入った。

「二十年前に自殺した加山は、その十ヶ月ほど前に豊島中央署管内で交通事故に遭っていた。右膝を負傷したのはそのためだと思われる」

小さなどよめきと呻《うめ》き声。沖田は話を引き取った。

「問題は、この事故が、正規の手続きに従って処理されていなかったことだ。要するに、事故はなかったことにされたわけだな」

「そんなこと、できるんですか?」さやかが目を見開く。「交通事故なら、現場に痕跡《こんせき》も残るはずです。普通は、第三者が見ても分かるぐらいですよ?」

「この事故では、そういう大きな痕跡が残らなかったんだと思う」沖田は推測を話した。そこまでは、真田文書には記載されていなかったのだ。「人が少ない深夜の住宅街で、単純に車が人をはねた――ガードレールや電柱にぶつからなければ、一目瞭然《いちもくりようぜん》の痕跡は残らないだろう。救急車は出動したはずだけど、それは東京では珍しくもないから、一々気にする人はいないだろう。要するに、車を運転していた第一当事者、はねられた第二当事者、それぞれが事故にしないことで合意したんだと思う。仮に事故現場を目撃した人がいても、きちんと処理されたかどうかなんて気にもしないだろう」

「そんなこと、あるんですか？」庄田が疑義を呈した。「加山は、その後ずっと怪我の後遺症に苦しんでいたじゃないですか。そういう証言、俺はこの耳で聴きましたよ。加山は、その怪我を苦にして自殺したんじゃないんですか？」

「分かってるよ」沖田は庄田の疑義を認めた。沖田自身、真っ先に気にしたことである。

「しかし、事故にしないことはできる。被害に遭った人間は、まず何を要求する？」

「治療費でしょうね」庄田が答えた。

「次は？」

「加害者に対する処分と賠償金」

「もしも、第一当事者の責任が百パーセントだったとしたら——そういうことは滅多《めった》にないんだけど、被害者は厳罰を望むだろう。でも、第二当事者にもそれなりに責任があるとしたらどうかな。例えば、酔っ払って車道の真ん中をフラフラ歩いていたら、責任のかなりの部分は第二当事者に帰せられる」沖田は指摘した。

「ああ……そうですね」庄田がうなずく。

「どちらかの百パーセントの責任になるような事故はほとんどないですよね」さやかが言った。「短期間ですけど、所轄で交通課にいました。その時の経験からですけど……」

「そうだな」沖田は認めた。「お前の言う通りだ。おそらくこの事故では、被害者側の責任もかなりあったと認められる。だから被害者も、大声を上げて第一当事者の処分を要求することはできなかった。それで、どうやって事件がなかったことになったのか……大竹、どう思う？」

「金」大竹がぼそりと答える。これで、一日に発する言葉の何割かを消費してしまったのではないだろうか。

「その辺、はっきりしたことは分からない」沖田は続けた。「問題の真田文書は、交通事故の処理から外された森野さんが、先輩たちの行動を疑問に思って後からいろいろ調べた内容が中心になっている。森野さんは当時、豊島中央署で一番の下っ端で経験が少なかったし、先輩たちの目を盗みながらの調査だったから、百パーセント完全な調査とは言えないと思う。ついでに言えば、俺は森野さんの態度にも疑問を感じるけどな」

「沖田……」西川が釘を刺した。

「いや、言わせてもらうけど、森野さんはこの件をずっと胸にしまいこんだままだっただろう？　どこかで誰かに相談はできたと思うんだ。そうすれば、二十年も事実が埋もれることはなかった」

「分かるけど、自分の調査に自信がなかったのかもしれないし、普段の仕事に忙殺されて、こんなことを誰かに相談している余裕もなかったかもしれない。責めるなよ」

「ああ」沖田は咳払《せきばら》いした。今も意識不明で怪我と戦っている人の責任を問うても、仕方がない。少なくとも森野は、自分たちに情報を提供しようとしてくれたのだし。「とにかく、森野さんは我々に情報を残してくれた。問題は、第一当事者なんだ」

「民自党代議士の草間宗太郎《くさまそうたろう》」

西川がぽつりと言ったので、沖田は思わず睨みつけた。クソ、一番美味《おい》しいところを持っていきやがって。しかし西川がそれだけで口をつぐんだので、後の説明は沖田が引き受けることになった。

「ただし、草間が第一当事者かどうかは分からない。車に乗っていた、というだけだ。そこを特定する仕事はさせられなかった——森野さんは事故処理から外されたんだよ」

「圧力ですか?」さやかが訊ねる。

「現場で何があったかは分からない。森野さんも推測は書いていない」

「ただ、二十一年前というと、草間はまだ代議士になっていなかったんだ」西川が説明を引き継いだ。「父親の跡を継いで出馬したのは二年後——十九年前だ。それからは連続当選が続いている」

沖田は、民自党のホームページで確認した草間の個人情報を頭の中で確認した。地元は静岡七区——浜松市が地盤である。初当選以来、七回連続当選を果たしている。現在六十歳、既に大臣を一回経験していた——よりによって警察庁を管理する国家公安委員会委員長である——し、党の要職も歴任している。順調なキャリアと言っていいだろう。六十歳にしては若々しい表情で、髪もたっぷりしていて黒いし、顔に皺もない。政治家は、顔にもしっかり金をかけてケアしているのだろうか。いずれにせよ、政治家と聞いて連想される「重み」よりは、まだ若さの名残りに寄りかかった爽《さわ》やかさの方が目立つ。

「こいつは、やばいかもしれん」鳩山が暗い声で言った。

「かもしれん、じゃなくて間違いなくやばいでしょう」西川が平然とした口調で言った。

「もちろん、この交通事故と、今回我々がひっくり返している加山の一件が関係あるかどうかは分からない。ただ、調べる必要はある」

「どうするんですか」庄田が弱々しい声で言った。「政治家を調べるんですか？」

「必要ならな」沖田は言った。「もう少し調査は必要だけど……それともう一つ、この時誰が車を運転していたか分かっていないのは、もう一人乗っていたことが確認できているからだ。それが草間の父親、草間直知《なおとも》だ」沖田は西川に美味しいところを持っていかれないように早口で言った。「当時は民自党の代議士だった。つまり、先代だな」

「二人のうちどちらかが車を運転していて、事故を起こしたということですか？」庄田が慎重に確認した。

「本当に二人しか乗っていなかったとしたら、どちらかだよ。だいたい、秘書が運転していたら、普通の事故として処理していただろう。俺は、息子の方――草間宗太郎が運転してたと思うけどな。代議士本人が車を運転して、というのはちょっと考えられない。もしかしたら当時は、息子が秘書だったのかもしれない。しかし、父親の跡を継いで選挙に出ることは決まっていたから、経歴に傷をつけたくなかったとか……」

重苦しい空気が流れる。この捜査がさらに厄介になるのは簡単に想像できた。気合い一つ入れることもできない……。

第三章　取り引き

1

　こういうのが一番きついんだよな……明け方まで起きていた後の、二時間、三時間の仮眠。しかも椅子《いす》を並べた上で寝たので、体のあちこちが痛い。西川は眼鏡を外し、目を擦《こす》った。デスクに常備している目薬をさすと、一時はすっとした感覚で意識がはっきりしたものの、長続きしない。

「どうする?」沖田が訊《たず》ねた。

「まず、真田文書の真偽について調べないと」

「当人にはまだ確認できないぞ」

「奥さんに聞いてみる。もしかしたら、何か聞いているかもしれない」

「二十一年前だぜ?　結婚してたのか?」

「そうだと思う……息子が大学三年生だろう?」

「ああ、そういう計算か」沖田がうなずく。あまり眠くない様子だった——精神力で何とか耐えているのだろう——が、これもいつまで持つだろう。昼飯を食べたら、完全に眠気に負けるのではないか。

西川は受話器を取り上げた。真紀子の自宅の電話を鳴らしたが、誰も出ない。本当に病院に泊まりこんでしまったのだろうか。病院でも、一休みぐらいならともかく、患者の家族が泊まることは推奨していないはずだが……あるいは、昨夜は家に戻ったものの、朝早く病院に引き返したのかもしれない。

電話を切ろうとした瞬間、反応があった。

「はい……」今にも寝てしまいそうな声。隆正だった。

「警視庁の西川です」言って壁の時計を見上げる。午前九時。隆正は、すっかりへばって寝過ごしたのだろうか。「昨夜は自宅で寝たのかな？」

「ええ」

「お母さんは？」

「昨夜一緒に家に戻りました。あ……でも、もう病院に行ったみたいです」

「気がつかなかった？」

「今起きたばかりで……メモが残してありました」

「病院にいるから、携帯を鳴らすわけにはいかないんだけど、連絡を取りたいんだ。君の方で、ＬＩＮＥか何かでメッセージは送れないかな」

「できますよ」隆正が軽い調子で言った。「急ぎますか？」

「分かりました。一回、電話切っていいですか？」

「もちろん。申し訳ないんだけど、お母さんの方からこっちに電話してもらえると助かる。うちからはかけられないから」

「ああ、病院ですからね」

「できれば」

隆正が電話を切った後、西川は息を吐いた。隆正とは比較的きちんと話せるのだが、真紀子はどうだろう。昨日は何とか説得に成功したものの、諸手《もろて》を上げて協力してくれたわけではない。今朝になってまた、機嫌が悪くなっている可能性もある。

トイレに行って戻って来たタイミングで、西川の自席の電話が鳴った。さやかが受けようと腰を浮かしかけたが、西川は「俺が取る」と言って制した。立ったまま受話器を摑《つか》み、「西川です」と名乗る。

「森野です」真紀子だった。声は暗く、電話を通しても疲労感が伝染しそうだった。

「朝からすみません。昨日お預かりした書類ですが、内容がほぼ確認できました」そこまで言って、内容を教えていいかどうか迷う——曖昧《あいまい》に止《とど》めておこう。彼女を巻きこむわけにはいかない。「内容は、二十一年前、ご主人が豊島中央署に勤務していた時に扱った事故についてでした。当時、もう結婚されてましたよね？」

「ええ」

「何か、仕事のことで悩んでいる様子はありませんでしたか？」

「それは……そんな昔のことは分かりません」

「そうですか。愚痴を零《こぼ》していたとか、そういうことは？」

「それはしょっちゅうですから。今でもそうです」

「仕事のこともよく話されたんですね」

「そうですね。でも、二十年以上も前のことと言われても……分かりません」

「記憶にないですか」

「話したかどうか分かりませんし、仮に話したとしても、覚えていないとしたら大した話じゃないですよね？」

「そうですね……」森野はあくまで、自分一人の胸に秘めておいたということか。

「それが何か、問題なんでしょうか」真紀子が怪訝《けげん》そうに訊ねた。

「分からないんです。誰かが話を聴いているんじゃないかと思ったんですが……」

「ごめんなさい、私はお役に立てそうにないです」

「いえ」

　このまま電話を切るのは申し訳ない。それに、唯一の手がかり――森野の容体も気になる。

「ご主人、どうですか？」

「今朝、一般病室に移りました」

「だったら一安心ですね」一刻も早く、意識が戻って欲しい――。

「まだ何とも言えません。病院の方でも、安心はできないと言っていました」

「意識が戻ったら、私にもすぐに教えてもらえませんか？」西川は自分のスマートフォンの番号を告げた。「後でそちらにも電話しますが……できれば、携帯の番号を教えて下さい」

気乗りしない様子だったが、結局真紀子は教えてくれた。電話を切ると、西川はメモした番号をすぐに自分の携帯に登録した。

「どうだ？」沖田が訊ねる。

「奥さんは何も知らない。隠している様子もなかった」

「そうか……よし、行くか」

「どこへ？」

「取《と》り敢《あ》えず、加山貴男の周辺を調べよう。話を聴ける人間のリストは、まだ潰《つぶ》し切ってなかったよな？」

「ああ」

気が重い作業だが、この段階でできることには限りがある。本当は、ここまで登場してきた三人の警官——西野署長、花山、そして森野の関係をもう少しはっきりさせたいが、ここから先の調査は難しい。本人に直当たりするわけにはいかないし、密《ひそ》かに周辺調査を進めても、本人たちの耳に入ってしまう恐れがある。

「とにかく、やるか。受け持ちを決めよう」西川は自分に気合いを入れた。

「お前は、マル暴への直当たりは苦手じゃないか？　俺はそっちを引き受けるよ」

「お前だって、マル暴は嫌いだろう」

「お前よりはましだ……元警察官がいたから、お前はその人に当たってみたらどうだ？」

「そうするかな」西川は手帳の別のページを開いた。確かに、元暴力団担当——常道会を調べていた刑事を紹介してもらっていた。昨年定年で辞め、その後は民間の会社に天下りしているという。再就職先は小さな証券会社。トラブル担当だな、と西川は見当をつけた。一般企業が警察ＯＢを採用する場合、何かトラブルが起きた時の対策を任せる狙《ねら》いがある。そこで攻撃を跳ね返せなくても、警察に相談するのが楽になるわけだ。証券会社も、特にトラブルが多いわけでもあるまいが……一種の保険のようなものだろう。

電話を入れて、この星名《ほしな》というＯＢを呼び出してもらった。

「追跡捜査係？」第一声からしていきなり疑わしげだった。「組対ならともかく、追跡捜査係とは縁がないと思うが」

「ちょっと情報が欲しいんです。協力してもらえませんか？」

「協力するのはやぶさかではないけど、俺はもう、警察官じゃないんでね」

何か要求するつもりだな、とピンときた。金の話になったら面倒だが……ＯＢであっても、善意だけで協力してくれる人は多くはない。金の話を持ち出したら、ポケットマネーで何とかしてしまおうか、と西川は考えた。

「今日の昼飯はどうするか、決めたかい？　また警視庁の食堂で蕎麦《そば》でも食べるのか？」

「昼飯のことなんか、まだ考えていませんよ」午前九時……。

「よし、昼飯一回で手を打とう」

「あの、星名さん……」

「うちの会社の近くに、美味《うま》いフレンチの店がある。そこのランチでどうだ」

「構いませんけど」ランチならそれほど懐も痛まないだろう。

「よし、十二時ちょうどに店の前で落ち合おうや」

西川が何か言う前に、星名はさっさと話をまとめてしまった。店の名前をメモし、電話を切って溜息《ためいき》をつく。庄田が不思議そうな口調で声をかけてきた。

「俺、西川さんと動きますけど……」

「いや、今日の昼は俺一人で行く」

「何かあったんですか?」

「財布がパンクするかもしれないんだ」三人分も自腹で払ったら、今月の小遣いがなくなってしまう。


日本橋は今も昔も「株」の街であり、大小の証券会社が軒《のき》を連ねている。指定されたフランス料理店も、やはり証券会社が入ったビルの地下にあった。看板には、凝った書体で「Ａｍｉｃａｌ」とある。メニューは見当たらず、店の格はまったく分からない。星名らしき男はまだ来ていなかったので、思いついて店名を検索して調べてみた。フランス語で

「気さくな」。店名通りの店だったら、値段も手頃なビストロかもしれない。

「よう」

声をかけられ、西川は振り向いた。真っ黒に日焼けした男が目の前に立っている。この焼け方は、ゴルフや水泳ではなく、日焼けサロンではないだろうか。六十を過ぎて日焼けサロンに通っているとしたら、かなり変わったタイプに思えるが……しかも髪は完全に白いので、年齢不詳である。

「西川君かい？」

向こうが「君」呼びするのは、年齢差もあるから当然なのだが、妙な違和感がある。何というか……警察官にはあまりいないタイプに見える。組対の人間は、自分が対処する相手──暴力団に似てきてしまうものだが、だったら彼は誰を相手にしてきたのだろう。ホスト？　今は地味なスーツ姿だが、ちょっと細部を弄《いじ》れば「元ホスト」と言えなくもない。

「星名さんですね？」

「ああ、お待たせしたな。そんな心配そうな顔、するなよ」

「いや、別に……」

「今月の小遣いがやばくなる、みたいな顔だぜ？」

「外からだと、店の情報が全然分かりませんからね。財布の中身を確認してました」

「心配するなよ。所詮《しょせん》ランチだから」

何が所詮ランチだ……席についてメニューを見た瞬間、西川は心の中で恨み節を募《つの》らせた。ランチは一種類、五千円のコースしかない。前菜と、肉か魚が選べるメーン、デザートに飲み物でこの値段だから、店名と違ってかなり高級な店だと分かる。夜は、一人あたり軽く一万円が吹っ飛ぶだろう。

「さて、俺は一杯いただこうかな」

「昼間から呑《の》んでて大丈夫なんですか？」

「これだけ焼けてると、酒を呑んでも顔に出ないんだよ」星名が自分の鼻を指差して豪快に笑った。「現役の時もちょいちょい、な……でもそれは、呑みたくて呑んだわけじゃないよ。相手がある——つき合いでどうしても呑まなきゃいかん時はあるだろう」

「はあ」よく喋《しゃべ》るというか、軽い男だ。六十を過ぎてこんな感じということは、現職時代はどれほど軽かったのだろう。そもそも、顔に出る出ないの問題ではなく、これから職場に戻るのに、酒臭い息を吐いていていいのか？

二人ともメーンに肉——子羊のローストだった——を頼み、星名は白ワインをグラスで注文した。俺は肉でも魚でも白なんだ、と言い訳するように言ったが、ワインをほとんど呑まない西川には、意味が分からない。何となく、白の方が軽そうな感じはするのだが。

前菜は複数の小さな料理を大皿に盛ったものだった。テリーヌ、人参《にんじん》のサラダ、白身魚のカルパッチョに何かのディップが載った小さなトースト。一つ一つは小さいが、まずテリーヌを食べてみて驚いた。味がしっかりしていて強い。これなら、それぞれは少量でもそれなりに腹が膨れそうだ。

「そのテリーヌ、美味いだろう」ワイングラスを回しながら星名が言った。

「ええ」

「パテ・ド・カンパーニュ、田舎風のパテだ。松の実とピスタチオが入ってるからちょっと味がくどいけど、それこそが田舎風でいいんだよ」

「星名さん、食べ歩きが趣味なんですか？」

「現役時代に俺がつき合ってた人間は、グルメが多くてね」

暴力団の組員は、そんなに食べるものに気を遣うのだろうか。グルメの暴力団組員というのも、何だかイメージしにくい存在だが……それを言い訳にして、星名は経費で美味い物を食べまくっていたのかもしれない。

「それで――」

西川が切り出すと、星名が渋い表情を浮かべて、ナイフを左右に振った。

「野暮な話は、デザートになってからにしようぜ」

「別に野暮じゃないですよ」西川は反論した。「大事な話です」

「パワーランチとか言ってる奴は馬鹿なんだ。食事の時は食べることに専念する。そこで、食という話題を共有できて仲良くなったら、その後で本格的に仕事の話だ――デザートまで待つのが礼儀だよ」

「現役時代からずっとそんな感じだったんですか？」

「そうだよ。俺らの仕事は人を相手にすること……だろう？」

「まあ、そうですね」

「まあ、じゃなくて基本はそれじゃないか」

書斎派の西川からすれば、全面的に賛同はできないやり方ではあった。書類の中にも埋もれた真実があり、西川はしばしば、そこから事件の真相を探り出してきた。まったく関係ないように見える「文書A」と「文書B」を読み比べているうちに、誰も気づかなかった真相が浮かび上がってきたりする。

「じゃあ、仕事とは関係ない話をしていいですか？」西川は最初に会った時から気になっていた疑問を持ち出した。

「どうぞ」

「何でそんなに焼けてるんですか」

「ああ、サーフィンでね」

「サーフィン？」西川は目を見開いた。警察官の趣味は多種多彩だが、サーフィンというのは初めて聞いた。

「湘南《しょうなん》に家を建てたのが三十五の時で……嫁の実家に近かったのが理由だけど、人がサーフィンをやってるのを見ているうちに、自分でもやりたくなってね。かれこれ四半世紀以上、毎週末には波に乗ってるよ」

「サーフィンですか……」

「何かおかしいかい？」

「そういうわけじゃないですけど」

「あんたはいかにも、囲碁将棋のタイプだな」

「そうでもないですよ」西川はやんわり否定した。

「じゃあ、あんたの趣味は何なんだ？」

「無趣味かもしれません」実際、暇《ひま》な時間にも古い事件の書類に目を通すぐらいしかやることがない――それを趣味と言っても、誰にも理解してもらえないだろう。

前菜からメーンに移る。骨つきの子羊のローストがふた切れ。綺麗《きれい》に焼き上げられ、見ただけでも香ばしい味が想像できる。一口食べてみると、想像した以上の味わいだった。子羊を最初に大胆な塩気が来て、その後に少し野性味のある肉の旨味《うまみ》が口一杯に広がる。子羊を食べる機会などあまりないのだが、美味いものだと改めて思った。

デザートはアイスクリーム。塩気と肉の旨味で一杯になった口中を、甘さと冷たさが洗い流してくれる。日本橋にもこういう上等なフレンチの店があるわけか……。

「さて、半分終わったな」星名が言った。

「半分？」

「フランス料理のポイントはデザートなんだ。フランスでは、デザートを楽しむためにその前の料理があると言ってもいいぐらいなんだ。ちゃんとした店ならどこでも、食べてる時間の半分はデザートなんだぞ。二時間なら料理に一時間、デザートに一時間」

そんなものだろうか？　フランス料理を食べることなど滅多《めった》にないが、西川はデザートが出ると、もう勘定のことを考えている。ちらりと腕時計を見ると、十二時四十五分になっていた。彼の説によれば、この食事はあと四十五分続くわけだ。逆に言えば、それだけ時間に余裕はあるのだが……星名に呑みこまれないようにしよう、と西川は自分に言い聞かせた。星名はコミュニケーションの達人というより、相手を自分のペースに巻きこむ術《すべ》をよく知っているようだ。

「で？　現役でもない俺に、いったい何が聞きたい？」星名の方から話を振ってきた。

「二十年ほど前のことです」

「電話でもそう言ってたな」星名がうなずいた。「古い話だ」

「星名さんはずいぶん食いこんでいた、と聞いてますよ」常道会の名前は出せない。普通の人が知っていてもおかしくない広域暴力団なのだ。

「それが仕事だったからな」

「加山貴男という男を知ってますか」

星名が西川を凝視した。知っている、と西川は確信した。ただ……彼の目には迷いが見える。話していいかどうか決心がつかない様子だった。

「本隊ではなく、周辺にいた人間ですよね」

「どうして俺が知っていると思う？」

「知らないんですか？」

会話が平行線を辿《たど》ると面倒なことになる。星名はだらだらと会話を続けて、時間切れ引き分けを狙っているのでは、と西川は心配になった。

「あんたたちは、秘密を守るのが苦手だね」星名が突然、馬鹿にしたように言った。

「はい？」

「動きが目立つんだよ。あちこちに足跡を残してる。それじゃ、関係者は全員警戒してしまうだろう」

「誰かを警戒させたんですか？」

「あんたたちが何をやってきたか、ＯＢの俺の耳にも入ってきてるぐらいだぞ」

どういうことだ？　最初は単なる自殺――沖田がそれに疑念を抱いて調べ始めたのがきっかけだった。調べていく過程で調査範囲はどんどん広がり、警察関係者に会う機会も多くなった。話を聴いた相手には、一応「極秘で」と念押ししてきたが、そういう頼みが守られることはまずない。

警戒する人間は……いるだろう。腹を探られて、平然としている人間などいない。問題は、誰が一番警戒しているか、だ。この件の全体像がまだ見えていないから、関係者がどれだけいるかも分からない。

「それで、誰が怒ってるんですか？」微妙に内容を変えて、西川は質問を繰り返した。

「怒ってはいない。警戒してるんだ」

「だから、誰がですか？」

「ＯＢの俺が喋っていいものかどうか、ねえ」

「星名さんも、この件に噛《か》んでいるんですか？」

「まさか」星名が即座に否定した。

不意に、彼も緊張していることに気づいた。先ほどから、アイスクリームを載せたスプーンが宙で止まっているのだ。もしかしたらこの男も、同じ陰謀の中にいる一人なのか……だとしたらまずい。追跡捜査係が疑念の中心に突っこみつつあることがばれれば、捜査が潰される可能性もある。ＯＢとはいえ、星名は辞めたばかりであり、現職の後輩たちとも繋《つな》がっているだろう。既《すで》に手遅れかもしれないが、これからも十分気をつけないと。

「加山貴男は自殺しました」

「そうだな」

「二十年前に、この事実を知ってたんですか？」

無言で星名がうなずく。西川の顔を凝視したまま、スプーンを口に運んだ。そのタイミングで、ウェイターがコーヒーを運んで来る。一口飲んで、西川は意識が鮮明になるのを感じた。美也子が淹《い》れるコーヒーとは別の意味で美味い。濃く苦く、料理の脂っこさとアイスクリームの甘さを洗い流すのにちょうどいい感じだった。

「つまり、そちらで問題になっていたとか？」

「多少な」

「調べてないんですか？」

「ああ」

「調べるようなことではなかった？」

「うちの管轄外《かんかつ》の話だからな」

「間違いなく？」西川は追いうちをかけた。

「どうかな」

短い言葉のやり取り……会話は進んでいるものの、どこか空疎だ。

「管轄外というのは、どういう意味ですか？」

「うちは、自殺なんか調べないよ」

「しかし、多少とはいえ問題になっていたんでしょう？」

「ああ」

「何が問題なんですか？」

「あのな」星名がスプーンを皿に置いて、両手を組み合わせた。「あんた、自分が何をやっているか、分かってるのか？」

「いえ」西川は素直に否定した。「まだ闇《やみ》の中で手探りです」

「世の中には、闇の中に放置しておいた方がいいこともある。あんたも結構なベテランだろう？　だったら、そういうことぐらいは分かると思うけどな」

「そういうことって、何ですか？」

「警察も、完璧《かんぺき》な組織じゃない。様々な思惑が絡んで、常に法に法《のっと》って行動できるわけじゃない。忖度《そんたく》とか配慮とか、そういうものが働くこともあるだろう」

「それはそうですが……」

「この件は、あんたが考えているよりもずっと複雑なんだ。俺も全部の事情を知ってるわけじゃないから、どこに地雷があるかは分からない」

「組対として、何かやばいことでもしたんですか」

「それはない」星名が真顔で否定した。「うちは当事者でも何でもない……少なくともあの自殺については、な。だけど、喋っていけないことは分かってたんだよ」

「意味が分かりません」

「他の部署がやったことには、一々口出しも批判もしないということだ。それが警察の流儀だろう？　二課の捜査のミスを、一課が批判したりしない」

「それは、星名さんの流儀ですよね？　うちの係の仕事は、基本的に他の部署の仕事を批判することになります」

未解決事件を再捜査する仕事では、関係者の恨みを買いがちなのだ。事件が解決しないのは、警察的には「ミス」である。再捜査の過程で、当時の担当者のミスを炙《あぶ》り出してしまうこともよくある。いや、ミスを炙り出すことこそが再捜査であると言ってもいい。

「だからおたくらは、他の部署から嫌われるんだよ」

「組対に嫌われたことはないですよ」

暴力団捜査は、一般の殺人事件の捜査とは違う。専門家が常態的に相手と接触して情報を取っているから、だいたい発生と同時に犯人が分かってしまうものだ。それに追跡捜査係は、あくまで刑事部捜査一課の一組織であり、他の課や部が担当していた事件を再捜査することは原則的にあり得ない。だいたい、自分も沖田も元々は捜査一課の刑事だから、一課が扱う殺人事件の捜査などには慣れているものの、暴力団が絡んだ事件に関しては基本的に素人……今回、捜査がなかなか進まないのは、そのせいかもしれない。

「俺が知らないことも多いし、俺の口からは言えないこともある。でも、これだけは言っておく。十分気をつけろよ。火傷《やけど》する人間は、一人や二人じゃ済まないぞ」

「民自党代議士の草間宗太郎とか、ですか？」

星名の頬《ほお》が引き攣《つ》った。

2

ヤクザは嫌いなんだよな……沖田は、ターゲットに会う前から気が重かった。昔のように、一目見ただけで暴力団員と分かる人間は少なくなったのだが、一見紳士的な顔をしていても、仮面を剝《は》がせば、その下にあるのは間違いなく反社会的な素顔である。そういう人間と会うことに、生理的な嫌悪感を抱く。

沖田は敢《あ》えて、大竹を連れてターゲットに会いに行った。庄田やさやかでは若過ぎて、相手に舐《な》められてしまうかもしれない。大竹は、暗い風貌《ふうぼう》が落ち着いた印象を与えるし、極端に口数が少ないせいで、相手が嫌なプレッシャーを受けることもある。何を考えているか分からない人間とは対峙《たいじ》しにくいものだ。

ターゲットと会うのに適当な場所として教えられていたのは、新大久保の韓国《かんこく》料理店だった。そこで名前を出せば、連絡が取れるはず……嫌な感じだった。暴力団と飲食店の関係には長く深い歴史があるのだが、最近は外国人が経営している店にも手を伸ばしているのだろうか。むしろ、こういうところの方が、金を搾《しぼ》り取りやすいのかもしれない。海外出身の経営者が警察に相談するのは、かなりハードルが高いだろう。

この店の店主は女性で、ランチタイムが始まって店内が賑《にぎ》わう中、いかにも迷惑そうに沖田たちの前に現れた。「小松泰樹《こまつやすき》」という名前を出した瞬間、緊張で表情が強張《こわば》る。

「ここで連絡が取れると聞いたんだけど」

「ちょっと、ちょっと待って」

沖田の名刺を持ったまま奥に引っこんで、なかなか出てこない……テーブルが全《すべ》て埋まっていたので、どこかに座るわけにもいかず、二人は店の喧騒《けんそう》の中に取り残された。居心地の悪い「待ち」は、ちょうど五分続いた。沖田はヴァルカンの腕時計と睨《にら》めっこしていたから間違いない。

再び姿を現した女性店主は、一枚のメモを持っていた。無言で沖田に手渡す。視線を落とすと、「大久保飯店」と書いてあった。

「ここへ行けばいい？」

店主が何も言わずにうなずく。店名からして中華料理店、それにこの近くにありそうな店だった。

「この辺の店ですか？」

女性店主が黙って店の外に出て、左の方を指差した。

「この先？」

「そう、すぐそこ」

「どうもありがとう」

礼を言って、沖田は歩き出した。新大久保も、一時より韓国関係の店は少なくなったようだが、それでもまだ、「韓国感」はある。ハングルの看板が氾濫《はんらん》している辺りを歩いたら、ソウルにいるような感覚に陥《おちい》るだろう。

「大久保飯店」はすぐに見つかった。ビルの一階に入っている、派手な外観の店——相当年季が入っていて、新大久保が韓国一色に染め上げられる前から頑張っている店のようだ。

こちらもランチタイムで賑わっている。それほど安くない店だということは、中に入った途端に分かった。昼ならともかく、夜はかなり高いのではないだろうか。沖田は、店員に向かって小声で「高井さんと会いたいんだが」と告げた。店員が怪訝そうな表情を浮かべたが、沖田が「警視庁」と言った途端に、蹴飛《けと》ばされたように店の奥へ向かった。先ほどの韓国料理店とは違って、すぐに戻って来る。

「こちらへどうぞ」

案内されたのは、店の奥にある個室だった。四人ほどが入れる小さな部屋——そこで、たった一人の宴会が開かれていた。いや、もしかしたら他にも人がいて、たまたま席を外しているのかもしれない。

丸テーブルに、中年の男が一人で座っている。横にも縦にも大きい……椅子が二つ必要なサイズの男だった。目の前には小皿が四つ、五つ——六つ並んでいる。首元に紙ナプキンを挿《さ》しこみ、ゆったりと食事をしていた。というより、ゆったりした動きしかできないような巨大な男だった。常道会の若頭という話だが、とてもそんな風には見えない。迫力の感じられない、ただの肉の塊だ。

「小松さん？」

「ああ、遅かったね」小松がゆっくりと顔を上げる。

「遅かった？」

「この先の韓国料理店に行ったんだろう？　そっちから連絡が来たよ」

沖田はバッジを示した。小松はまったく動じる様子もなく、うなずくだけで食事に戻った。今食べているのはチャーハンで、規則正しくレンゲを皿から口に運んでは、一口一口味わうように咀嚼《そしやく》している。こんな食べ方をしていたら、ランチはいつも二時間かかってしまうだろう。

二人は彼の向かいに座った。年齢不詳……顔のパーツが肉の中に埋もれてしまっている。しかし何となく、自分と同年代ではないかと沖田は思った。

「おたくら、見かけない顔だね」小松がちらりと沖田を見て言った。

「組対の人間じゃない」

「おいおい、俺は組対の刑事さん以外とおつき合いすることはないよ」

小松が肩を震わせる。笑っているのだと気づいたのは、目がさらに細くなったからだった。

「捜査一課だ」

「殺し専門の刑事さんには、ますます用はないね。俺は平和主義者だから」

「平和主義者の組員？　悪い冗談だな」

「俺の商売は、飲食店経営だよ」

「ここから上がりを掠《かす》め取ってるだけだろう？　この店があんたの根城なのか？」

「ここは、よく飯を食う店、というだけだ」

小松は挑発にもまったく乗ってこなかった。つまらないことで腹を立て、相手を攻撃していたら、暴力団組織の中で出世はできまいが……暴力団組員は、意外に愛想が良かったりするものだ。肝心な時――勝負の時には一気に暴力的になるのだが。

「だったら、どうしてここであんたに会えることになってたんだ？」

「最近、昼飯はだいたいここで食うんだ。中華が大好きでね」

「食事中、邪魔して悪いね……食べながらでいいから話してくれないか」

「どうぞ。答えられるかどうかは分からないけど」

小松がまたチャーハンに手をつける。とても会話ができる状況ではないのだが、この際仕方がない。昼食が終わるのを待っていたら、夕食の時間になってしまいそうだ。

「加山貴男という男を知ってるな？」

「古い名前だねえ」

「知ってはいるんだな？」沖田は念押しした。

「二十年ぐらい前に死んだ奴だろう？　自殺したとか聞いてるけど、記憶が曖昧だな」

「親しいわけじゃなかったのか？」

「親しいって……うちの組の人間じゃなかったからね。中途半端に、周辺でうろついていた人間だよ。そうそう、何事も中途半端だったね」

「死ぬ十ヶ月ぐらい前に、交通事故に遭っていた」

「そうだな」小松がうなずく。たっぷりついた顔の肉がふるふると揺れた。

「右膝にかなりの重傷を負って、後遺症に悩んでいたそうだな」

「ああ、重傷だった。ダフ屋の仕事もできなくなったぐらいだからな」

「それで、あんたらが面倒を見てたんじゃないのか」

「まさか……あんな負け犬の面倒を見る意味はないね」

「負け犬、か」

「当たり前だろうが」小松が喉《のど》の奥で笑った。「用なし……うちが受け入れを拒否した奴だよ。使えない人間だったたからね」

「事故に関しては……」

「あれは、奴が酔っ払ってふらふら歩いていたせいだと聞いてる。車を運転していた人間よりも、責任は重いぐらいじゃないか？」

「その相手——車を運転していたのは、民自党代議士の草間宗太郎だったんじゃないか？」

「さあ……そんなことは、警察の人の方がよく知ってるだろう」

「きちんと処理されていなかった」警察のミスを暴力団員に明かすのはまずいのだが、この際仕方がない。今のところ会話は上手《うま》く転がっているから、このまま進めるしかないだろう。

「何か裏があったとか？」探るように小松が訊ねる。

「それを今調べてる」

「はっきり言おうか」小松が、空になったチャーハンの皿を脇に押しやった。視線はずっと沖田に据えたまま。「年上の人間のことを悪く言うのは俺のポリシーに合わないんだが、加山っていうのは本当にどうでもいい奴……いてもいなくても同じ人間だった。ただ俺は、何度か一緒に仕事をしたことがある」

「いてもいなくても同じ人間と？　あんたも同じジャンルだったわけか？」

小松の表情は変わらない。煽《あお》り耐性はかなり強いようだ。

「仕事となったら、どうしようもない奴の面倒を見なくちゃいけないこともあるさ……それは、あんたらも同じだろう。どうなんだ？　あんたの横に座ってる男は、さっきから一言も喋ってないけど、役に立たない人間なんじゃないか？」

「こいつは、一日に喋る言葉の数が決まってるんだ。今日の分はもう売り切れた」

小松が鼻を鳴らし、「冗談だったら笑えないレベルだな」と言った。

「いや、冗談じゃないんだ。一日一緒にいれば分かる……とにかく、気にしないでくれ。それで？ 一緒に仕事をした相手としてはどうだったんだ？」

「使えない男だったねえ。加山が生きてた頃は、まだダフ屋はかなり活躍していたんだが……ダフ屋の仕事については、あんたもよく知ってるだろう？」

「ダフ屋が活躍？ 暗躍の間違いじゃないのか」

「言葉はどうでもいいよ。とにかく、ダフ屋がどれだけ堂々とチケットを扱っていたか、あんたが知らないはずがないだろう。東京ドームでも武道館でも、客に声をかけまくってたじゃないか」

「まあな」

「現場にいるダフ屋は、アルバイトが多かった。俺らはそれをまとめていたんだが……加山は金の計算もできなかったし、アルバイトにも舐められてたぐらいだった」

「それでよく、おたくの組も近くに置いておいたもんだな」

「いざという時は、捨て石ぐらいには使えるだろう」

「この自殺も捨て石だったのか？」

「冗談じゃない」小松がまた鼻を鳴らす。「あんた、無駄が多いな。何を考えているかはだいたい想像できるけど、一つだけはっきりさせておこう。うちの組は、この件とは一切関係ない」

「――と、暴力団関係者はよく言い訳するよな」沖田は皮肉を吐いた。

「この件に関しては本当だ。嘘《うそ》をついても何にもならないだろうが」小松が真剣な表情で言った。「正式な組員でもない人間が何をしようが、俺らは関知しない。たとえ死のうがね」

「誰かに殺されたとしても？」

「それが組と組との話だったらややこしいことになるだろうが……そもそも加山は殺されたのかね」

「自殺じゃないと疑う材料も、ないではない」

「曖昧な話だな」

言って、小松が皿を片づけ始めた。小皿とはいえ、チャーハンも含めて六品。昼に食べる量としては多過ぎる。

「加山は、事故に遭ってから、どんな具合だった？　歩くのにも苦労してたようだけど」

「だろうね。右足腓骨《ひこつ》骨折、膝の靭帯《じんたい》断裂――真面目《まじめ》にリハビリもやってなかったそうだから、生きていたら今でも足を引きずっていたかもしれない」

「それで――」

「金にも困っていたな」楊枝《ようじ》を使いながら小松が言った。「何か金の入る当てがあるようなことは言ってたけど、実際にはその金は入らなかったらしい」

「慰謝料か何かじゃないのか」

「それ以外だろう」

「それ以外？」

「あの件、事故として処理されなかったんだよな？」

「ああ」沖田は低い声で認めた。警察のミスを説明するのはやはり気が重い……。

「やっぱりね」納得したように小松がうなずいた。「事故に遭うと、金はどれぐらいもらえるものかね」

「状況によるだろうけど、治療費、慰謝料……それなりの金額になるんじゃないかな」

「それ以外の金は？」

「どういう意味だ？」

「あの事故では、いろいろな人間が動いたんだろう？　それで事故はなかったことにした……加山にすれば、加害者は美味《おい》しい相手だったんじゃないか？」

「どういう意味だ？」

「あんた、本当に鈍いねえ」小松が鼻を鳴らした。

「そっちの口から聞きたいだけだ」

「刑事さんは、だいたいそういう風に言うよな――自分の考えが定まっていない時には」

「ああ、分かったよ」沖田は軽く両手を広げた。「材料はある。しかしそれが繋がっていない……全体像を知っている人間はいるはずだけど、接触するのは難しい」

「警察内部の人間だな？」

　小松の指摘に対して、沖田は無言を貫いた。反射的にうなずきそうになってしまうが、何とか堪《こら》える。

「まあ、言えないだろうな」馬鹿にしたように小松が言った。「刑事さんが警察内部の不祥事で暴力団に相談するなんて、前代未聞じゃないか？　恥も外聞もないな」

「事件を解決するためなら、俺たちは何でもやるんだよ」沖田は身を乗り出した。「あんたも、警察に協力しておいて損はないんじゃないか？　捜査一課に知り合いがいれば、何かと役に立つだろうが」

「俺が危なくなったら、口添えでもしてくれるのか？」

「俺は嫌われ者だから、あんたを助けようとしたら、かえって罪が重くなるかもしれないけどな」

　小松が声を上げて笑う――目は笑っていなかった。

「自分のことを嫌われているって言う人間も珍しいな」

「自覚することは大事だよ」

「もう一度言う。この件には、組としてはまったく関《かか》わっていない。加山が勝手にやったことなんだ。金になりそうな話でも、俺たちは相手を選ぶからな」

「その相手は……草間か？」

　小松は何も言わなかった。言わないことが肯定だと沖田は判断した。

「俺たちも、喧嘩《けんか》しない相手はいるんだよ。喧嘩せずに、できるだけ協力してやっていく方がいい相手……分かるな？」

「政治家とか」

「あるいは警察とか」小松がニヤリと笑う。

「加山は、事故の相手だった草間から金を脅し取ろうとしたのか？」

「人間の欲望ってやつには限りがなくてね」小松が爪楊枝《つまようじ》を皿に捨てた。「一万円貰《もら》えば十万円欲しくなる。十万円手に入ったら図々しく百万円を要求する——そんなことを繰り返していたら、そのうち必ず破滅するんだよ。俺たちは、そういうことをよく知ってる。だから、相手が毅然《きぜん》とした態度に出れば、そこでストップするんだ」

「日常的に恐喝を繰り返しているのを認めているようなものだな」

「まあまあ、その話は置いておいて」小松の喋り方にはまだ余裕があった。「とにかく奴は、失敗したんだろう。『儲《もう》け損なった』と話してるのを、俺は聞いた」

「草間が要求に応じなかったのか？」

「欲しいだけの金を手に入れたら、それを吹聴するようなタイプだった。逆に言えば、失敗すれば弱音を吐く」

「金を脅し取れなくて……それで何か困ったことになっていたんだろうか」

「さあ、どうかな」小松が首を捻《ひね》る。「そこから先は、俺はまったく知らない。何しろ奴は死んじまったからな」

「自殺だったと思うか？」

「分からんね。しかし、政治家の周りには、汚れ仕事をする人間もたくさんいるんじゃないか？　うちの組は草間とは何の関係もないけど……東海地方には、また別の人間がいる」

「例えば、本多連合《ほんだ》とか？」愛知県を本拠にする広域暴力団だ。

「俺は何も言わないよ」小松が唇の前で人差し指を立てた。「東日本では、住み分けは上手くいってるんだ。あそこは、名古屋と静岡から出てこない。うちが攻めていくこともない。余計な火種は作りたくないんでね。いいバランスが取れてるんだよ」

「つまり、本多連合が――」この組が事件に絡んでいる、と沖田は疑いを強めた。

「ここまでだ」急に表情が険しくなる。「これ以上喋ると、俺も余計な詮索《せんさく》をされるからな。ここまでは好意で話してやったけど、限界はあるから。後は、あんたたちで上手くやってくれ。とにかく、うちには余波が及ばないようにしてくれよ」

「そんなことは保証できない。仮に、この件に少しでも常道会が関わっていることが分かったら――」

　沖田は人差し指を小松に向けた。小松は身じろぎもしなかった。沖田の人差し指から発射される透明な銃弾を、意思の力で跳ね返せるとでも思っているようだった。

　肩が凝った……西川やさやかが一緒だったら愚痴を零しているところだが、大竹が相手だとそうもいかない。虚空に向かって叫ぶようなもので、返事は一切期待できないのだ。

しかし、肩凝りよりも、重大な事実を抱えこんだ興奮の方が大きい。丸ノ内線を霞ケ関《かすみせき》駅で降りると、大股《おおまた》で歩き出す。まだ誰にも話していないが、午後からは大騒ぎになるだろう。昼食を食べ損ねていたが、それさえ気にならない。

「やばいですよ」

背後で大竹のつぶやきが聞こえ、沖田は思わず振り返った。

「ああ?」

「やばいです」真顔で言って大竹がうなずいた。

「そりゃ、やばいだろう。だけど、まだ全容が分かったわけじゃないんだぜ? 今から心配してもしょうがない」

「敵が多過ぎます」言って、大竹がさっさと沖田を追い抜いて行った。

大竹の言葉は真実を突いている。この一件を裏で画策していた人間がいて、それを手伝った人間がいる。一網打尽にするのは不可能——追跡捜査係だけではどうしようもないだろう。最終的には監察にケツを持ちこまなくてはいけないだろうが、果たしてそこまで辿り着けるかどうか……気づくと沖田は、その場で立ち尽くしていた。大竹の背中がどんどん小さくなる。

気を取り直し、半ば走るように歩みを再開して大竹を追い抜いた。それで気が晴れるものでもなかったが。

西川も追跡捜査係に戻っていた。暗い表情……いい情報は摑めなかったのだろう、と沖田は察した。

「どうだった？」

「忠告された」西川が低い声で言った。

「どういうことだ？」

「組対の連中は、二十年前から事情を知っていた可能性がある」

「どういうことだ？」沖田は顔から血の気が引くのを感じた。「知ってて無視してたのか？　それなら同罪だぞ」

「思い切って捜査するほどの度胸はなかったんだろう——いや、この件はそもそも、組対の管轄外だ」

「そりゃそうだけど、知っててそのまま無視していたとしたら、同罪だぜ」

「建前としてはな」西川が疲れた口調で言ってうなずいた。「そっちは？」

「聞かない方がいいんじゃねえかな。お前は卒倒するかもしれない」

西川が沖田の顔をまじまじと見た。本当に卒倒するかもしれないと考え、聞くかどうか決めあぐねているのかもしれない。それを見て沖田は迷った。

この件はでか過ぎる。追跡捜査係の他のメンバーを巻きこんだら、この係そのものが崩壊してしまうのではないか？　この際、自分だけでやるべきかもしれない。いや、やるとしたら西川も一緒か……結局、事態がやばくなった時に、頼れるのは西川だけなのだ。他の連中は敢えて無視して、鳩山にも教えず、二人だけで話を進める――大竹は既に沖田と同じ情報を聞いているが、彼には「知らなかったことにしておけ」と因果を含めれば、従うだろう。

「ちょっと二人で話せないか」沖田は西川を誘った。

「ああ？」西川の眼鏡の奥の目が細くなる。

「いいから」座ったばかりの沖田は立ち上がった。

二人で話すと言っても、警視庁の中では誰の目が光っているか分からない。沖田はさっさとエレベーターに向かった。一度だけ振り返り、西川が付いて来ているのを確認して、また歩調を速める。

エレベーターでは二人きりになれないので、無言を貫いた。しかし、外へ出たからと言って、霞が関の官庁街には気楽に話ができる場所があるわけでもなく……沖田は内堀通り沿いに歩いて法務省と検察庁の庁舎をパスし、日比谷公園に入った。いきなり外へ連れ出された西川も、文句は言わない。

内堀通り側から公園に入ると、すぐにアーク灯がある。あまり奥まで入りこんでもと思い、沖田はそこで立ち止まった。

「どういうことだ」西川が訊ねた。

「常道会側も、この件については知っていたようだ。身内の人間のことだから、当然かもしれないが」

「それでも、当時は騒がなかったのか？」

「面倒だと思ったんだろうな。マル暴の基本原則は、損か得か、じゃないか。金になりそうなことでも、リスクが大きければ手は出さないで無視する――いかにもありそうな話だ」

「それで、どこまで分かったんだ？」西川が低い声で訊ねる。

「発端はあの事故だ」沖田はまず、小松が話した「事実」を明かした。小松の話にも曖昧な部分や推測が混じっていたのだが、それでもとにかく話してしまう。西川なら、どこがあやふやなのか、分かってくれるだろう。

「なるほど。交通違反の揉《も》み消しぐらいならよくある話だけど……」

「よくあっちゃ困るぜ」

「それは建前だ」西川が真剣な表情で言った。

「まあ、いいよ……とにかくこの件が発端になったはずだ。加山は条件を呑んだ。怪我《けが》は相当ひどかったけど、金になるなら――とでも思ったんだろうな。ところが、予想していたよりも手に入る金が少なかったから、不満になったんだと思う……ここから先はかなりの部分が推測だ」

沖田の話を、西川は相槌《あいづち》も打たずに聞いていた。こういう時、西川は納得しているのだと分かっている。少しでも異論があったり、矛盾を発見したりすれば、その場で口を挟んでくる。

「分かった」話し終えると、西川が素早くうなずいた。「二重——二度の隠蔽の可能性があるな」

「ああ?」沖田は目を剝《む》いた。

「最初は交通事故。二番目は自殺」

「やっぱりあれは、殺しだったって言うのか?」

「否定しない」

結局、俺の見立て通りじゃないか——一瞬、沖田は胸を張りたくなったが、無意味な行為だと気づいた。俺は、何人もの人間がかかって蓋《ふた》をしてきた事実を解放しようとしている。その結果、どれだけの人間が怪我するか分からない。

「これだけの事実が分かって、次にどこを攻める?」沖田は西川に助けを求めた。自分が冷静でないことは分かっている。こういう時に頼りになるのはやはり西川だ。

「相手が何人もいるのが痛いな。まず、発端になった事故について、隠蔽があったことを認めさせなければいけないが……物的証拠がないから難しいところだ」西川は冷静だった。ショックもあるだろうが、それを既に乗り越えているようだった。

「真田文書は?」

「弱い」

「あれに加えて本人の証言があればいいんだろうが……期待しちゃいけないな」

「容体に変化はないそうだ」西川がうなずいた。

「そこが動かないと、何とも言えないかな」

「気をつけないと、彼は狙われる可能性がある」

「まさか」

まさかと言ったものの、それが気休めに過ぎないことは沖田にも分かっていた。二十年も事実を隠蔽してきた人間たちである。しかもその「絆《きずな》」は今でも生きているようだ。沖田が尾行されたりしたのがその証拠である。いざとなれば、あの手この手を使って森野の口を塞《ふさ》ごうとするだろう。

森野の覚悟が固まっていれば——沖田は頬が引き攣るのを感じた。いったいどうすれば……森野を守らねばならないし、事実は知りたい。

沈黙を破るように、西川のスマートフォンが鳴った。相手の声に耳を傾けていた西川の顔が一気に紅潮する。

「ありがとうございました」

通話を終えると、沖田に何も言わずに突然走り出す。

「おい！」

叫びかけると、一度だけ振り向き、「意識が戻った！」と叫び返した。

沖田は、西川を追い抜く勢いでダッシュした。

間に合ったのか……誰かに先を越されたか……息を切らして病院に駆けこんでも、まだ状況は分からない。西川は走りながら、スマートフォンを取り出した。

「電話はやめて下さい！」

看護師の鋭い声が飛んだが無視する。真紀子はすぐに電話に反応した。

「今、誰かいますか！」西川は苦しい息の下、訊ねた。

「所轄の方が」真紀子は、今にも消え入りそうな声で話した。

「すぐ行きます」

西川はスマートフォンを背広のポケットに落としこみ、沖田に「三階だ」と告げた。

「聞こえてた」

言うなり、沖田が西川を追い越し、階段に向かう。クソ、エレベーターじゃないのか……一人だけエレベーターを待つわけにもいかず、西川は沖田を追いかけた。二段飛ばしで階段を駆け上がる沖田の背中がだんだん遠くなる。煙草《タバコ》を吸っているあいつに置いていかれるのは何だか理不尽だ——三階まで上がると、完全に息が切れ、ふくらはぎに鈍い痛みが宿った。

「走らないで下さい！」

また看護師の忠告が飛ぶ。それが沖田にストップをかけた。突然歩調を緩めると、声をかけてきた看護師と二言三言言葉を交わす。それからゆっくり歩いて、目当ての病室に向かった。西川はそこでようやく沖田に追いついた。見ると彼も肩を上下させ、額には汗さえ浮かんでいる。

「今行くとまずいぞ。何だ、こいつもバテてるじゃないかと変にほっとする。所轄の連中が病室にいる」西川は忠告した。

「分かってるよ」

沖田はそれでも、病室の前まで一気に前進した。ナースステーションに近い場所。どこか隠れるところは――ナースステーションの隣に、小さな待ち合わせスペースがあった。テーブルと椅子が四脚あるだけだが、廊下からは少し引っこんでいるので、ここで待とう。所轄の連中が通り過ぎる時に、気づかれる恐れもあるが。

テーブルにつき、西川は呼吸を整えながら、病室の方を確認した。引き戸は閉まっており、中の様子は一切窺《うかが》えない。西川は眼鏡を外し、ハンカチで曇《くも》りを拭《ぬぐ》った。沖田が立ち上がろうとしたので、手を伸ばして腕を摑む。

「よせ」

「ここにいても何も分からないじゃないか」沖田が抗議した。

「中へ突っこめば、所轄の交通課と鉢合わせになるぞ。奴らとは上手くいってないだろうが」

「うちが上手くつき合ってる部署なんかあるのかよ」

沖田の台詞《せりふ》が胸を直撃する。確かに……捜査一課の他の係の連中から見れば鬱陶《うっとう》しい存在だろうし、あちこちに首を突っこむので、他の部署や所轄からも煙たがられている。最近は、総務部の被害者支援課、失踪《しっそう》人捜査課と並んで、「三大嫌われ部署」と揶揄《やゆ》されているのを西川は知っていた。

「とにかく待て」西川は、沖田の腕を摑んだ手に力を入れた。「黙ってここで顔を伏せて、大人しくしてろ」

「所轄の連中だってグルかもしれないんだぞ」沖田が低い声で指摘する。

「それはないな」西川は否定した。

「どうして分かる」

「勘だ」

根拠がない話だったが、何故《なぜ》か沖田は素直に腰を下ろした。もしかしたらこの男は、客観的な証拠よりも勘の方が重要だとでも思っているのかもしれない。

西川は、自分が口にした台詞について考えてみた。二十年前に隠蔽工作に関わった人間たちは、今また自分たちの身を守ろうと暗躍している。しかしそのために、現職の、当時はまったく関わっていなかった警察官まで巻きこむだろうか。こういう秘密は、関わる人間が多くなればなるほど、漏れてしまいがちである。そういう危険を冒してまで、隠蔽工作を上塗りするか……自分だったらやらない、と西川は確信した。取り敢えず情報を集めておいて、様子を見る。そういうことをしているうちに、得てして手遅れになったりするのだが。

引き戸が開く音がして、西川は慌てて目を伏せた。沖田も同様に……以前顔を合わせていた所轄の連中が事情聴取に来ていたら、二人の存在がばれてしまうが、そうならないように祈るしかない。幸い出て来た二人は、西川と沖田にまったく気づかない様子で、普通に話しながら歩いて行く。

「……出直しだな」

「そうですね。あれじゃまだ証言になりません。もう少し意識がはっきりするまで待つしかないでしょう」

「お前、明日の予定はどうなってる？」

「空いてます」

「じゃあ、明日の朝一番でもう一度来るか」

「そうしましょう」

エレベーターの扉が開く音がしたところで、西川はようやく顔を上げた。

「追い風はまだ吹いてるぞ」

「ああ」沖田がニヤリと笑った。「奴ら、森野さんからまともに話が聴けなかったようだな」

「ということは、俺たちも同じ目に遭う可能性が高いが」

「悲観的になるな」言って、沖田が立ち上がった。「俺の顔を見れば、話せるようになるかもしれない。元々森野さんは、俺に会おうとしてたんだから」

エレベーターの扉が閉まっているのを確認して、西川は控えスペースから出た。病室のドアをノックし、真紀子の「はい」という声が聞こえたのを確認してドアを引く。

「大丈夫ですか？」顔だけ突っこんで声をかけた。意識が戻ったとはいえ、いきなり何人もの人間が出入りしたらダメージを受けるだろう。

「取り敢えず……どうぞ」あまり乗り気ではない様子だったが、真紀子が言った。

西川はさらにドアを引き、先に病室に入った。沖田がすぐ後に続く。

森野は、とても回復したようには見えなかった。頭にはネット型の包帯。骨折した足はギプスに包まれ、掛け布団から突き出ている。目は閉じ、胸が軽く上下していて、静かに寝ているようだった。

「話せない……ですよね」

「少し疲れたようです」真紀子が答える。

「所轄の連中も、ほとんど話ができない状況だったようですね」間接的に聞いただけだが、連中が手ぶらで帰ったのは間違いない。

「このまま休ませてもいいですか？　無理しないように言われていますので」

「待ちます」西川の後ろに控えた沖田が言った。「俺はどうしても、森野さんと話さなければならない。森野さんが、俺と話したかったんですから。それでこんな事故に遭ってしまったんだ……俺には責任があります」

沖田の説明で納得したかどうかは分からなかったが、真紀子はうなずいた。

病室は一人部屋で、それほど広くない。ベッドの他に丸椅子が一つあるだけ……真紀子が椅子に座っているので、二人は立っているしかなかった。薄いカーテン越しに十月の午後の陽射《ひざ》しが射しこんで部屋を暖めている。何となく眠気を誘われる環境だったが、西川は自分の神経が異様に尖《とが》っているのを感じた。ここが勝負のポイントだと、ひたすら森野の顔を凝視し続ける。

森野がふいに体を揺すり、呻《うめ》き声を漏らした。真紀子が腰を浮かし、ベッド脇に移動して森野の上に屈《かが》みこむ。森野の唇は動いたが、何を言っているかは分からない。しかし真紀子は聞き取った――サイドテーブルに置いてあったペットボトルを取り上げてストローを挿し、森野の口元に持っていく。森野が少しだけ首を起こしてストローをくわえた。喉仏が小さく動き、ストローを離すと「ああ」と小さく声を漏らす。

まるで瀕死《ひんし》の人間のようではないか。しかし水を飲んだせいか、森野の顔には血の気が戻った。ゆっくりと首を巡らして沖田の顔を確認する。小さくうなずきかけたので、意識ははっきりしていると分かった。

沖田が前に進み、ベッドの脇へ行こうとした。西川は沖田に向かって首を横に振り、腕を前に上げて彼の動きを制した。こういう場合には、沖田の激情的な性格は危険である。森野が話したい相手は沖田だろうが、ここは自分に任せてもらわないと。

真紀子が気を利かせて席を譲ってくれたので、西川は彼女に一礼して丸椅子に座った。

間近で見ると、森野の状態はそれほどひどくはないようだった。包帯姿は痛々しいが、血色は悪くない。

「追跡捜査係の西川です。沖田も来ています」

「……どうも」声は掠れているが、聞き取れないほどではなかった。

「体調はどうですか？　話せますか？」

「もちろんです」軽く咳払《せきばら》いすると、声はさらにはっきりした。

「先ほど、所轄の交通課の連中が来ましたよね？　彼らとはあまり話をしなかったでしょう」

「誰が敵か分かりませんから」

「我々は？」

「私にとっては、最後の砦《とりで》です」

「どうして我々をそこまで信じるんですか」

森野がゆっくりと首を横に振った。もしかしたら、追跡捜査係のマイナスの評判は、彼にとってはプラスに感じられたのかもしれない。誰かが嫌な顔をしようが、真実のためには平然と突っこんでいく――いやいや、自分をそんなヒーローだと考える必要はあるまい。

「奥さんにお願いして、あなたの自宅の書庫を調べました。『真田太平記』の一巻目と二巻目の間に、メモと写真を隠していましたね？」

「ああ……」森野の顔が綻《ほころ》んだ。「見つけてくれましたか」

「あれを沖田に渡そうとしたんですね？」

「そうです。二十一年前の交通事故の証拠になるんじゃないかと」

「あれだけでは、証拠としては薄いですよ」

「そうですか」森野の顔からさらに血の気が引いた。

西川は、背広の内ポケットからＩＣレコーダーを取り出した。

「あのメモを補強するためには、あなたの証言が必要です。録音させてもらっていいですか？」

「もちろんです」

西川はＩＣレコーダーをサイドテーブルに置いた。録音中を示す赤い点灯を確認してから、森野に向き直る。

「当時のあなたは、豊島中央署の交通課にいた。二十一年前の事故の時には当直で、深夜に現場に出動しましたね？」

「ええ」

「その時、車に乗っていたのが誰なのか、すぐに分かりましたか？」

「はい」

「どうしてです？」

「草間議員の東京の自宅は、豊島中央署の管内にあったんです」

「管内に住む代議士は把握している――そういうことですね？」

代議士だけではない。警察は上場企業の社長、著名な芸能人などの自宅は必ず把握している。トラブルがあった時にいち早く対応するためだ。

「現場はどういう状況でしたか？　そもそも誰が運転していたか、分かりますか？」

「分かりません」森野が力なく首を横に振った。「私たちが現場に着いた時には、二人とも車の外に出ていました」

「草間代議士——先代と、現在の草間宗太郎代議士ですね？　二人のうちどちらかが車を運転していた」

「先輩たちと三人で現場に行って——私はすぐに病院に回るように指示されましたから、二人には話を聞いていません。でもおそらく、運転していたのは草間宗太郎代議士です」

「どうして分かります？」

「先代は、杖《つえ》をついていました」

「杖？」

「はい。普通に歩くのにも苦労していて……膝か腰を痛めていたんだと思います。あれでは絶対に、車の運転はできません」

当時、先代の草間直知は、まだ六十代半ばぐらいだったのではないだろうか。その年齢で杖が必要なほど膝や腰を痛めていたとは——いや、不思議ではない。五十歳を超えると、急に体のあちこちにガタがくるというし。

「しかし、はっきり確認はできなかった」

「はい。病院に行った後も、すぐに署に呼び戻されました」

「何があったと思いますか？」

「隠蔽です」

森野がはっきりと言い切った。西川は、急に胃がきゅっと縮むのを感じた。これほどあっさり断言するとは……。

「政治家の交通事故を揉み消すための隠蔽だったんですね？　あなたはどうして巻きこまれなかったんですか？」

「たぶん、交通課で最年少だったので……状況が分からない人間を巻きこむわけにはいかないと思ったんじゃないでしょうか」

「要するに、外されたわけですね」これは沖田のケースと同じではないか。

「そうだと思います」

「でも、気になって後から調べた？」

「調べました。密かに調べるのは大変だったし、誰かに気づかれないかとビクビクしていましたけど……でも、最後は異動で調査もできなくなりました」

「警察官に異動はつき物ですからね」西川はうなずいた。

「森野さん」

沖田が割って入ってきた。お前は黙ってろ……と視線を送ったが、沖田は気にする様子もない。西川のすぐ横にしゃがみこんで、森野と視線の高さを合わせた。

「俺も同じなんです」

「どういうことですか？」森野の表情が歪《ゆが》んだ。

「あなたが処理から外された事故——それが、その後で一人の人間の命を奪いました。事故の被害者だった加山が、それから十ヶ月後に自殺したことはご存じですか？」

蒼《あお》い顔で森野がうなずく。もしかしたら彼は、全ての流れを知っているのかもしれない。それを二十年間隠し続けてきたとしたら、その苦しみはいかほどのものだったかと、西川は同情した。忘れてしまうこともできたはずだ。何も見なかった、知らなかったことにして、淡々と日々の仕事を続けていれば、今頃は平穏無事な警察官人生の後半を迎えようしていたかもしれない。しかし彼には、警察官として——あるいは人間としての良心と正義感があったのだ。だからこそ、自分の調査をメモに残して、二十年間持ち続け、それをここにきて爆発させようとしたのだろう。

「森野さん、俺も同じだったんですよ」沖田が繰り返した。「その自殺に関して、一切タッチさせてもらえなかった。当時俺は南多摩署の刑事課で駆け出しの刑事で、あなたと同じような立場だったんです」

「ああ……」

「俺は二十年間ずっと、その件が頭に引っかかっていた。でも具体的に再調査することもなく、ここまで来てしまいました。それが、たまたま再調査を始めた途端に、いろいろな人間が動き出した。この件も隠蔽ではないかと俺は疑っています。それが暴かれるのを恐れている人間が今もいる——自分の立場を守るためには、何でもするかもしれません。あなたを尾行したのも、そういう人間の一人でしょう。尾行されているのに気づいて、反射的に道路に飛び出したんでしょう？」

「迂闊《うかつ》でした。交通課の警官なのに、交通法規を守らなかったから罰が当たったんでしょうね」

「森野さん、俺はあなたの思いを無駄にしたくない。俺もあなたも、二十年前にやり残したことがある。それを若さのせいにはしたくない……もちろん、それも一つの要素ですけどね。俺も、歳《とし》をとってずるさも身につけた。戦いはこれからですよ」

森野が、沖田、そして西川の顔を順番に見た。それから、二人の背後に立っている真紀子に視線を移して声をかける。

「ちょっと……外してくれないか？」

「あなた……」真紀子が不安げにつぶやく。

「大丈夫だ。お前には聞かせたくない話もある」

森野は完全に覚悟を決めた、と西川は悟った。家族は巻きこまず、何とか正義を完遂したい——だったら自分たちもそれに応《こた》えないと。

病院を出て歩き出した瞬間、沖田がびくりと身を震わせる。少し歩調を速めながら、「またつけられてるぞ」とつぶやいた。

「こんなところで？」反射的に西川は言ってしまった。こんな場所、こんな明るい時間帯……しかし、行動確認のためには場所も時間も関係ないということだろう。相手の行動パターンを完全に把握するのが狙いだろうし。こちらも逆尾行をやっておくべきだった。

「どうする」

「取り敢えず放置だ……いや、どこかで逆に捕まえたい。絞り上げてやるよ」

「分かった。挟み撃ちにしよう」

「西川……」呆《あき》れたように沖田が言った。「こういう時には止めるのが、お前の役目だろうが」

「それは状況による。今は一気に勝負をかけた方がいい」

「まったく、これだから乱暴な奴は」沖田が皮肉に唇を歪めた。

「お前に言われたくない。先に言ったのはお前じゃないか」

二人は大通りを外れ、細い路地に入った。基本的に住宅地で、この時間帯には人気は少ない。多少騒ぎになっても、問題はないだろう。

西川はスマートフォンを取り出し、自分たちがいる付近の地図を確認した。細い路地が複雑に入り組んでおり、上手く回りこめば尾行者の背後を取れそうだ。

西川は沖田を追い越し、二つ先の路地を左へ曲がった。それからほとんど駆け足になり、先ほど来た方へ戻り始める。尾行者が沖田ではなく自分を追っていたら厄介なことになるのだが、ターゲットは沖田だ、という予感があった。

一度大通りに戻り、先ほど二人で歩いていた路地に再び入る。沖田の姿はかなり先——距離は五十メートルほどあるだろうか。沖田は立ち止まって、スマートフォンを覗《のぞ》きこんでいる。スマートフォンは、本来の用途とは別の意味で便利な道具だ。どこにいても、画面を覗きこんでいれば、単なる「スマートフォンを見ている人」になる。昔は、夜中に張り込みをしている時など、不審者に間違われることも少なくなかったのだが、スマートフォンがあればそれほど変には見えない——逆に、不審者がスマートフォンを隠れ蓑《みの》にしている場合もあるので、警察官にはそれを見抜く能力が必要とされる。

尾行者の姿はなかった。しかし、自分たちを見逃したはずはない。路地は入り組んでいるが、別に迷路にいるわけではないのだ。ゆっくりと歩き始めると、沖田がいる場所から一本手前の路地から、男が顔を出した。沖田の様子を確認している……花山——花山だろう。慎重にやっているつもりかもしれないが、バレバレだ。素人が、と腹の中で罵《のの》りながら、西川は路地を左に入って、スマートフォンで再度地図を確認した。

この辺りの入り組んだ路地が、西川に味方した。路地を抜けた先、目の前に花山の姿があったのだ。民家の塀によりかかるようにして、首を突き出している。沖田の観察に集中しているようだが、その分背後の注意が疎《おろそ》かになっていた。西川は駆け足にならない程度のスピードで花山に近づき、肩に手をかけた。思い切り力を入れると、花山がバランスを崩して倒れそうになる。何とか踏みとどまって振り返ったが、その顔には恐怖が浮かんでいた。

西川は急いで花山の腕を摑んだ。そのまま体重をかけて塀に押しつける。花山は、すぐに暴れ始めた。向こうの方が西川よりも体格は一回り上で、押さえておくのも一苦労——

西川は反射的に「沖田！」と叫んだ。

助けを呼ぶ必要はなかった。いち早く異常を察したのか、沖田はすぐ近くまで迫っていたのだ。花山が暴れ、西川の縛《いまし》めから逃れた瞬間、前に進み出た沖田が、花山の腹に重いパンチを見舞う。花山は短く呻き声を漏らして、体を二つに折り曲げた。柔道の選手ではないかと思っていたのだが、それは見かけだけだったようだ。沖田はまったく遠慮せず、花山の首筋に肘《ひじ》の硬い部分を落としていく。一撃で花山は崩れ落ち、沖田が素早く手錠をかけた。

「おい——」西川は慌てて忠告した。手錠はやり過ぎではないか？

「タクシーを摑まえてくれ。連行する」

「どこへ？」

「それはこれから考える」

「おい！」花山が抗議の声を上げた。「何なんだ！　手錠を外せ！」

沖田が花山の頭を小突いた。

「馬鹿か、お前は。そんなことが言えた立場じゃないだろう」

「俺は——」

「半蔵門署刑事課の間抜けな巡査部長だろう？　分かってるよ。自分が何をやってるか、理解してるのか？」

沖田が罵倒《ばとう》しているうちに、西川も花山に対する怒りがこみ上げてくるのを感じた。花山の前に立つと、胸ぐらを摑んで引っ張り上げる。

「馘《くび》になるだけで済めばいいけどな」

「ああ？」花山が目を見開く。

「逮捕、起訴、裁判……警察官にとって、被告人への道はなかなか厳しいものがある。服役することになったら、刑務所でも最下層扱いになるだろうな。お前がそれに耐えられるとは思えない」

「何言ってるんだ」花山の目が泳いだ。

「お前、何も聞いてないのか？」西川は逆に驚いてしまった。もしかしたらこの男は、西野署長の「右腕」ではなく、単なるロボットなのか？　目的も深い意味も分からず、ただ言われたことをこなすのみ——悲しい人生だ、と思う。西野が退職した後は、いったい誰のコントロール下で生きていくのだろう。自分の意思を殺して、誰かの命令だけで生きていくのは楽なものだが……その命令が間違っていたら、知らぬ間に地獄に落ちる。

今、花山は地獄の縁《ふち》に足をかけている。

「手錠は外してやってもいいぞ」西川は懐柔策に出た。「ただしそれは、お前が素直に全部話すことが前提だ。いいか、俺たちは、お前を助けてやろうって言ってるんだからな？　話せば放免してやる。話さなければ、どんな罪状でもでっち上げて、留置場に放《ほう》りこむぞ。

それが難しくないことぐらい、お前みたいに間抜けな警官にも分かるだろう」

「おいおい、何とか言えよ」からかうように沖田が言った。「弁解のチャンスを与えてやってるんだぜ？　それとも、本当に何も知らないで、ただ言われたことをやってるだけなのか？　そんな人生、何が面白い？」

「とにかく、ゆっくり話を聴かせてもらおうか」西川はまとめにかかった。花山がどれだけ恐怖を感じたかは分からなかったが……これで何とも思わなかったら、よほどの大物か、あるいは神経が抜けているかのどちらかだ。

4

二人は、花山を警視庁本部に「連行」した。手錠こそ外していたが、花山を連れていることを堂々と見せつけて、警視庁内にいる「敵」に自分たちの動きを示す意図もある。こっちは、お前らの手先を捕捉《ほそく》した。これから全部吐かせる。そっちはどうするつもりだ——。

取調室に放りこんで絞り上げ始めてから一時間。沖田は、花山が「切られた」ことを確信した。警察内で情報が伝わるスピードは凄《すさ》まじい。本部で起きたちょっとした出来事が、半日のうちには所轄の新人の耳まで届くぐらいだ。この件に絡んでいる人間がどれぐらいいるかは分からないが、花山が尾行に失敗し、逆に捕まったという話は、いち早く西野の耳に入ったはずである。しかし妨害は一切ない——西野は、花山を切り捨てたのだろう。花山が何を喋ろうが、西野の方で「関係ない」「知らない」と言い抜けることは不可能ではないはずだ。

事件の構図は見えてきた。もちろん、花山が全ての事情を知っているわけではなかった——むしろ知らないことの方が多いはずだったが、それでもこれまで沖田たちが調べ上げてきた事実を加味すると、全体像が見えてきた。

夜になって、しっかりと因果を含めて花山を解放した。「いつでも監視してるぞ」という沖田の脅しが効いたとは思えなかったが、最後はすっかり従順になったのを見た限り、このまま口をつぐんでいるだろうと確信する。

「今夜は解散だ」西川が背伸びしながら言った。追跡捜査係には二人だけ。花山を連行したことは、鳩山も知らない。今後も、他の連中には一切相談も報告もしないことにした。仲間に迷惑をかけるわけにはいかない……。

「明日、どうする？　西野署長と対決するか？」沖田は訊ねた。

「まだ一人、会ってない人間がいる」西川が指摘した。

「松岡課長だな？」

「ああ。追いこむ材料がないのに会うべきじゃない——そう決めていたよな？」

「やるか」沖田はうなずいた。「確かに会うタイミングだ」

「どうやるかは、今晩考えておく。少し休もう」西川が欠伸《あくび》を嚙み殺した。「花山には因果を含めたから、もう安全だと思うけど、お前は今夜も響子さんのところにいた方がいいんじゃないか？　もしかしたら西野署長は、他にも子飼いの人間を使っているかもしれない」

「分かってるよ。背中には気をつけておく」

「そうしろ……響子さんによろしくな」

「お前に『よろしく』と言われる筋合いはないぜ」

「知り合いなんだから、これが普通だろう」西川が唇を尖らせる。さすがに疲れているのか、調子が上がらない様子だった。

九時過ぎ……これから家に寄って夕飯を食べさせてくれというのも申し訳ないので、彼女の家の近くにある牛丼屋《ぎゆうどん》で手早く夕飯を済ませた。若くて給料も安かった頃は、牛丼をありがたがって食べていたものだが、四十を過ぎて一人、遅い夕食に牛丼屋に入ると、侘《わび》しいものがある……侘しさが、食べるスピードを加速させ、店には五分もいなかった。

ドアを開けた瞬間、沖田は心配になった。電話で話した時もそうだったのだが、いかにも調子が悪そう……風邪《かぜ》でも引いたのだろうか。このところ急に寒さが厳しくなってきて、秋を飛び越し、一気に冬が来そうなのだが。

「大丈夫か？」

「大丈夫だけど……」

語尾が曖昧に消えるのが気になる。まったく大丈夫そうに見えなかった。

「食事は？」

「済ませてきた」

「お茶でも飲む？」

「そうだな……コーヒーは？」

「お茶でいい？」

「いいけど」

これも妙だ。響子は、西川ほどではないがコーヒーが好きで、緑茶をわざわざ淹れて飲むことはほとんどない。お茶の気分の時でも、だいたいはペットボトルで済ませてしまうぐらいだ。

沖田としてはコーヒーが欲しいところだったが、彼女が飲みたくないなら仕方がない。

ダイニングテーブルについて待っていると、微妙に部屋の雰囲気が変わっていることに気づいた。何がおかしいか分からないが、今までの部屋とは明らかに違う。今は自分の家よりも落ち着くぐらいなのだが、今夜はどうにもおかしい。空気が揺れているというか、温度が低いというか。

お茶が出てきて、沖田はゆっくりと啜《すす》った。何故か響子は立ったままで、お茶に手をつけようともしない。

「体調、悪いんじゃないか？」

「そうね」

「風邪？」

「そういうわけじゃないけど」

「座ったら？」

言われるまま、響子が腰を下ろす。しかしどうにも落ち着きがなく、視線はあちこちを彷徨《さまよ》うばかりで、沖田と目を合わせようともしなかった。

「なあ、いったいどうしたんだ？」

「妊娠した」

「え？」唐突な告白に、沖田は言葉を失った。

「赤ちゃん、できたの」

「それは……」

「どうしよう」響子が不安げに沖田を見た。

「間違いないのか？　医者には行った？」

「まだだけど、最近の妊娠検査薬の精度は高いのよ。ねえ、どうしようか……」

「どうしようも何も、産んでくれよ」反射的に沖田は言ってしまった。結婚でさえ多くのハードルがあるのに、いきなり子どもというのは……響子の実家の問題がある。留学中の啓介にもどう話せばいいか分からない。啓介との関係は悪くないものの、彼も多感な高校生だ。新しい家族――弟か妹か分からないが――の存在を素直に受け入れることができるだろうか。そして自分が一気に二人の子どもの父親になる――その未来に、沖田は軽い目《め》眩《まい》を覚えた。それにもちろん、響子本人のことも心配だ。基本的に健康で元気なのだが、この歳では高齢出産ということになる。彼女自身の仕事、実家との関係……様々なことを考えると、正しい道は見えなくなるばかりだった。

「産んでもいいの？」

「産まない理由なんか、ないじゃないか」正しい道が見えぬままに沖田は言った。「とにかく、明日にでも病院に行って、はっきりさせよう。俺もつき合うから」仕事の件で西川と相談しなければならないが、それは後回しだ。

「一人で大丈夫よ。それに、一緒だと何となく恥ずかしいし」

「そうか……君は、子どもがもう一人増えることは……」

「分からない」響子が首を横に振った。「ちょっと混乱してるわ」

「そうだよな……正直、俺も混乱してる。でも、めでたいことに変わりはないじゃないか」

「そうよね……」響子の顔がかすかに明るくなった。

妊娠を疑い出してから自分に言うまで、どれほど悩んだことだろう。一人きりにさせてしまったことを申し訳なく思う。それにしても……長崎に住む彼女の両親がこのことを知ったら、どんな反応を示すだろう。もう一人後継ができたと喜ぶか、けしからんと激怒するか。どうにも読めない、それが不安だった。

話したら落ち着いたのか、響子は簡単に眠りに落ちた。寝息を聞きながら、沖田の目は冴《さ》えてしまっていた。

プライベートな問題も大変なのだが、それが公務に及ぼす影響を考えると、どうしても眠れない。

自分はこれから、どれほど大きな相手に戦いを挑もうとしているのだろう。勝てるのか？　もしもその戦いに、響子とお腹《なか》の中にいる子どもが巻きこまれてしまったら……沖田はこの歳まで独身を貫いて、常に身軽だった。心配してくれる人間が周りにいなかったが故に、多少の無茶は何とでもなると思っていた。

今は違う。新たに守るべき相手ができて、これからは慎重に生きていかねばならないだろう。その結果、思い切った手が打てなくなる……自分たちに降りかかるかもしれない不幸を考えて、萎縮《いしゅく》してしまったら何にもならない。

考えるしかない。今まで以上に慎重に、そして大胆に——この事件を解決する方法を考えるしかないのだ。

「どうした」西川が怪訝そうな表情を向けてきた。「寝てないのか？」

「何だかな」沖田は両手で勢いよく顔を擦った。

「事件の大きさにプレッシャーを受けたか？　お前も案外気が小さいな」

「うるさいな」乱暴に言って、沖田はコーヒーを飲んだ。寝たのは何時だったか……カーテンの隙間《すきま》から、朝の光が入りこんでいたかもしれない。だいたい今日は、普段より三十分早く集合なのだ。他のメンバーが出てこないうちに話をしてしまいたい。

しかし……時間が経《た》っても結論は出ない。もちろん、響子のことを西川に相談するわけにもいかない。あくまで仕事とプライベートは分けて考えないと。

「何かいいアイディアは浮かんだか？」沖田は、意識を仕事の方に引き戻した。

「順序だててやるしかない。まず、松岡に会って事実関係を確認する。それをもって、本丸を攻撃する」

「本丸というのは、現代議士だな？」

「ああ」

「その前に、親父《おやじ》の方に会っておくのも手じゃないか？　もう引退してるんだし、ハードルは低いだろう」

「父親の方をどうするかは、松岡に話を聞いてから考えよう」

「なあ……この件、立件できると思うか？」沖田が自信なげに訊ねた。

「時効はないんだぞ？」

「交通事故もか？　それは難しいと思う。当時の資料も残ってないだろうし」

「最後は監察に持ちこむよ。それで向こうに判断させればいい。俺たちは、事実関係を確定すればいいんじゃないかな」

「そうだな」イマイチ納得できなかったが、沖田も同意するしかなかった。とにかく事実を摑んでいないと、この先何もできない。

「行くか」

西川が立ち上がる。沖田がまだ座ったままなのを見て、少し苛立《いらだ》った口調で「何か問題あるのか？」と訊ねた。

「いや……」思い切って響子の妊娠のことを明かしてしまおうか……そうしたら少しは気が楽になるかもしれない。しかし、西川には新たな負担になるだろう。「何でもない。それより、鳩山さんには何も言わなくていいのか？」

「知らない方が幸せだろう。もう少し事情が分かって、話がまとまりそうになったら、話してもいいけど」

「取り敢えずは、このまま調べていくしかないわけか……」沖田は立ち上がった。

「そうだよ」西川が「当たり前だろう」とでも言いたげな口調で言った。「さっさと動く、それが一番だ」

松岡の自宅は、千葉県市川市にあった。加山の一件があった当時は、南多摩署にも近い府中に住んでいたのだが、その後一戸建てを購入して引っ越した……沖田もぼんやりと記憶していた。都営新宿線一本で都心まで出て行ける場所だが、退職した今、その利点はあまりないだろう。

松岡に会うのは、石沢の葬儀以来、一年ぶりだった。警察官は、退職した後長生きできない、とよく言われる。現役時代に身も心もすり減らしてしまい、老後を生き抜く元気がなくなるというのだ。実際、退職後の平均余命は、他の職業の人よりも短いそうだ。

つまり、仕事を離れると早く老いる。

七十歳で亡くなった石沢と同じく、松岡もその典型的な見本だった。最近では、六十五歳ぐらいだとまだまだ若々しい人が多いのだが、松岡は実年齢よりも十歳ぐらい歳とって見えた——一年前に会った時よりも確実に老けていた。髪はすっかり薄くなり、残っている部分もほとんど白い。顔には多くの皺《しわ》が刻まれ、体も明らかに萎《しぼ》んでいた。現役時代——二十年前には、沖田は目も合わせられないぐらいの迫力があったのだが、今や吹けば飛んでしまいそうである。二十年という歳月はこんなに残酷なのか、と沖田は唖然《あぜん》とした。自分の二十年後も、こんな感じになってしまうのだろうか。産まれる子どもは、まだ成人していないというのに。

松岡がにやりと笑う。ああ、もう入れ歯なんだとすぐに分かった。基本的にこの人は、自分の体をあまりケアしてこなかったのだろう。それよりも仕事に打ちこんできた——間違った仕事に。

「どうした」松岡の顔から笑みが引っこんだ。ついで、西川に視線を向ける。「そちらは？」

「同僚——追跡捜査係の西川です」

「初めまして」

丁寧に、そして他人行儀に西川が挨拶《あいさつ》した。松岡も、さっと頭を下げるだけだった。

「お話があります」沖田は切り出した。

「何だ」松岡が一気に無愛想になった。ここへ来た用件はとうに分かっているだろう。彼らの連絡網は、今でも生きているはずだ。

「取り敢えず、家に上げてもらえますか」

「……いや、外で話そう」

言うなり、松岡がサンダルを突っかけた。茶色いチェック柄のシャツ一枚で、パンツはベージュ色。着るものにあまり気を遣わないタイプだ。

「少し寒いですよ」沖田が忠告した。

「問題ない」

実際、外へ出た松岡は、まったく寒さを感じていない様子だった。もう、真冬用の防寒下着をシャツの下に着こんでいるのかもしれない。

松岡は無言で歩き続け、自宅近くの公園——緑地と言った方がいいだろう——に入った。特に遊具などがあるわけでもなく、人もいない。緑地の奥の方へ歩いて行った松岡が、ズボンのポケットに手を突っこんだまま振り向いた。

「何の用件で俺たちがここへ来たかは、分かってますよね」沖田は先制攻撃をしかけた。

「二十年前に自殺した、加山貴男の件です」

「古い話だな」

「あの時、私は捜査を担当させてもらえませんでした」

「そうだったかな」

「課長——松岡さん、知らんぷりはやめて下さい。あの件は、あなたの人生にとっても非常に大きな出来事だったはずだ」

「小さな案件などない」

「一般論は結構です」沖田は意識して辛辣《しんらつ》な声を出した。昔は怖くて仕方がなかった松岡は、今では萎んで矮小《わいしょう》な存在にしか思えない。「あなたはあの件で、隠蔽工作をした。理由は……今、調査しています」

「追跡捜査係は、そんなことまでするのか」

「我々はフリーハンドです」西川が口を挟んだ。「何でもできます。ただし、自己責任で……誰かに気を遣うことはありません。特に外部の誰かには」

「何が言いたい？」松岡が西川を睨んだ。

「誰に気を遣ったのか、松岡さんに教えてもらいたいんですよ」沖田は話を引き取った。

「二十年前の件では……俺はあなたに感謝すべきかもしれませんね」

「意味が分からんな」

「巻きこまれなくてよかったですよ。俺は、二十年も良心の痛みに耐え続ける必要はなかったんだから。良心の痛みよりも、得るものが大きかったんですか？」

金とか、便宜とか。松岡は、唇が一本の線になるほどきつく、口を引き結んでいた。自分は何も喋らないと、無言で宣言しているようだった。

「隠蔽なんか不可能なんですよ」沖田は宣した。「どこかで必ず情報は漏れます。そして、一度穴が開いたら、もう塞ぐことはできない。警察官全員が、あなたたちのように甘く考えていると思ったら、大間違いですよ」

「お前は……そういう男だよな」松岡がぽつりと言った。

「どういう男ですか？」

「秘密を守れない男だ」

「違います。あなたたちとは別の正義に生きる人間ですよ。そして、あなたたちが考えている正義は間違っている。あるいは、あなたは自分が信じる正義のために隠蔽をしたわけじゃないとでも言うんですか？　もしかしたら、利益のためですか？　誰かに金を貰えるとか、便宜を計って貰えるとか」

「ふざけるな」松岡が低い声で吐き捨てた。「俺たちは、そんなことのためには動かない」

「なるほど、分かりました。金を受け取っていないと言うなら信じます。本当にそうなら、ほっとしますよ。ただ、あなたはもう、救いようがありませんが」

「何の話だ」松岡が目を剝く。

「俺たちは、相当多くの要素を集めました。証言もあります。全部聞きたいですか？」

松岡がまた黙りこんだ。沖田も口をつぐんだ。この沈黙で、彼の頭に意味が染みこむように……松岡の目は虚《うつ》ろで、焦点が合っていない。もうひと押しすれば落ちる——沖田は再び口を開いた。

「あなたが二十年前にやったことを、全部喋って下さい。それによって誰が得をしたか、知りたい。もしもそれができれば……」

「できれば？」

「何もなかったことにしてもいいですよ」

「本気で言ってるのか？」

「殺しは別です。加山の自殺については、あれが本当に殺しだったら、俺たちはきちんと捜査します。しかし、あなたたちが事実を隠蔽したことについては、責任を問いません。変な話、俺も同じ刑事課にいた人間としてとばっちりを受けかねませんからね」その辺は監察に任せるしかない――ある意味、責任放棄かもしれないが。

「取り引きしたいのか？」

「松岡さん、警察を辞めたからといって、それで全ての責任から逃れられると思ったら大間違いですよ。それにあの殺しは発覚していない――つまり、時効とは関係ないんです」

「その辺は、解釈が分かれるぞ。一般的には、犯罪が終了した時点から公訴時効のカウントダウンが始まる」

「刑訴法が改正されて、殺人事件に関する時効がなくなった時点では、あの事件はまだ時効になっていませんでした。つまり、現在も捜査して起訴することは可能です。いずれにせよ、弁護士に心配させておけばいいんじゃないですか」

沖田の皮肉に、松岡の顔が引き攣った。沖田は一つ深呼吸して、松岡に一歩近寄った。松岡が反射的に下がったが、植えこみに足を突っこんでしまう。辛《かろ》うじて踏みとどまったものの、膝《ひざ》が折れてバランスを崩したせいか、急に自信をなくしてしまったようだった。

「あなたが事件を隠蔽したことは、秘密にしてもいいと言っているんです」沖田は繰り返した。「俺はただ、あの事件の犯人が欲しい。その原因になった出来事が何だったのか、誰が裏にいたか知りたい。そうすれば……あなたを解放しますよ」

「脅すわけだな」

「違います。大甘で、あなたを見逃すと言っているんです。警察側の黒幕は、あなたではなく、表参道署の西野署長じゃないんですか？」

無言。しかし彼の目の泳ぎ方を見て、沖田は自分の質問が的を射たと確信した。

「まだ現役でいる先輩たちも多いでしょう。あなたがここで全てを明かさないと、そういう人たちにも迷惑がかかります。あ、ご存じかどうか分かりませんが、西野署長は自分の身を守ろうと、手は打っていました。しかしそれは失敗しましたからね。彼が使っていた若い奴は、使いっ走り以上の存在ではなかった。そしてもう、俺たちの手に落ちています。そいつは何を命令されたか、全部話しましたよ。西野署長も、使う人間を選ぶ時はよほど気をつけないといけませんよね」

「それは、どういう……」

「手遅れです。隠蔽工作は二十年経って破れたんです。全部話してもらいますよ。まず、豊島中央署管内で起きた交通事故からです……」

沖田は、自分でも異様にピリピリしているのを自覚した。帰りの地下鉄の中でも、座った瞬間に固まってしまう。眠いことは眠い……昨夜の寝不足が今になって効いているのだが、目を瞑《つむ》ると、今度は眠れなくなってしまう。結果、目を見開き、腕組みをし、足を軽く開いた状態で銅像のようになってしまった。

西川は、反対側のシートで、沖田とは少し離れた場所に座っている。車内は空《す》いているからどこに座ろうが勝手なのだが、明らかに沖田を避けている様子だった。まあ、こっちだって、お前が近くにいても話すことなんかないんだけどな……そもそも地下鉄の中で、事件に関する複雑な話はできない。

小川町《おがわちよう》駅で降りて、丸ノ内線の淡路町《あわじちよう》駅まで歩き、霞ケ関駅へ向かう。丸ノ内線の中でも会話はないまま……追跡捜査係に戻って、ようやく西川が口を開いた。

「これでもう安全だと思う」

「まさか」沖田は反射的に反論した。「誰がどこで見てるか分からないぜ」

「一番やばいのは、西野署長じゃないかな。あの人はまだ現役で、しかも立場が……ヘマしたら、失うものが一番多い人だ。俺たちは、その人のアンテナを折った」

「そうかもしれないけど、別のアンテナがある可能性も――」

「おい！」

鳩山がいきなり怒鳴った。どこかから戻って来たようで、顔は真っ赤である。

「お前ら、昨夜勝手に一課の取調室を使ったか？」

「勝手にって、うちも捜査一課じゃないですか」沖田は反論した。

「所轄の刑事を引っ張ってきたと聞いてるぞ。いったい何があったんだ？」

「それ、何かの記録に残ってますか？　誰かがビデオで撮影してたとか？」

「沖田……」鳩山の顔にさらに赤みが挿す。「お前ら、何をやってるんだ？　どうして俺に報告しない？」

「報告することがないからですよ」

沖田は肩をすくめた。しかし鳩山は納得せず、珍しくガミガミと文句を並べたて始めた。そこへ西川がすっと近づいて行き、何事か耳打ちする。一瞬ではなく、少し時間をかけて……鳩山の顔から血の気が引き、紙のように白くなった。拳《こぶし》を口元に持って行って咳払いすると、慎重に椅子に腰を下ろす。彼の体重にいつも泣かされている椅子が、今日もぎしぎしと嫌な音を立てた。

西川が沖田に目配せした。沖田は鳩山の席に近づき、立ったまま話し続けた。

「とにかく、報告することはありません。報告すべきことができたら、必ず報告します」

「怪我したらどうする」

「怪我？　何言ってるんですか」沖田は笑い飛ばした。「俺が今まで、捜査で怪我したことなんかないでしょう」

「肉体的な怪我じゃなくて心の怪我だ」鳩山は目を細めたままだった。「お前とのつき合いも長いんだぞ。何回ひやひやさせられたと思ってる?」

「そういう言い方をされると不本意ですね。俺は俺の仕事をやってるだけなんで」

「それが、俺の心臓には悪いんだよ」

「どうしようもなくなったら、西川が止めるでしょう」

「その西川が、まったくストッパー役になっていないから困るんだろうが。お前ら、一緒に動いていると暴走のスピードが倍になるんだよ」

「そんなはず、ないでしょう」沖田は肩をすくめて言ってから自席に戻った。

席につくと、正面に座っている西川と目が合う。こういう時の西川は、たいていニヤリと笑うのだが、今日は深刻な表情をキープしていた。

「あの……」庄田が遠慮がちに切り出す。「捜査がストップしたままですけど、どうしますか? 我々も何も知らないんですけど」

「そうですよ」珍しくさやかが同調する。「二人で勝手に突っ走ってるんでしょう? 置き去りは困ります」

「昔な……」沖田は低い声で話し出した。「悪い先輩がいた。警察官としてはあるまじき行為に手を染めた。しかしその警察官が、たった一つ正しいことをしたんだ。自分の部下の中で、一番若い奴を巻きこまなかった。どうしてか分かるか? そいつの将来に、万が一にも傷がつかないようにするためだ。先輩っていうのはな、いつもそういうことを考えてるんだ。きちんと教えて、一緒に仕事をすることだけが、後輩を育てる道じゃない」

この辺で西川が茶々を入れてくるはずだ――しかし今日の西川は、黙ってうなずくだけだった。

これで庄田とさやかが納得したかどうかは分からない。松岡が沖田を捜査から外したのは、若手を巻きこんではいけないという意識があったと同時に、何かと騒ぎ立てる沖田に知られるわけにはいかなかったという、マイナス要因もあったからに違いない。

あの時と今では事情が違う。今は――沖田の言葉は本音だった。将来性のある二人を巻きこんで、ややこしい立場に立たせてはいけない。時には、危ないことから身を引いているのも、順調にキャリアを積んでいくための方策なのだ。

もっとも二十年前、松岡たちに捜査から外された結果、自分が真っ当な刑事に育ったかどうか……今の沖田には何も言えなかった。

一つ言えるのは、正義感だけは当時のままということだ。いや、昔よりも強くなっているかもしれない。年齢を重ねると意固地になることもあるのだ。

5

午後、西川と沖田は東海道新幹線に乗った。目的地の浜松までは、わずか一時間半。西川が言い出して、敢えて自由席で離れた場所に座った。車内では好き勝手に話もできないので、わざわざ狭い席で沖田と体を密着させて座る気になれなかったからだ。一人になってあれこれ考える余裕はできたものの、様々な情報が頭の中を飛び交うだけで、まったくまとまらない。もう一つ、穴を埋めるパーツが欲しかった……それをもたらしてくれるはずの人に会うために、浜松まで足を運ぶ必要があったのだが、自信はない。

草間直知は、息子の宗太郎に議席を譲った後、出身地である浜松に戻って「隠居」したようだ。しかし実際には、国会での議席を手放しただけで、政治活動は続けているのではないか、と西川は想像していた。地元政界で「アドバイザー」として相談を受けたり、現職の国会議員である息子と地元の橋渡しをしたり、講演活動をしたり……その合間に自叙伝を執筆しているとか。

西川は手帳を開き、事前に調べてきた草間直知の経歴を読み返した。

息子の宗太郎は二世議員ということになるのだが、草間直知自身は叩《たた》き上げの政治家だった。戦前に浜松で生まれ、戦後の高度成長期に東京で大学生活を送り、そこで静岡選出の代議士の事務所に出入りするようになった。卒業後はその秘書になり、三十歳で浜松市議に当選、それを足がかりに、四十歳で国会議員に初当選した。教育関係に強く——大学は教育学部で一時は教員を目指していたらしい——六十六歳で引退する直前には文部大臣を務めていた。

六十六歳での引退は早過ぎる気がしたが、腰部脊柱管狭窄《ようぶせきちゅうかんきょうさく》症による激しい腰痛のせいで、歩行も困難になって、引退を決意したようだった。当時の新聞記事を読むと、手術すれば治る可能性もあると言われていたようだが、本人は潔い引退を選んだらしい。多少の病気なら、何としても議席にしがみつくのが政治家という人種だと思うが……息子が一人前になると信じて、早めに議席を譲ろうと考えたのかもしれない。その作戦は、取り敢えずは成功していると言っていいだろう。

手帳を閉じ、背広の内ポケットに戻す。手帳の代わりにスマートフォンを取り出して確認したが、電話もメールも着信はない。

西川は一つ溜息をついて、目を閉じた。自分がこれから対峙しようとする相手の大きさを考えると、ぞっとする。それに、沖田の様子が少しおかしいのも気になっていた。いつもより少し神経質になり、攻撃的でもある。寝不足のせいか、あるいは自分と同じように、これから対決する相手の存在にビビっているのか……いや、何か別の要因があるような気がしてならない。仕事とは関係ない悩みがあるとか。しかし沖田も、話さないと決めたら絶対に言葉にはしない男である。実際、喋りそうにない感じがしていた。

浜松か……この街に来るのは、多分初めてだ。栄えているのは北口の方らしいが、草間の自宅は南口にあるはずである。新幹線駅の場合、メーンになる側とそうでない側の落差が大きいことが多いのだが、浜松の場合、南口もそれなりに大きい街だった。同じ静岡県で県庁所在地である静岡よりも、駅周辺は賑やかかもしれない。

駅前がすぐにタクシーのロータリーになっていたり、地下駐車場への入り口があったりするのは、地方の駅の典型的な光景だが、ここは街が賑やかだ。ホテルやマンションが建ち並び、東京のちょっとした街ぐらいの活気がある。ふと振り向くと、新幹線の高架の向こうに、巨大な高層建築物が見えた。あれが複合施設のアクトシティ浜松か……巨大なコンサートホールやイベントホールなどを備えた、浜松のランドマークだと聞いたことがある。

「歩くか？」横に並んだ沖田が言った。

「それでもいい。どうせ十分ぐらいだろう」

「浜松に来たんだから、餃子《ギョーザ》ぐらい食いたいもんだね」

沖田が呑気《のんき》に言ったが、浜松餃子などどうでもいいはずだ。浜名湖名物のうなぎだって、食べる必要はない。ただ呑気に食べ物の話をして、緊張感を和らげようとしているだけだと分かる。歩き始めるとすぐに、「浜松餃子」の看板を掲げた店を何軒か見つけたが、西川は気を惹《ひ》かれなかった。沖田も何も言わない。

広い道路——永代《えいたい》通りというらしい——を渡り切ると、ぐっと心安い雰囲気になった。大きなビルは姿を消し、いかにも安くて美味そうな飲食店が軒を連ねるようになる。ほどなく、「サザンクロス」の看板がかかったアーケード街の横を通り過ぎる。ちょっと覗いてみると、シャッターを閉めた店も多かった。このアーケード街も、できた当初はモダンな街並みの主役だったのだろうが——雨の多い日本では理にかなった構造でもある——今は陽の当たらない、侘しい街の一角になってしまっている。

税務署の近くまで歩いて行くと、すぐに目当ての家を見つけた。結構モダンな感じ……

家の前には車が三台ほど停《と》められるスペースがあり、その上に大きな屋根が前方にせり出している。道路に面した部分には細かい格子が入っているが、どうやらそこはベランダらしい。今、停まっている車は地元ナンバーの一台だけだが、おそらく、かつての支援者たちが今でも頻繁に相談に訪れるのだろう。そのための三台分の駐車場ではないか、と西川は想像した。

ただし、息子――宗太郎の方の地元事務所はこの近辺にはない。より賑やかな北口の方にあることは分かっていた。いずれはそこも訪ねることになるだろう。

「俺か？　お前か？」沖田が先に自分の鼻を指差し、ついで西川に人差し指を向けた。

「俺が行く」西川はすぐに答えた。「お前は観察だけに専念してくれ」

「俺が何か余計なことでもすると思ってるのか？」沖田が目を剝いた。

「いや、お前の観察眼を頼りにしているだけだ」

沖田が鼻を鳴らした。ていのいい厄介払いか、とでも思っているのだろう。インタフォンを鳴らすと、張りのある女性の声で返事があった。事務所の人だろうか、と西川は想像した。草間の妻だとしたら結構な年齢のはずで、こういう声は出さないような気がする。

「警視庁捜査一課の西川と申します。草間さん――草間直知さんはいらっしゃいますか？」

「はい？」

「警視庁捜査一課追跡捜査係の西川と申します」西川は繰り返した。「草間さんに伺《うかが》いたいことがあります。お取り次ぎいただけませんか」

「ちょっとお待ち下さい」

慌てた様子で女性がインタフォンを切った。まずいな……当然、草間と相談するだろう。状況を察した草間が裏口から脱出して、居留守を使う可能性はどれぐらいあるだろう。裏に回って警戒すべきかと考えたが、一分ほどして、いきなりドアが開いた。顔を見せたのは五十歳ぐらいの女性……エプロンをかけて、健康的な丸顔が印象的だった。事務所スタッフという感じではない。身の回りの世話をしている人だろうか。老夫婦二人暮らしだったら、そういう人を雇っていてもおかしくはない。草間には、それぐらいの余裕はあるだろうし。

「父が、どういうご用件なのか確認してこいと」

娘だったのか……西川は女性の顔をまじまじと凝視した。新聞で現役時代の草間の顔は確認していたが、似ているとは言えない。娘は母親似なのだろうか。

「昔の事件について調べていて、その関連です」

「父が事件に関係したとでも言うんですか?」娘の顔から血の気が引いた。

「そういう訳ではありません。捜査では、関連情報を広く求めるんです。そういうことで、お取り次ぎ願えませんか」

「どういう事件かだけでも教えていただけませんか」娘が食い下がった。

「それは、ご本人に直接お話ししたいと思います。どうぞ、お取り次ぎ下さい」

西川は繰り返した。娘はしばし躊躇《ためら》っていたが、結局「お待ち下さい」の一言を残してドアを閉めた。

「警戒してるな」西川は振り返り、背後に控えた沖田に言った。

「当たり前だろうが。こっちは天下の警視庁捜査一課だぜ？　ビビらない奴がいたらお目にかかりたいね」

「後ろめたいことがない人は、何とも思わないだろう」

「あるいは、守るべき立場がない人は、な」

草間にはまだ、守るべきものがあるだろう。叩き上げで国会議員になり、息子に議席を無事譲り渡した男は、その辺の二世、三世議員よりも議席の重みを痛感しているはずだ。

「裏手に回って警戒しておこうか？」沖田が言った。

「そこまでは必要ないだろう。腰が悪いんだし、動くのも大変じゃないかな」

そうは言ったものの、にわかに心配になってきた。せめて裏から逃げられるかどうか、様子だけ見てこようか……そう思った瞬間にドアが開く。

「どうぞ」娘が、先ほどよりも暗い表情で顔を覗かせた。

「失礼します」

西川はドアを押さえて玄関に入った。広い——西川の自宅の玄関の三倍はありそうだった。そして二階まで吹き抜け。こういう造りだと、暖房費がかかってしょうがないんだよな、と西川は所帯染みたことを考えた。もっとも、静岡は温暖で有名なところだから、そういう心配は無用かもしれない。

靴を脱ぎ、玄関、そしてそこから続く廊下と観察しながら娘の後に続く。まだ完成して間もないようで、汚れもへたりもない。廊下の壁は白い漆喰《しっくい》で、日本家屋というより、スペインかどこかの家を彷彿《ほうふつ》させた。廊下は大理石——それと漆喰の壁の組み合わせがデザイン的に合っているかどうか、西川には判断できない。

案内されたのは、廊下の右側にある大きな部屋だった。奥は一面が窓。本来は陽射しがたっぷり降り注ぐはずだが、今はブラインドが閉じられて薄暗くなっていた。そして、妙に暑い。静かな部屋の中、エアコンが暖気を吹き出す音がはっきりと聞こえる。今日は比較的暖かい日で、スーツの上着は邪魔になりそうな陽気なのだが……。

西川は目を細めた。薄い闇に目が慣れてきて初めて、車椅子に乗った老人の姿を認めた。やはり腰の具合は悪いままなのか……すぐに西川は、異様な姿に気づいた。屋内、しかも薄暗いのに、サングラスをかけているのだ。さすがに目が見えなくなるほど真っ黒ではないが、濃い茶色である。目も弱っているのだろうか。

「警視庁の人が何の用事かな」しゃがれた声で老人が言った。

「草間直知さんですか？」

「いかにも」

西川は思わず固まってしまった。いかにも？　今時、こんな台詞を吐く人がいるのだろうか？

「警視庁捜査一課追跡捜査係の西川と言います。こちらは沖田です」西川は、自分の斜め後ろに立っている沖田に向けて手を差し伸べた。「今日は、お伺いしたいことがあって来ました」

「アポなしで？」

「捜査の場合、アポを取らないことも多いです」

「相手に余計な準備をさせないために？」

「仰《おつしや》る通りです」

「二十一年前の事故のことだな」

さすがにもう、自分たちが動き回っていることは耳に入っているか……予想できていたことなので、西川はうなずくだけで話を先へ進めた。

「二十一年前、豊島区——池袋駅の近くで、あなたと息子さんが乗った車が事故を起こしました。歩行者がはねられ、その人は右膝に重傷を負いました」

「そういう事故の記録はないはずだ」

「あなたが揉み消すように指示したのだから、ないのは当然でしょう」急に記録のことを言い出すとは……これで、知っていると認めたも同然だ。

「記録のない事故は存在しないのでは？　警察的には」

「事故処理という点では、ご指摘の通りです。ただし、人の記憶までは消せません。それに、当時の事故のことを詳細に記録したメモがあります」

「だから？」

　草間は動じなかった。声の調子がまったく変わらない。それに見た目も……普段からほとんど動いていないのかもしれない。目が薄暗がりに慣れてきて、ようやく草間の顔がはっきり見えるようになった。頬の肉はたるみ、それに引っ張られるように目も垂れ下がっている。髪はほとんどなくなり、耳の上でわずかに渦を巻いているだけ。唇は土気色で、生気がまったく感じられなかった。

「今、普通にお話ししているだけですが、大丈夫ですか」

「何がだね」

「体調のことです」

「初対面の人に心配してもらう必要はない」

　声こそしゃがれていたが、口調ははっきりしていて、人に命令を下すことに慣れていた人生を想像させる。引退して二十年経っても、威厳は感じられた。もしもこれで、多少でも丸くなっているとしたら、現役時代はどれほど強圧的な人物だったのだろう。

「それなら、このまま続けさせていただいてよろしいですね？」

「どうかね。話をする意味はないと思うが」

「私が考えていることをお話しさせていただいてよろしいですか？」

「話すのはそちらの自由だ」草間が馬鹿にしたように言った。「私には止める権利はない」

「ここはあなたの家ですが」

「日本には言論の自由がある」

「そうですか……」開き直りとも言える言い方が気になったが、ここはとにかく、自説を披露してしまう方がいい。

西川は一歩前に進み出た。ダンスを踊るように沖田も付いて来る。普段は鬱陶しい男だが、今は背中を守ってくれているのがありがたい。

「あなたは、息子さんと一緒に車に乗っていて、事故を起こしました。私の情報提供者は、誰が運転していたかは確認していませんが、私は息子さんだったと推測しています。何故ならあなたは、二十年前にはすでに腰を悪くしていて、事故の一年後には政界から引退せざるを得なくなったほどだったからです。とても、車を運転できたとは思えない。ただ後部座席に乗っているのと、自分で運転するのでは、体にかかる負担は全然違いますからね」

「それで？」

「我々は、運転していたのは息子さんだと推測しています」西川は繰り返した。「しかしあなたは、自分の後釜《あとがま》として出馬を控えた息子さんに、事故の責任を負わせるわけにはいかなかった。もちろん、現職の代議士であるあなた自身が責任を負うこともできなかった。ですから、そもそも事故はなかったことにしようと、短い時間で画策したんです。さすがに現職の国会議員は違いますね。電話一本かけるだけで、裏工作を成功させたんじゃないですか？　上からの——どれぐらい上からの命令だったかは分かりませんが、現場の警察官が拒否できるはずもない。結果、事故はなかったことになりましたが、被害者は当然入院して、その後長いリハビリ生活に入りました」

「事故に遭ったらそうなるだろうな」草間がゆっくりとうなずいた。

「問題はその後です」西川はさらに話を進めた。「被害者は、暴力団の周辺にいた人間です。暴力団員ではありませんが、ほぼ同じと言っていい。そういう人間ですから、いくら治療費や慰謝料をもらっても、それで引き下がる気はなかったんでしょう。さらに金を求めて、あなたを——あなたたちを脅したんじゃないんですか？」

「国会議員がヤクザ者に脅される？　馬鹿言っちゃいかん」草間が低い声で笑った。「仮にそんなことがあっても、はねつける」

「事故の真相を明かすと脅されても？」

「仮定の話だが——そんなことがあっても、私は屈しない」

「屈しなかったら、どうします？　どんな対策を取りますか？」

「仮定の話には答えられないな。この会話に意味があるとは思えない」

「まず、認めて下さい」西川は迫った。一番嫌いな感情論に走りつつあるのだと意識してはいたが……。「あなたか、あるいは息子さんが人身事故を起こした。そしてそれを隠蔽した」

「私は何も認めない」

「極めて重要なことです。それによって、一人の人間の命が奪われたかもしれないんですよ」

「仮にそうであっても、私には関係ない」

「あくまで知らぬ存ぜぬで押し通すつもりですか？」

「私には関係ない」

西川は、草間の微妙な言い回しが気になった。「認めない」「関係ない」――全面的な否定ではない。事実があるのに、そこから目を背けている感じ。

「今でも息子さんを庇《かば》っているんですか？　確かに、現職の国会議員のスキャンダルとしては、かなりの痛手になりますね」

「君は、具体的な証拠を持ってここへ来ているのか？」草間が挑みかかるように言った。

「当てにしているのは証言だけじゃないか。その証言がどこまで信用できる？　仮に複数の証言があれば、多少は信憑性《しんぴようせい》が増すだろう。しかしこの状態では……」草間が肩をすくめる。「人を攻撃するためのでっち上げだと言われても仕方あるまい」

「だったら、否定して下さい」西川は語気を強めた。「事故などなかった、被害者に脅迫されてなどいないと――」

「私は関知しない」草間がゆっくりと口を閉ざした。

西川は、サングラスの奥に隠れた彼の目に、苦悩の色が宿るのを見た。政治家は平気で嘘をつく――しかし、人命がかかっていたらどうだろう。ましてや彼は既に現役を引退しており、鋼のような強かったはずの意思も、錆《さ》びついてしまったのではないだろうか。

「話していただければ、十分配慮します」

「君の言う配慮とは何だね？　私には、配慮してもらうことなど何もない」

「どういうことですか？」

「私はもう、長くない」

「……病気ですか？」

「既に余命宣告を受けている。そういう老人を攻撃して、警察官として満足なのか？」

二人は、重苦しい沈黙を共有したまま新幹線に乗った。今度は隣り合わせの席。しかしどちらも口を開かない。

「否定しなかったな」静岡を過ぎて、西川はようやく言葉を発した。

「そうだな」

「それが、彼の良心かもしれない」

「あんな野郎に良心もクソもあるかよ。自分の都合だけで、世の中を動かせると思っているんじゃないか」

「ああ……死にかけているのは本当かもしれないが、それでも息子を庇おうとしてるんだろうな」

「親馬鹿か？」沖田が鼻を鳴らした。「冗談じゃねえぞ。このまま諦《あきら》めるのか？」

「手がない」

「本丸が草間の息子の方だとして……俺たちには、まだ攻めるべき相手がいるぜ」

「ああ。あの人にはまだ守るべきものがある――立場とかな。もう守りは固めているかもしれないけど……一発脅しをかける意味はあるだろう」沖田は強気だった。

「奴、もう始末されてる可能性はないか？」

「花山を材料に」

「西野署長か」

「馬鹿言うな」

否定してみたものの、西川の頭の中では沖田の言葉――「始末」がぐるぐる回った。

6

東京へ戻って、午後六時。沖田は、できるだけ早く決着をつけたかった――この件全体がどう決着するかは想像もつかなかったのだが、とにかく一歩でも前に進みたい。二人は警視庁本部に戻らず、東京駅から地下鉄を乗り継いで表参道駅に移動したのだが、沖田はその間に、何とか一つ、アイディアを思いついた。

西野に話を聴くために、花山を材料にする――囮《おとり》にできるのではないか？

二人は一度、表参道駅内のエチカに落ち着いた。ここは一種のフードコート――かなり高級なフードコートになっている。広いスペースの周囲に、複数の飲食店が並んでいた。夕飯を食べてもいい時間だが、食欲はない……それは西川も同じようで、二人とも入り口近くにある店でコーヒーを頼んだだけだった。

既にアルコールを楽しんでいる客が多い。それに混じって、営業帰りにコーヒーで一休みする人、残業に備えて早めの夕食を摂っている人……東京の混沌《こんとん》ぶりが、このスペースに凝縮されているようだった。

人の多さが二人に幸いした。これだけ混んでいると、隣のテーブルで何を話しているかも分からない。それでも沖田は、具体的な話にならないように気をつけた。

「花山に伝言を頼めばいいんじゃないかな」

「それは、花山が西野に何も話していないという前提で、だよな？」西川が疑わしげに確認した。

「余計なことは言うなって釘《くぎ》を刺したじゃないか」

「俺たちの忠告と、西野に対する忠誠心と、どっちが強いと思う？」

「俺らがこの事態を明らかにしたら、花山の首は簡単に飛ぶ。奴が、その恐怖に耐えられると思うか？　黙っている方が安心だろう。俺なら、無事に嵐《あらし》をやり過ごせる可能性に賭《か》けるね」

「それは何とも言えないが……奴を使って西野を呼び出すんだな？」西川が確認した。

「重要な情報があるからお話ししたい、とか何とか言わせて」

西川が無言でうなずく。しかしその動きは単なる「反射」だったようで、納得した表情ではなかった。ほどなく沖田の顔を凝視すると、「呼び出した後でどうする？」と確認する。

「話すしかないだろう」

「弱いな……」

「それは分かってる」沖田もうなずいた。「だけど、手持ちの材料でやるしかないんじゃないか？　ここから先、新しい手がかりが簡単に見つかるとは思えない」

「一日だけ、猶予をもらえないか？　明日、何とか調べを進めるから」

「駄目だ」沖田は頭を左右に振った。「ここはスピード勝負だ。それと今回は、俺一人でやる」

「ああ？」西川が目を見開く。

「向こうを警戒させないためだ。俺一人なら、奴らも甘く見るだろう」

「暴力は駄目だぞ」西川が釘を刺した。

「俺が？」沖田は胸に平手を当てた。「俺がいつ暴力を振るったよ」

「あのな……」西川が溜息をついた。「頼むから、ややこしくするなよ」

「これ以上ややこしくなるわけがないだろうが」


午後十時。二人はあれこれ準備を整え、再び表参道にやって来た。沖田は軽い胃の痛みを感じていた。夕飯に食べたハンバーガーのせいではあるまいが……一人でやると言ったのは、西野を警戒させないためではなく、むしろ西川をこれ以上巻きこまないためである。自分一人が動いて、何かあった時にも責任は一人で負えばいい。

そう覚悟しての発言だったが、むしろ不安が膨らむ。

俺は父親になるのだ。

響子からは昨夜話を聞いたばかりで、まだきちんと話し合いはできていない。近々長崎に行かなければならないだろうし、啓介にどう説明するかも問題だ。この件を考え始めると、思考停止状態に陥ってしまう……本当は、もう少し自分の身の安全を考えるべきなのだ。もしもこの状態で俺の身に何かあったら、響子はどうなるか。

そうやって不安に襲われる一方で、もう一段ギアを上げて張り切らねばならないという気持ちもある。

これから立場が変わるのだ。責任が生じるのだ。

「すぐ近くで待機してるから」

西川が言った。西野との会話はマイクで拾い、西川が無線で聴きながら録音することにしていた。自分と対峙することになれば、西野は当然録音を警戒するだろうが、そこは何とか誤魔化すしかない。

「全部俺の判断でやらせてもらう」

「その判断が合ってるといいけどな」西川が肩をすくめる。

沖田は最後の——決戦前最後の煙草に火を点けた。新幹線の往復では煙草を吸わなかったので、今日は消費量が少ない。慌ててニコチンを体に入れたからといって冷静になれるわけでもないのだが、気休めにはなる。

フィルター近くまで吸って、携帯灰皿に押しこむ。指先に熱を感じながら押し潰し、背広のポケットに灰皿をしまった。

「よし」

気合いを入れたが、西川は何も言わない。黙ってうなずき、沖田を送り出すだけだった。

表参道署は、明治通り沿いにある。夜になっても、署の周辺——JR原宿駅近くは賑わっている。この署の管内は概して、若者向けのショップやレストランなどの浮わついた店が多いのだが、一部は超高級住宅地だ。というわけで、管内で密かに話ができそうな場所はほとんどないのだが、一ヶ所だけ、夜になるとほとんど人がいなくなる場所がある。

それが、署の裏手にある神社だった。原宿駅近くに、こんなに緑深い場所があるのは意外なのだが、この時間はほぼ無人で、大の男二人が話し合っていても目立たないだろう。

西川は、この近くにあるカフェで待機している。ただ、地図を見て沖田は心配になった。近いといっても結構距離がある——全力疾走しても、ここまで三分ほどかかるのではないだろうか。三分という短い時間でも、致命傷になりかねない。

しかし、何とも言えない不思議な感覚だ。周囲にはマンションやオフィスビルもあるのに、鬱蒼《うっそう》とした木立に囲まれたこの辺りは、まさに森の雰囲気である。突然鳥居が姿を現すことにも違和感があった。

約束の時間まであと五分……少し冷えこんできた。気休めに、沖田はスーツのボタンをとめた。本当は薄手のコートが欲しいところだな、と思う。

沖田は体の向きを変えながら、三六〇度、周囲を警戒し続けた。時折、ヴァルカンの腕時計に視線を落としつつ……約束の時間ちょうどに、一人の人間の姿を認めた。明らかに警戒した足取りで、辺りを見回しながら鳥居に近づいて来る。西野。背広姿で、ネクタイだけを外していた。上手い具合に、沖田は鳥居の陰に隠れる格好になっていたので、まだ気づかれていないようだ。

西野が鳥居を通り抜けようとした瞬間、沖田は姿を現した。西野がぎょっとした表情を浮かべ、その場で立ち止まる。いつでも逃げ出せるようにするつもりか、後ろにおいた左足に体重をかけていた。

「花山は来ませんよ」

「君は……」

「名乗らなくても分かっていただけると思いますが、自己紹介しますか？　捜査一課追跡捜査係の沖田です」

西野が唇を引き結んだ。こうやって改めて正面から見ると、何とも弱そうな男である。それなりの規模の大きい署の責任者なのだから、もっと威厳や迫力があってもいいはずなのに、そういうものは一切感じられなかった。沖田はつい、「小役人」などという言葉を思い浮かべた。

「花山は来ません」沖田は繰り返した。「我々の方で、花山をちょっと利用させてもらったんです。つまりあの男はもう、我々の手中にある——落ちました。ただし花山は単なる下っ端、使いっ走りで、裏にどんな真相があるかは分かっていませんよね？　その辺の事情を是非、あなたの口から聞かせて欲しいんです」

「話すことは何もない」

「こちらでは聴きたいことがあります」

「話すことはない」

繰り返し言って、西野が踵《きびす》を返した。沖田はすぐに一歩踏み出し、西野の腕を摑んだ。思い切り腕を引き、体をぐらつかせる。

「何をする！」

「簡単に逃げられると思ったら、大間違いですよ」沖田は脅しにかかった。「俺たちが摑んだ情報が合っているかどうか、確かめさせて下さい。あなたが二十一年前、ある交通事故を隠蔽したかどうか――その結果、一人の男が死んだ可能性があります。胸が痛まないですか？　それとも二十一年前のことなんか、とっくに忘れましたか？」

西野の喉仏が上下する。弱気が透けて見え、沖田は何となく後ろめたい気分になってきた。これではまるで、いじめっ子ではないか。

沖田は西野の腕を引き、さらに神社の奥の方へ進んだ。こういう場所で罪の告白をさせるのはいかがなものか……西野自身はどう感じているだろう。沖田自身は、宗教的なものに一切関心がないのだが、何となく背筋が伸びる感じがする。神社の中で、平然と嘘をつけるか？　あんたは署長として、この神社ともつき合いがあるはずだ。

「二十一年前の事故について、今ここで俺から話す必要はないでしょう」

「話すことは——私もない」

「だったらどうして、俺を尾行していた——花山に尾行させたんですか？　あの男もいい迷惑だ。所属長でもないあなたの命令でタダ働きですか……ひどい話ですね。いや、トンカツはあなたが奢《おご》ったんですか？　それにしても、ずいぶん安いお駄賃だと思いますがねえ」

暗闇の中、西野の顔が紅潮した。焦っている——沖田は叩みかけた。

「花山も散々な目に遭いましたね。我々に小突き回された挙句、手錠をかけられ、捜査一課の取調室に放りこまれて、散々絞り上げられたんですから。刑事としては恥ですし、トラウマになるでしょう」

「そんな話は聞いていない」

「当然です。喋らないように、念押ししましたから。気の弱い男ですねえ。俺に言われたことを素直に守っていたんでしょう。その結果、あなたは今夜、ここへおびき出されたんです」

「貴様……」西野がぎりぎりと歯ぎしりした。「どういうつもりだ！　何の権利があってこんなことをやってる！」

「追跡捜査係として、業務細則に決められた通りの仕事をやっているだけです。未解決事件の再捜査です」

「一課の下にぶら下がっている係が、どうして交通事件に首を突っこむ？」

「それが、一課の扱う事件に関わっている可能性があるからです。いや、間違いなく関わっていると俺は睨んでるんですけどね」沖田は耳を掻《か》いた。馬鹿にしたような仕草は西野を苛つかせ、本音を引き出してくれるかもしれない。

「きちんと整理して話しましょうか？　二十一年前、草間代議士――先代と、現在の草間宗太郎代議士が同乗した車が事故を起こしました。被害者は、暴力団の周辺にいる人間でした。結構な重傷で、十ヶ月経ってもまだリハビリが必要なほどだったんですけど、どうも事故を起こした草間は、正式に一一〇番通報する前に、警視庁の然《しか》るべき立場の人間に連絡したようなんです。代議士ですから、色々な所に顔が利くでしょう？　その然るべき立場の人は、すぐに豊島中央署の交通課に、事故を揉み消すように指示した。その指示は、交通課長から係長のあなたに降りてきて、あなたは現場に出ていた若い警官に揉み消しの方法を指示しました」

「私は何も言わない」

「この工作には漏れがありました。当時、現場には三人の警察官がいましたが、そのうち交通課の最年少だった森野さんは、現場を外れて病院へ向かうように指示を受けたんです。隠蔽は、できるだけ少人数でやった方がバレない――その考え方は理解できますし、間違ってはいない。しかし、事故調査から外れた森野さんは、それをおかしいと考えて、自分で事故の様子を調べ始めていたんです」

「二十一年も前のことを……証拠も何もないだろう」

「詳細なメモが残っていました。事故現場の写真も」

「事故などなかった」

「いい加減にしましょうよ」沖田は強い言葉を叩きつけた。「森野さんが、あなたを貶《おとし》めるためだけにこんなことをしたとは思えません。彼なりの正義感で、情報を収集していたんです。その後異動などがあったりして、調査は途中で中断しましたが」

「二十一年前のことを、今になって改めて処理できると思っているのか？」

「交通事故については、処理は難しいかもしれません。しかしその後のことについては、我々は命を賭けても立件します」

「その後——豊島中央署とは関係ないだろう」

西野が強い口調で言ったが、沖田と目を合わせようとはしない。合わせられない理由がある、と沖田は確信した。

「あなたは間もなく定年で辞める人だ。辞めたらそれで逃げ切り、と思っていますか？　立件できなくても、事実を明かすことはできますよ。監察も独自に調査して、遡《さかのぼ》って処分を検討するかもしれない。そうなったら、あなたの立場はどうなるでしょう。無事に退職金はもらえますかね」

「脅すのか？」

「ええ」沖田は認めた。「脅してます。事実を知るためです。何だったら、もっと直接、暴力的な手段に出てもいい。ただそれをやると、俺の調査自体が問題になりますからね」

「当たり前だ」

「政治家に頼まれて、法を曲げる行為をして、何かいいことはありましたか？　その後何らかの便宜を図ってもらったり、出世にプラスの影響があったりしましたか？　ないでしょう。政治家にとって、警察官なんてゴミみたいな存在です。餌《えさ》をやる必要もない——警察に関しては、幹部を一人摑まえておけば、組織全体を動かせるはずです。その幹部とは誰だったんでしょうね。当時の警視総監や副総監ですか？　それとも警察庁の人間ですか？」

「俺は直接指示を受けていない！」

沖田は、開きかけた口を閉ざして西野を睨んだ。即座に失敗に気づいたのだろう、西野の顔色が蒼褪《あおざ》める。

「偉い人からは、直接の指示は受けていない、ということですね」沖田は念押しした。

「誤解だ」西野の額には汗が浮かんでいた。

「では、誤解を解いて下さい」沖田は両手を広げた。「指示を受けてない、というのはどういう意味ですか？」

「言い間違えただけだ」

「だったら、正確にお願いします。署長は、しょっちゅう訓示もしてるでしょう？　言葉を大事にする仕事のはずですよね。言い間違えはまずいんじゃないですか？」

西野が黙りこむ。何も言えまい……しかし、もう一押しが必要だ。西野の口から完全自供を得られない限り、この件はこれ以上、先へ進めない。

スマートフォンが震え出す。こんなタイミングで何だ！　瞬時に怒りが沸騰したが、それで一瞬の油断が生じた。沖田が気を取られている隙に、西野が急に踵を返して駆け出したのだ。

「おい！」

沖田は叫び、西野の後を追い始めた。しかし、速い――定年間近の人間とは思えないスピードで、普段から走りこんでいるのは明らかだった。沖田は何とか引き離されずについて行ったが、西野はついに、自分の城である表参道署に裏口から飛びこんでしまった。クソ――この中までは追いかけられない。沖田は呼吸を整えながら西野の背中を睨みつけ、西川に電話をかけた。

「逃げられた」

「何やってるんだ！」西川の怒りが爆発した。

「それは……」スマートフォンに気を取られたから、とは言えない。こんなことで集中力を欠いたら、刑事失格である。「とにかく、署に逃げこまれた」

「これでもう、引っ張り出すチャンスはなくなったぞ。もう一歩だったのに」

「聞いてたか？」

「当たり前だ。上の人間の関与をうかがわせるような発言だったじゃないか。名前でも引き出せれば、一気に攻めこめたかもしれないのに」

「……分かってる」

「今、どこにいる？」

「表参道署の裏口だ」

「そっちへ行く。待ってろ」

電話を切り、沖田は暗い空を仰ぎ見た。千載一遇のチャンスを逸したか……しかし気を取り直してスマートフォンを操作し、着信を確認した。俺の仕事を妨害したのは、どこのどいつだ？

予想もしていない相手だった。意図が読めない。メッセージも残っていない。沖田は、反射的に電話をかけ直した。これが突破口になるとは思っていなかったが——予想は外れた。いい意味で俺の勘は狂っているな、と沖田は皮肉に思った。

戸越銀座。既に午後十一時半……この時間だと、もう辻が好きそうな喫茶店は開いていない。それを見越してか、彼は一軒のバーを指定してきた。

薄暗い店内には客の姿はなく、沖田は一瞬、辻に騙《だま》されたかと疑った。しかし実際は、辻はボックス席に一人で落ち着いていた。背が高い席なので、彼の姿は隠れてしまっていたのだ。

沖田は、彼の前のシートに滑りこんだ。

「一人か」警戒した口調で辻が訊ねる。

「ご覧の通りです」

「どこかに誰かが隠れているのでは？」

「いませんよ」

「マイクは使ってないのか？」

「辻さん、疑り深いのは昔と変わりませんね」沖田は背広の前をぱっと開けて見せた。こんなことをしても、マイクがないという証明にはならないのだが。「この通りです」

実際、西川は家に帰したのだ。表参道から戸越銀座に移動する途中には、西川の自宅の最寄駅近くを通る。辻が沖田に出してきた条件は「一人で来ること」だったし、沖田が辻と二人きりで会っている時に、どこかで待機していてもらうのも馬鹿らしかった。二人のうち一人は、多少は体を休めておいた方がいい――沖田の勧めに、西川は素直に従った。実際に、疲れきっていたのかもしれない。

「こんな時間にいったい何事ですか」沖田は用件を聞いていなかった。辻も「会ったら話す」と言うだけだった。

「すまん」辻がいきなり頭を下げた。テーブルにくっつきそうなほどの平身低頭ぶりだった。

「辻さん――」

「お前に嘘をついた――ずっとついていた」

「二十年前のことですか？」

顔を上げた辻が、無言でうなずく。沖田は、頭にずっと引っかかっていたものが外れ、かつんと音を立てて床に落ちるのを聞いたような気がした。

「とにかく、何か呑め」辻が震える声で言った。

「辻さんは何を呑んでるんですか」ハイボールに見える背の高いグラスが、彼の目の前にあった。

「ハイボールだ」

「だと思いました……同じものにします」

客が他にいないので、沖田は手を上げ、大声でハイボールを注文した。すぐに、ハイボールとナッツの盛り合わせが運ばれて来る。沖田はナッツを乱暴につまみ、口に放りこんだ。様々なナッツが混じり合って複雑な味になり、口の中に塩気が広がったところで、ハイボールをぐっと一口呑む。

「嘘の話ですが」

沖田が本題に斬《き》りこむと、辻が無言でうなずいた。これは罪の告白なのか？　沖田は身構え、彼の言葉を待った。しかし辻は何も言わぬまま、ハイボールのグラスに口をつけた。手が震えており、彼の緊張が痛いほど伝わってくる。

「二十年前の加山の自殺——あれは自殺じゃなかったんでしょう」

「分からない」

「分からない？」

「捜査は行われなかった――だから、自殺なのかそうじゃないのか、判断はできない」

「捜査せずに自殺ということにした――そうなんですね？」

沖田は確認した。辻がまた何も言わずに首を縦に振り、グラスをそっとテーブルに置いた。依然として手は震えており、置くだけでグラスががたりと重い音を立てる。

「この件で俺は、最初に辻さんに話を聴きました」

「俺がスタートラインだったのか。あまりいい条件じゃなかったな」

辻が皮肉っぽく言ったが、沖田は無視した。これは、皮肉や冗談で済まされる話ではないのだ。辻は緊張を解《ほぐ》すためにわざとこういう喋り方をしているのだろうが、もう少し深刻に捉《とら》えてもらわないと困る。

「あの後、いろいろ調べました。妨害工作――それほど露骨なものではなかったですけど、監視もされました。この件が表沙汰《おもてざた》になると困る人間が、警視庁の中にはまだ何人もいるようですね」

「ああ」

「でも、筋は読めています。発端は、加山が死ぬ十ヶ月ほど前に起きた交通事故でした」

沖田は低い声で説明を始めた。グラスの中で氷が溶けて傾く音が聞こえるほどだったが、自分の言葉は全て辻に届いている、と確信する。辻は瞬《まばた》きさえほとんどせず、沖田の顔を凝視している。

「筋は合ってる。ただし、細部が抜けてるな」

「何しろ、協力してくれる人がほとんどいないので」沖田は皮肉を吐いた。

「俺が補ってやれると思う」

「辻さん、全部知ってるんですか？」

「全部かどうかは分からん。それに、仮に証拠が揃《そろ》ったとしても、今更立件できるかどうか」

「それは……そうなんですが」沖田は自分の声が頼りなく揺らぐのを感じた。捜査は難しいだろうし、この件を表沙汰にすれば、恥をかく人間がたくさんいる。追跡捜査係としては、何が正しいやり方なのだ？　どうやったら加山の無念を晴らせる？　いや、そもそも加山に同情すべきかどうかも分からない。

「辻さんは、何を知ってるんですか？」

「隠蔽は行われた」辻ははっきりと認めた。「さる筋から命令が出た——本部のずっと上の方で、俺は具体的に誰かは知らないが」

　また「偉い人」か。草間の事故を隠蔽するように命じた人間と同一人物だろうか。

「自殺は自殺。そう決まったら、あとはどうしようもない」

「解剖で分かりそうなものですけどね」

「解剖では分からないこともある。解剖は、法医学的に判明したことを俺たちに明かすだけで、事件の解釈はしないだろう」

「まあ……そうですね」

「上が『自殺だ』と決めてしまえば、部下は逆らえない。逆らったのはお前だけ——いや、お前だけじゃない。俺もそうだった」

「辻さんは何も言わなかったじゃないですか」

辻が緊張を解き、ふっと笑った。何だか馬鹿にされているように感じ、沖田はむっとした表情を浮かべたが、無視された。

「駆け出しの頃のお前は、本当に使えなかったな」

「そりゃどうも、すみませんね」

「思ったことは何でも口にする、上には平気で反抗する——もっと上手く立ち回ればよかったんだよ。面従腹背って言葉、知らないのか」

「知ってますけど、そういうのは俺のポリシーじゃないんで」

「大人になれ——今更遅いかもしれないが、とにかく表面上は上司の言うことを黙って聞いておいて、何か疑問があれば裏で調べればいい。素直に命令に従えば——従ったふりをすれば、疑われないからな」

「それで?」

「ある程度は結論に達したと思う」

辻が、まるで昨日調べたことのように、はっきりした口調で説明し始めた。もしかしたら辻も、「真田文書」のようなものを持っているのかもしれない、と沖田は考えた。話を聴くうちに、沖田の推理に空いていた穴——大きく、数もかなりあったが——が埋まり始める。聴き終えた時には、興奮で顔が熱くなっているのを感じた。

「お前の捜査と比べてどうだ」

「俺の捜査なんか、お話になりませんよ。やっぱり、発生直後の熱いうちに調べないと駄目ですね」

「冷えた事件を再捜査するのが、今のお前の仕事だろうが……しかし俺も、一番重要なポイントには辿りつけなかった」

「犯人の正体、ですね」

辻が何も言わずにうなずく。その顔には、現役の刑事の表情——犯人を逮捕できなかった悲しみが浮かんでいた。

「しかも俺は、捜査を途中で辞めざるを得なかった」

「圧力があったんじゃないんですか？」

「俺は、課長から忠告を受けた」

「何で俺に話してくれなかったんですか？」沖田はかすかな怒りを感じながら言った。「俺の疑問に同調したんでしょう？　二人がかりだったら、もっと早く、深く捜査できたかもしれない。犯人に辿り着けた可能性もあるんですよ」

「お前を巻きこむわけにはいかなかったからだ」辻がゆっくりとうなずく。「俺はお前を買ってたんだぞ？　将来のある人間を、あんなことで潰すわけにはいかなかった。一度上から目をつけられたら、若い刑事はおしまいだからな」

「あんなこと？」沖田は目を剝いた。「あんなこと、じゃないでしょう。絶対に許されないことですよ」

「そうであっても、だ。俺なりにいろいろ計算した結果だった」

そう言われると、それ以上非難も反論もできない。その代わりに、沖田は別の質問を持ち出した。

「どうして、二十年も経ってから話す気になったんですか？　しかも一回は、俺の疑問を否定している」

「否定せざるを得ないだろう」辻が真顔で言った。「突然あんな話を持ち出されて、素直に全部話せると思うか？」

「話して欲しかったですね」小さな怒りをこめて沖田は言った。「最初に話してもらえれば……一人、命を落としかけたんです」

「知っている」

辻がうなずき、沖田は一瞬で顔から血の気が引くのを感じた。まさか……しかし辻の説明は、沖田の疑念を裏づけた。

「俺は、話すつもりはなかった。お前には怪我して欲しくなかったからな。しかし、それができない状況になってしまった。森野には申し訳ないことをした」

「知り合いだったんですか？」

「一時、所轄で一緒でね。気のいい男で、よく一緒に呑んだ。酔っ払って話しているうちに、あいつが豊島中央署の交通課にいた時にあの事件に遭遇して、疑問を持って調べていたことが分かった。ただし調査は途中で中断した。つまり――」

「辻さんと一緒ですね」

「ああ。俺たちは二人とも、中途半端な仕事しかしなかったわけだ……お前が接触してきた時、俺はすぐに森野に連絡を取った。追跡捜査係が気づくかもしれないが、どうする、と。相談しても答えは出なかったが、森野はお前に話す決心を固めたんだろう。俺の一言が引き金になったんだ」

「ところが、どこかから情報が漏れていた。それで森野さんは追われ、その結果、事故に遭った」

辻が無言でうなずく。沖田はその目に、真剣な光を見た。

「森野から連絡があったんだ。病室からわざわざ電話を入れてくれた」

「いつですか？」

「まさに今日、だ。森野と話して……俺はお前に真相を打ち明けるべきだと思った。自分の弱さに気づいたよ」

「ありがとうございます」沖田は素直に頭を下げた。調べる方からすれば、秘密を呑みこんで喋らない人間のことは、つい卑怯《ひきょう》だと考えがちだ。しかし、秘密を持った立場で考えれば……話すには大変な勇気が必要になる。それこそ、人生を賭けるような勇気が。

「事件の全体像は読めました」

「どうする？　立件できないんじゃ、これ以上どうしようもないだろう」

「お灸《きゅう》を据えることはできますよ」

「誰に？」辻が目を細める。

「一番悪い奴に」

「まさか……」辻の顔が蒼くなる。「草間を何とかしようと思ってるんじゃないだろうな」

「思ってます」

「危険過ぎる」辻が慌てた様子で首を左右に振った。「怪我するだけじゃ済まないぞ」

「辻さん、保険になってくれますか？」

「俺が？」

「もしも俺の身に何かあったら、この事実を世間に公表して下さい。新聞も週刊誌の連中も、喜んで飛びつきますよ。立件できなくても、相手に確実にダメージを与えることができる」

「しかし……」

「もしも、です」沖田は繰り返した。「何とかしますよ。怪我しないように上手く立ち回るのは、苦手じゃないですから。それよりもう一つ、教えてもらえませんか？」

「これ以上、何もないぞ」辻がすっと身を引いた。「絞っても、水一滴出ない」

「推測でもいいんです。草間が泣きついた『偉い人』は誰なんですか？」

辻はしばし躊躇っていた。しかし最後は「あくまで推測だが」と慎重に前置きした上で、一人の人間の名前を明かしてくれた。

これが本当だったら——事態はさらに厄介になるばかりだ。

7

深夜に近い時間帯だったが、沖田は西川の家を訪ねた。ここへ来るのは初めて——最近は、同僚や上司の家へ行く機会は滅多にない。沖田が若い頃は、後輩を集めて自宅で宴会をするのが大好きな上司も少なくなかったのだが……最近は少数派だ。仕事が終わった後の時間帯は、あくまでプライベートなもの、という意識が全世代で強くなっている。

ジャージの上下という気楽な格好で出迎えてくれた西川は、普段に比べてひどく弱く見えた。家にいると、誰でも一枚、鎧《よろい》を脱ぐのだろう。西川の場合は、その鎧が人より分厚いのかもしれない。

通されたのは、階段下にある狭いスペースだった。縦に長い二畳ほどの部屋……これが有名な西川の書斎か。こんな狭いスペースでよく我慢できるものだと不思議に思ったが、狭い方が集中できる人間もいるのだろう。

西川は部屋の奥にあるデスクにつき、極めて慎重に、ゆっくりと椅子を回転させて沖田と向き合った。左右に本棚が迫っているので、普通に椅子を回すのさえ大変なようだ。

「遅くに悪いな」沖田はまず謝った。

「いや、明日の朝聞くよりはいい……聞かせてくれ」

沖田は、今夜一気に埋まった穴を含めて、自分の推理を話した。西川と違って、こういう話をコンパクトにまとめるのは苦手なのだが、西川は我慢して聞いてくれた。彼自身、この答えを待っていたのだと思う。

「黒幕……というか、その『偉い人』はやば過ぎるな」西川は即座に結論を下した。

「ああ」沖田も認めざるを得なかった。

「そこには手を出さないようにしよう」

「そこに手を出さないということは、警察側の責任は問わないことになるぞ。警察側のトップだった人だからな」

西川の眉間《みけん》に皺が寄る。この件でずっと悩んでいたのは間違いない。やがてゆっくりと息を吐くと、悲しげな表情を浮かべて喋り出した。

「いろいろ考えたんだ。もしも、現職の署長レベルの事件だったら、監察に通告して処理を任せて、俺たちは事件そのものの再捜査を担当すればよかったと思う。ただ、相手がでか過ぎる。また隠蔽工作されるぐらいならともかく、俺たち自身が危なくなるんじゃないか？」

沖田は唾《つば》を呑んだ。そんなことは分かっている――ちょっと前の自分なら、啖呵《たんか》を切って「やってやる」と息巻いただろう。しかし今の自分には、守るべき人間が増えた。無茶はできない。弱くなったとは思いたくないが、これからは周りを見て慎重に振る舞うことが求められるだろう。人生は新しいフェーズに入るのだ。

「草間は？」沖田は訊ねた。

「草間だけ攻める——そうすれば、『偉い人』にも話が届くだろう。正直、それで大人しくしていてくれれば十分だ」

「それでいいのかよ」沖田は抗議した——しかし形だけだった。まずは、自分たちが生き延びることを考えなければ。

「潰されたら何にもならない。俺たちの身の安全を確保するためには、『偉い人』に大人しくしていてもらうのが一番いいんじゃないか？　言ってみれば、恐怖の均衡だ。向こうはいつでも俺たちを潰せるかもしれないが、俺たちは真相を握っている——それを、確実に相手の頭に染みこませて、保険にする」

「俺は、どうしても欲しいものがある」

「——加山を殺した犯人か」

「ああ」沖田は素早くうなずいた。「そいつがまだ生きているかどうかも分からないし、見つけてどう処理するかもまだ決めていない。だけど、犯人の名前も知らずに終わらせるわけにはいかないんだ」

「そのことはもう少し考えよう。とにかく今は、保険になる味方を増やしておきたい」

「辻さんには託したけど……」

「OBでは無理だ」西川が力なく頭を左右に振った。

「現職だと……鳩山さん？」

「追跡捜査係の人間には託せない。連中は、どこかに真相が埋もれていると思ったら、まず追跡捜査係に突っこんでくるだろう。すぐにバレるよ」

「じゃあ、どうする」沖田は唇を尖らせた。

「他にも信頼できる仲間が何人もいるじゃないか。そういう連中に真相を託しておこう。俺たちの身に何かあったら、確実に動いてくれる連中に」

「一課なら大友鉄だな。それと、ちょっと頼りないけど、一之瀬《いちのせ》」一之瀬拓真《たくま》は若手の刑事で、沖田も西川もよく知っている。多少マニュアルに頼り気味なところはあるが、急成長株だ。それに何というか、刑事に一番大事なもの——「運」を持っている。

「一課ではその二人でいいだろう」西川はうなずき、名前を列挙し始めた。「飛び道具としては、被害者支援課の村野《むらの》、それに失踪人捜査課の高城《たかしろ》さん」

「高城さんは信頼できる」沖田は頬を緩めた。「あの人は曲者《くせもの》だけど、相手がどれだけ大物でも動じないからな。やるべきことはきちんとやってくれる」ついでに言えば、失うものはない——彼には、守るべき家族がいないのだ。

「最高の飛び道具としては、鳴沢《なるさわ》もいるけどな」

「鳴沢了《りょう》？」沖田は顔から血の気が引くのを感じた。「駄目駄目、あいつは忖度も根回しもしない。俺たちが書類を託したら、すぐに中身を見る。俺たちが無事でも騒ぎ始めて、誰かをぶちのめしに行くぞ。それで全てがぶち壊しだ」

「線香花火をやってるはずだったのに、結果的には記録的な大火になってるような男だからな」

苦笑しながら西川が同意した。鳴沢は一種のトラブルメーカーである。行く先々で大きな事件をほじくり返すのだが、あまりにも騒ぎが大きくなるので、どこへ行っても敬遠されている。実績はあるのに、一度も本部の捜査一課での勤務経験がないのは、それ故だろう。要するに「疫病神」扱いである。

「分かった。だったらその四人だな」沖田はうなずいた。「託す文書を作らないといけないな」

「真田文書じゃなくて、何か別の名前を考えておいてくれ」

「名前なんか、どうでもいいよ」

西川がまた苦労して椅子を回し、デスクに向き合った。ノートパソコンに向かい、早くもキーボードを叩き始める。今夜はほぼ徹夜になるな、と沖田は覚悟を決めた。覚悟を決めると同時に、恐怖が喉元に上がってくるのを意識する。唾を呑もうとして、上手くいかない。

「正直、俺は怖い」

「ああ?」沖田の言葉に反応して、西川が振り向く。

「実は……響子が妊娠した」

「何だって？」西川が声を張り上げた。「いつ分かったんだ？」

「つい最近」

「どうするんだよ。結婚するかどうかも決まってないのに……順番が逆だろうが。こんなことは言いたくないけど、厄介になるだけだぜ」

「分かってる。向こうの実家の問題、啓介の問題、解決しなくちゃいけないことは山積みだ。だけど、そんなことはどうでもいいんだよ。俺は産んでもらいたいんだ」

「じゃあ、気合いを入れていくしかないな」西川が微笑《ほほえ》んだ。「子どもができると、人生は変わるぞ。知ってるか？　一之瀬のところも女の子が生まれたそうだが、えらく張り切ってる」

「いや、俺は怖いんだ」

「怖い？　父親になることが？」

少しだけ躊躇った後、沖田は首を横に振った。

「それは怖くない。もちろん、子どもができるのは初めてだけど、嬉《うれ》しいことだ……と思う。でも、俺の身に何かあったらと想像すると怖くなるんだ。響子は子ども二人を抱えて、一人で生きていかなくちゃならなくなる」

「怖がり過ぎだろう」

「今回の件でも？」

沖田の問いかけに、西川が黙りこんだ。

「結婚もしてないのに変かもしれないけど、俺が死んだらと考えると、本当に怖い。俺自身が死ぬことは何とも思わないけど、残された人のことを考えるとな……」

「それだけ大事な人になったんだろう？　響子さんとも長いからな」

「長過ぎたよ。もしももっと早く決心を固めて結婚していたら、ここまで怖くなかったかもしれないけど」

「家族は難しいよ」西川が溜息をつく。

「お前も、何かあったのか？」このところ、西川がずっと調子を崩していた——いつもの彼らしい切れと慎重さがなかったことを思い出す。

「嫁さんの父親が亡くなったんだ」

「それ、もうずいぶん前の話じゃないか？」

「ああ。とにかくそれ以来、義理の母の調子がよくない。精神的にだいぶ参っていて、一人で生活していくのが厳しい状況なんだ。それで今、週に一回、嫁が実家に戻って面倒を見てる」

「週一回静岡に？　そいつはきついな」

「肉体的精神的にきついし、財布にも厳しい。引き取って、この家で面倒を見たいぐらいなんだけど、義理の母は抵抗してるんだ」

「年寄りは、環境が変わるのを嫌うからな」

「……というわけで、あれこれ考えることが多いんだ」

「それじゃあ、調子も出ないはずだ」納得して沖田はうなずいた。

「そんなに調子悪かったか？」

「普段のお前からすると、半分だね」

「それじゃあ、まるっきり役立たずだ」西川が眼鏡を外し、目を擦った。「しかしこの歳になっても、新しいことが始まるもんだな」

「そうだな」沖田は首を二度、縦に振った。まさに新しい人生。こんなことになるとは、数年前には思ってもいなかった。「人生、何があるか分からない。でも、目の前の仕事には全力を尽くすしかないな」

「そして、どんな仕事であっても怪我をしないことが大事だ」西川が眼鏡をかけ直して言った。

「怪我は……覚悟しなくちゃいけないだろう」

「俺はごめんだね」西川が真顔で言った。「これから作るデータを人に託すのも、怪我を避けるためだ。あとは、話術で何とかするしかない――相手をどれだけビビらせることができるかが大事だ」

「それで、こっちの目的を果たせるかどうかね。たかが警視庁の刑事が喧嘩するのに、でか過ぎる相手じゃないか？」

「何だよ、子どもができると、考え方が小さくなるのか？」

「俺は別に――小さくまとまった人生になんか興味はない」沖田は虚勢を張った。

「そうか……とにかくこれからデータを作ろう。お前、今日はうちに泊まっていけ」

「いや、本部にでも泊まるから」人の家に——響子の家は除く——泊まることには抵抗がある。

「馬鹿言うな。俺たちには時間がないんだ。明日の朝一番で動くには、お前にここに泊まってもらった方がいい」

「……分かった」そう言われると拒否もできない。

二人はそれから二時間ほど、データの整理——結局「草間文書」と名づけた——に集中した。密室の書斎の中とはいえ、あれこれ話しながらやっていたので、結局途中で気づいた美也子が起き出してしまった。空いている和室に布団を敷いてもらい、そこで寝ることになったのだが……やはり落ち着かず、眠りは遠かった。明日の作戦を考え、自分と響子、それに産まれてくる子どもの将来を思い、他にも様々な考えが頭の中を駆け回って、眠りを妨害する。

それでも人は寝る。沖田は馴染《なじ》みの音——腕時計のアラームの「ジー」という不快な音で起こされた。何で時計の名前が「クリケット《コオロギ》」なのだろうと、アラーム音を聞くたびに疑問に思う。この音は、コオロギの鳴き声とは似ても似つかない。

六時半か……沖田はすぐに布団から抜け出し、大きく伸びをした。布団をきちんと畳み、昨日一日着ていたシャツにまた袖《そで》を通す。響子に電話して話したいと強く思ったが、さすがにこの時間だとまだ早過ぎる。昨夜、空き時間に話し、病院で「間違いなく妊娠している」と診断を受けたことを聞いた。本当なら、昨日も一緒にいて祝い、将来のことを話し合わねばならなかったのに……こうやって、彼女に対する俺の負債は増えていくのだろう。

さて、どうしたものか。のこのこリビングルームに出て行くのも何だか間が悪い。かといって顔も洗わず、黙って立ち去るわけにもいくまい。しばし部屋の中央で立ち尽くしていると、ドアが開いて西川が顔を見せた。既にワイシャツにズボン姿で、ネクタイを締めれば出勤準備完了だった。

「朝飯、できてる。食べていけよ」

「いや、悪いから」

「飯抜きで叩き出す方が変だろう？」

「まあ……そうだな」

決まり悪い気分のまま、西川についてリビングルームに向かった。隣のダイニングルームで、美也子が既に朝食の準備を整えてくれていた。

「パンだけど、いいですか？」

「何でもありがたいですよ」沖田は精一杯愛想のいい笑みを浮かべてテーブルについた。三人……。「竜彦は？」

「まだ寝てるよ」西川が苦笑する。「大学生が、こんな早くから起きてたらおかしいだろう。それにちょっと風邪気味でね」

「そうか……しかし、竜彦ももう大学生か」

「時が経つのは早い」

「俺たちも歳をとるわけだ」

「それを言うな」

分厚いトーストにハムエッグ、サラダの朝食だった。あとは野菜ジュースとコーヒー。まだ顔も洗っていなかった沖田は、少しでも目を覚まそうとジュースを口に含んだ。ジュースというとさらりとしたイメージだが、粘度が高く、ハンバーガーショップで飲むシェイクのような感じだった。

「これは……栄養価が高そうだな」何とも言えない味に顔をしかめながら、沖田は言った。

「スムージーですよ。豆乳とヨーグルトと……あとは人参なんかも入っています」美也子が説明してくれた。

「へえ、これが」沖田にとっては、名前だけは知っているが実態を知らない物の一つだった。入っている野菜は人参だけではないようで、かすかに青臭い。色合いは、人参のおかげかオレンジジュースのようなのだが……まあ、体にはいいだろう。

スムージーで食欲が刺激されて、猛然と食べ出す。最近は響子のところで朝飯を食べることも多いが、基本はずっと一人暮らしで、朝食は摂らずに済ませてきた。朝飯というのも、それぞれの家でずいぶん違うものだな、と実感する。

コーヒーはさすがに美味かった。西川がいつもポットに入れて持ってくるコーヒーを飲ませてもらって、その美味さに驚いたことがあるが、今飲んでいるのは淹れたてだけにさらに美味い。これはもはや、プロの味だ……。

「コーヒーのおかわり、どうですか」美也子が勧めてくれた。

「いただきます」

二杯目も美味い。これで完全に気持ちが落ち着いてしまった。コーヒーというと目が冴える感じだが、鎮静効果もあるようだ。昨夜からささくれだっていた気分が、今一気に癒《いや》された感じである。西川が今馘《くび》になっても、この夫婦は食べるのには困らないだろう。美也子が喫茶店を始めればいい。

「さて」西川が立ち上がった。「ちょっと早いけど、出かけるか」

「ああ」

美也子に見送られ、家を出る。最寄駅までは歩いて十分ほど——「十分だ」と西川から聞いてはいたが、実際には十分かからなかった。今日の俺たちは、普段の一・二倍速で動いているようだと沖田は思った。

いつもより早めに出勤したので、追跡捜査係にはまだ誰も出勤していなかった。誰も来ないうちにさっさと「保険」の作業を終わらせようと、沖田と西川は手分けして庁内をこそこそと動き回った。沖田は捜査一課で、出勤してきたばかりの大友と一之瀬にメモを渡した。ベテランの大友は勘良く、何となく事情を察してくれたが、一之瀬はそうはいかない。「何なんですか」としつこく聞いていた。誰に聞かれているか分からない状況で答える訳にもいかず、沖田は「遺書だよ」とだけ言い捨てた。それで一之瀬の表情は、さらに怪訝そうになったのだが。

西川が総務部の被害者支援課に回り、戻って来て親指と人差し指で「ＯＫ」のサインを作る。これで後は、千代田署に寄って、そこに間借りしている失踪課一方面分室に寄るだけだ。高城に会ったら、その足で東京駅へ向かう。

「高城さんに、土産《みやげ》はいらないかな」西川が真顔で言った。

「『角《かく》』か？　この辺で酒を売ってる店なんかないぞ」高城に頼みごとをする時は、サントリーの「角」一本を届けるのが内輪のお約束だった。

「今回は頭を下げるだけで何とかしてもらうか」西川が引いた。

「ああ」

それから最大の問題——鳩山への通告に取りかかった。この件は正規の仕事とは言えない。あくまで自分たちが勝手にやっていること……いつも適当な鳩山だが、この件だけは、上手くやらないとストップをかけるだろう。

「ちょっと静岡に行ってきます」沖田は切り出した。

「何でまた？　空振りしてきたばかりじゃないのか？」

昨日の浜松出張については、あくまで一般的な情報収集、ということにしておいた。結果は「何もなし」。そんな状況で、立て続けに出張となったら、いかに呑気な鳩山とはいえ怪しむだろう。

「情報を再検討したら、ちょっと事情聴取する必要のある相手が出てきましてね。ま、一日仕事ですよ。もしかしたら、向こうに泊まるかもしれませんが。明日は土曜日ですからね」

「その出張はちょっと……理屈をつけられないんじゃないか?」

「必ず何か持ち帰りますよ」沖田は肩をすくめた。「精算は早めにやりますから」

「そういう問題じゃないんだが」

鳩山が渋い表情を浮かべたが、二人は無視してさっさと追跡捜査係を出た。歩いて千代田署に向かい、高城と面会する。簡単に事情を話しただけだが、高城はこの件に含まれる深い問題を鋭く察知したようだった。

「俺のところににケツを持ってくるな」高城がむっとした表情を浮かべる。

「高城さんしか頼む人がいないんで」沖田は他にもデータを渡していることは黙って、さらりと言った。

「勝手なこと言いやがって」高城の表情は暗い。「『角』一本、貸しだからな」

「分かってますよ。ちゃんと手帳に書いてありますんで」

適当なやり取りだが、高城は何となく分かってくれたはずだ。彼は基本的に酔っ払いだが、沖田が知る中で、一番人の気持ちを読むのが上手い人物である。

出て行こうとすると、「おい」と呼び止められた。

「無茶するなよ……いや、死ぬなよ」

何という嫌なことを。しかし、彼にそう言わせるほど、自分たちの顔には「死相」が浮かんでいるのか？

8

政治家の世界には「金帰月来」という言葉がある。金曜日、国会が終わると同時に地元に戻り、土日は有権者への顔見せに終始して、月曜にはまた東京へ戻って来る――実際にこんな生活を送っているなら、政治家というのは異様にタフな人種だな、と西川は呆れた。草間も、そういうタフな人間の一人だった。臨時国会中だが、スケジュールを調べたところ、夕方には東京を離れ、夜八時から地元有権者向けの「国会報告会」を開くことが分かった。実際には、地元有権者に直接利害関係があるような議題は上がっておらず、やはり顔見せ目的なのだろう。

「こんなに早く行かなくてもいいんじゃないか？」東京駅に着いた瞬間、沖田は言った。早く――確かに、まだ午後二時である。

「本番前に墓参りに行きたいんだ」

「墓参り？」沖田が目を細める。

「義父の。墓は静岡市にある」

「おいおい、何でこのタイミングでそんなことを」

「大事な時には――覚悟が必要な時には、墓参りするのも一つの方法だぜ」

「よせよ」沖田が嫌そうな表情を浮かべる。「覚悟って、何の覚悟だよ」

「冗談だ」西川は小さく笑って見せた。「東京にいると、どこから横槍《よこやり》が入るか分からないだろう？　逃げ出すんだよ。ついでに、浜松で餃子を食べてもいい。美味いぞ」

「何言ってるんだか」呆れたように沖田が肩をすくめる。

本当は、東京から離れることで、少し冷静になれるのではないかと期待していたのだ。草間と対決してどんな言葉をぶつけるかも大事だが、それ以前に、どうやって接触するかという大問題がある。草間は当然、どんな場所でも秘書を引き連れているだろうが、秘書もスタッフも排除して、個別に話をする機会を作らねばならない。そのための作戦が具体化していなかった。西野をおびき寄せた時に使った花山のような人間がいればいいのだが……今のところ、上手い手はない。

「家で待ってりゃいいじゃないか」西川の内心を読んだように沖田が言った。「今、どうやって話を聴くか、考えてたんだろう？」

「……ああ」西川は低い声で答えた。沖田ごときに見透かされるとは。

「自宅には、さすがに家族しかいないんじゃないか？　会場から家に帰ったら、インタフォンを鳴らせばいい。顔を見さえすれば何とかなるだろう」

「それしかないか……」西川は顎《あご》を撫《な》でた。「分かった。それでやってみよう。その前に、やっぱり墓参りに行きたいな」

「よせよ」

「いや、しばらく行ってなかったんだよ。不義理はまずいだろう」

「しょうがねえな……つき合うよ」

変なところでつき合いがいい男だ。しかし西川はほっとした。墓の前で手を合わせると、何故か心が落ち着く。義父が知恵を授けてくれるとは思えなかったが、今一番大事なのは心の平穏だ。

墓参りで、一時間ほどのタイムロスになった。それでもまだ、時間には十分余裕がある。最寄駅は東海道線の清水駅。このまま東海道線に乗って浜松までも行けるが、一時間半ほどかかるはずだ。急いでいるわけでもないが、現場にはなるべく早く入っていたい——二人は静岡駅で、東海道新幹線に乗り換えることにした。

「三十分だけ新幹線に乗るっていうのも、変な感じだよな」

沖田がぶつぶつ言ったが、西川は気にもならなかった。墓参りは効果抜群で、今ならどんなことにも心は揺らされない自信がある。義父とはそれほど親しかったわけではないが、向こうも元々は静岡県庁に勤めていた公務員である。基本的には穏やかな人で、話すと日々のささくれが治るような感じがしていたぐらいだ。こちらが迷惑するぐらい雄弁になるのは、趣味である地元の歴史研究について話す時だけだった。

死んでもなお、心の平穏を与えてくれるとは。

静岡駅のホームで新幹線を待っている時、西川のスマートフォンが鳴った。庄田からのメッセージ……何か起きたのかと思って慌てて確認すると、意外なことに、今日の草間のスケジュールが詳細に記されていた。

東京発十八時三分の「ひかり」の浜松駅着は、十九時三十分。報告会の会場は浜松駅から歩いて二十分ほど、浜松城公園の近くにあるホテルの宴会場だ。午後八時から一時間の予定で、その後の予定は未定——おそらく市内にある自宅に帰宅するものと思われる。

西川は沖田にメッセージを見せた。沖田がぎゅっと眉根《まゆね》を寄せる。

「うちの連中には何も言ってないよな?」

「ああ」

「何で漏れてるんだ?」

「分からん」西川は首を横に振った。こういうことをやりそうな人間は……。「外から入ってきた話かもしれない」

「高城さんだな」沖田が断じた。「真っ先にこういう余計なことをしそうなのは、あの人だ」

「まさか、表立って動いてるんじゃないだろうな」心配になって、西川は電話をかけた——追跡捜査係にではなく、庄田の携帯に。

「今のメッセージはどういう意味だ」西川は厳しい声で迫った。

「お役に立つかと思いまして」庄田がさらりと言った。

「首を突っこんで欲しくないんだ。だいたい、俺たちが何をやっているか、どうして分かった？」

「ネタ元は言えませんね」

「あのな……」西川は右手を広げて額を揉んだ。「冗談言ってる場合じゃないんだ。お前らには、この件には首を突っこんで欲しくない」強調するために繰り返す。

「首は突っこんでいませんよ。塹壕《ざんごう》に潜って、たまに首を出すぐらいです。必要なら、手榴弾《しゅりゅうだん》ぐらい投げるつもりですけど」

「ネタ元は高城さんか？」

庄田が一瞬黙りこむ。この正直者が……庄田は、平然とした表情で嘘をつくことができない。つい本音が態度に出てしまうのだ。

「……まあ、いい。とにかく、これ以上は余計なことをするな」

電話を切り、西川は沖田に向かって素早くうなずいて見せた。

「やっぱり高城さんか？」沖田が呆れたように言った。

「たぶん、な」

「『角』は反故《ほご》だな」沖田が鼻を鳴らした。「あの人、口が軽過ぎる」

会話は途切れたが、沖田は何となく腹の底に温かいものが流れるのを感じた。他の人間を巻きこむわけにはいかないが、自分たちを心配し、応援してくれる相手がいる。これから対峙するのが代議士であっても、心強い味方がいるだけで、何とかなるのではないかという気になってきた。

それから二人は、事務的な会話を進めた。浜松駅で移動用に車を借りること。今夜は東京へ帰れないかもしれないが、敢えて宿は確保しないこと——対決の後、できるだけ早く浜松から遠くへ離れる必要がある、ということで二人の意見は一致した。「浜松だったら、愛知県に出るのが早いぞ」

「県境を越えれば、追跡は難しくなるからな」沖田が指摘した。

「東京へ近づくためには、神奈川方面だ。愛知なんかでくたばりたくないよ」

「じゃあ、箱根辺りで湯にでもつかるか」沖田が呑気な口調で言った。

「日付が変わる頃に行っても、急に温泉宿になんか泊まれないぞ」

「だったら、今から予約しておくか？」

「キャンセルになる可能性もある」

沖田が目を細めて西川を睨み、「嫌なこと、言うなよ」とぼそりとつけ加える。

「俺は冷静なだけだ……空いてるビジネスホテルか何かで我慢しろ」

「しょうがねえな」

いつもの、反発し合いながらの軽いやり取り。ほとんど意味はないのだが、それで西川は心が軽くなるのを感じた。

作戦決行だ。

江戸時代の城は、現在でも様々に利用されている。天守閣があればそれだけで観光名所になり、そこを中心に公園として整備されているところも多い。浜松城もこの類《たぐい》で、天守曲輪《くるわ》と本丸が公園の中心になっている。

公園の広大な駐車場は利用せず、ホテルの駐車場に堂々と車を停めることにした。しかしトラブルを避けるために、ホテル側にはバッジを示し、「公務のため」と説明した。警視庁のバッジがどれほどの効力を発揮したかは分からないが、この頼みはあっさり聞き入れられた。もっとも今日は、ホテルの駐車場はガラガラだったのだが。

午後八時。西川が車に残り、沖田が一人で偵察に出かけた。すぐに電話がかかってくる。

「二階の『天将《てんしょう》の間』で始まってる」

「覗けないか？」

「馬鹿言うな」沖田が吐き捨てた。「顔を晒《さら》すわけにはいかないだろう」

「何人ぐらい集まってる？」

「分からん。ホテルの人に聞いたら、百人ぐらいは入れる中規模の宴会場らしい」

百人か……一人一人の顔をはっきり判別できる、ぎりぎりの人数ではないだろうか。ましてや草間にとっては、馴染んだ地元の人たちばかりである。知らない顔が見えたら、それだけで怪しむかもしれない。

「一時間、そこで監視できるか？」

「ああ。ありがたいことに喫煙スペースがある。いいホテルだ」

「それは関係ないだろう」

一人になり、西川は頭の中で話を持ち出す手順を考えた。状況によって、考えていた第一声も変えねばならない。しかし、向こうの正確な動きが読めない以上、どれだけシミュレートしても無駄になる可能性が高い。その場の状況で、アドリブでいくしかないだろう。西川が苦手な状況ではあるのだが。

八時四十五分、一台のワンボックスカーがホテルの正面に横づけした。制服のホテルマンが近寄って行って、一言二言会話を交わす。その顔には笑みが浮かんでおり、ドライバーは顔見知りのようだった。

西川はすぐにナンバーを確認した。庄田には余計なことをしないようにと釘を刺しておいたのだが、今度はさやかが、草間が地元で使っている車二台のナンバーを調べて伝えてきたのだった。今ホテルの前に停まったのは、そのうちの一台。おそらく、草間が普段の移動用に使っている車だろう。

しかしこれでは、追跡捜査係総出だ。

九時三分、沖田がホテルから出て来た。背中を丸め、早足で西川の車の方へ近づいて来る。助手席に乗りこむとほっと息を吐いた。

「終わった」

「あそこで停まっているのが草間の車だ」西川は前方のワゴン車を指差した。

「すぐ出て来るだろう。愚図愚図している暇はないはずだ」

ワゴン車がすっと前に出た。ちょうど正面入り口に横づけするよう、微調整した感じ。

西川は車と自分の腕時計を交互に見ながら、草間の「出」を待った。

九時五分、草間が出て来る。同行しているのは、若い男——地元の秘書だろうか。車に乗りこんだのは二人だけだった。運転手も含めて、向こうは三人。三対二で、どうやって話を進めるか……こちらが不利だ、と西川は心配になりながらエンジンをかけた。

「出るぞ」沖田が緊迫した口調で言った。

「分かってる」

西川はシフトレバーを「D」に入れ、ブレーキから左足を離した。慣れないレンタカーなので何となくぎこちない感じだが、市内で追跡するぐらいなら問題ないだろう。

草間の自宅へは、このホテルから車で十分ぐらいかかるはずだ。ワンボックスカーは西へ向かう。夜九時、まだ車も多いので、追跡にはそれほど苦労しない。向こうは絶対に気づいていないはずだ、と西川は確信していた。

「結構高級な感じだな」沖田が漏らす。

「浜松市内では高級住宅地じゃないか」沖田が指摘する通り、草間の自宅近くは一戸建ての家ばかりが集まる住宅地で、しかもそれぞれの家が大きい。

「この辺に住まないと、国会議員としては箔《はく》がつかないのかね」沖田が皮肉を吐いた。

「だろうな……行くぞ」

西川は車を路肩に寄せて停めた。道幅が狭いので、違法駐車するのは気が引けるのだが、この際しょうがない。二十メートルほど先では、ワンボックスカーが停まっている。家の様子までは確認できないが、草間が出て来るところは見えた。足取りはゆったりしており、貴重なプライベートな時間が始まるのを予感させる。

すぐには家に入らず、やはり車から下りた若い秘書と何事か話し始めた。雑談という感じではなく、もう少し硬い——仕事の話のような感じがする。やがて草間はうなずくと、家の中に消えた。秘書がそれを見送り、一礼してからワンボックスカーの助手席に乗りこむ。

車が走り出し、先の角で左に折れるのを確認してから、二人はレンタカーから飛び出した。沖田が先に立ち、ずんずん前に進む。家の前に立つと、何の躊躇いもなくインタフォンを鳴らした。

「おい」西川は様々な作戦を考えていたのだが、沖田は何の相談もなく勝手に動いている。

「正面突破が一番いいんだよ」西川の顔も見ずに沖田が言った。

無茶な……しかし、まずはドアを開けさせないと何も始まらないのは事実だ。

「はい」

太い男の声で返事があり、西川は緊張感が一気に頂点に達するのを感じた。いきなり本人が出てくるとは。

「警察です」

「警察？」

「ちょっとお伺いしたいことがありまして……開けてもらえますか？」

「警察が何の用ですか」草間の口調は丁寧だった。

「昨日、お父さんにお会いしましてね。その続きです」

かちり、と小さな音がした。インタフォンを切られた——このまま無視されるのではないかと思ったが、予想に反してドアはすぐに開いた。それを見た沖田が、西川に右手を差し出した。キーを受け取ると、レンタカーの方へ走って行く。一人で対決か……西川は唾を呑み、一歩前に進み出た。

「警視庁捜査一課の西川です。昨日、お父さんとお会いしました」

草間が、西川の全身を眺め渡した。初対面の人間に対する態度としては当然なのだが、妙にしつこい感じがする。六十歳にしては若い感じで、髪にも白いものはまったくない。まだ背広を着ていたが、がっしりした体格なのは分かった。寸暇を惜しんで鍛えているのだろう。プロフィール写真に、修整はないようだ。

「警視庁の人に用はないと思うが」

「お父さんから何も聞いていないんですか?」

「聞いた。馬鹿馬鹿しい」

「大田《おおた》さんとは古いお知り合いだそうですね。大学の同級生ですか? 四十年も前の関係が今も続いているというのは、なかなかすごいことですよね。エリート同士のつき合いというのは、こういうものですか?」

「何が言いたい?」

「大田さんとの件も含めて、確認させていただきたいことがあります」

その時、西川の背後で車が停まった。「尋問用」としてのレンタカーだ。

「家に上げていただければ助かりますが、いろいろご都合の悪いこともあるでしょう。車の中で話しませんか？」

草間が家の中に引っこんだ。ドアが閉まってしまう――クソ、拒絶か？　最初のハードルを越えられなかったら、この件は終わりだ。

しかし次の瞬間、ドアが再び開いて、草間が姿を現した。すぐに車に近づき、自ら後部座席のドアを開ける。広いワンボックスカーに慣れている人間にはきついだろうな、と皮肉に考えながら、西川は彼の横に腰を下ろした。

「吸っても構わないかな」車に乗りこんでの草間の第一声はそれだった。

「どうぞ。レンタカーですが、喫煙車を借りています」

草間が素早く煙草に火を点ける。狭い車内は、すぐに煙で白くなった――吸い方が忙《せわ》しないことに西川はすぐに気づいた。焦っている。現状を打破するためにどうすればいいか、迷っていると西川は踏んだ。

「話は二十一年前に遡ります。お分かりかと思いますが、池袋駅――あなたの東京の自宅近くで起きた交通事故のことです。あなたとお父さんは車に乗っていて、一人の歩行者をはねた。加山貴男という人間で、事故直後には気づかなかったと思いますが、暴力団の周辺にいた人物です」

「前置きはいい」苛立った声で草間が言った。「さっさと用件に入りたまえ」

彼の焦りが、西川を緊張の軛《くびき》から解放した。頭の中は既に冷えて、この先の展望も見えてきている——まずは爆弾だ。

「あなたは二回、事件を隠蔽しました。当時、警察がそれに手を貸しました」

「馬鹿馬鹿しい。何の証拠が——」

「複数の証言があります」西川は草間の言葉を途中で遮った。ちらりと横を見ると、彼の顔は真っ赤になっている。人に命令することに慣れ過ぎて、誰かに話を邪魔されるのは久しぶりなのだろう。しかし彼は、生まれついての権力者——横暴な人間ではない。政治家としてのキャリアの中で横柄な態度を身につけたのだろうが、本来は気の弱い人間ではないだろうか。今、衣がめくれて、弱気な素顔が透けて見えた。

「証言など、あてにならないだろう」

「証言を基本に動くのが、警察の捜査です」

「捜査するつもりなのか？」

「捜査を再開するのは難しいかもしれません」

「だったらどうして、私と話している？」

「その件はまた後で話します。あなたは認めないかもしれませんが、まず我々が摑んだ事実を話してもいいですか？」

「話すのはそちらの勝手だ」

精一杯の強がり……草間は、最初の煙草を車の灰皿に押しこみ、すぐに二本目に火を点けた。よほどのチェーンスモーカーか、精神的なダメージを受けている。

「二十一年前、車を運転していて事故を起こしたのはあなたでした」

「私は何も認めない――」

「黙って聞いて下さい」

西川はぴしゃりと言った。それで草間は黙りこんでしまう。やはり、精神的に脆《もろ》い――

西川は一気に言葉を連ねた。

「事故については、はねられた加山さんにも責任はあると思います。そしてあなたとお父さんにとっては、その事故が致命傷になる恐れがあった。特にあなた――お父さんは、病気の影響もあって早々と引退し、あなたに議席を譲り渡す予定になっていました。そのためには、交通事故のようなスキャンダルは絶対に避けなければならない。物損事故程度ならともかく、相手が重傷を負ったら、一気に立場が悪くなります。だからあなたたちは、事故そのものをなかったことにした。加山さんには十分な治療費と慰謝料を摑ませ、警察には事故処理をしないように命じた。それが可能になったのは、あなたが大田盛義《もりよし》さんと大学の同窓だったからですね――大田代議士、私たちにとっては元警察庁長官官房長と言った方が分かりやすいですが。選挙に出たのはその後……あなたよりもだいぶ遅れましたけど、結局は同じ道を歩んでいる。それは、学生時代からの約束でもあったんですか？」

「私たちには理想もあった。義務感もあった」

「ああ、そうですか」西川はわざと軽い調子で反応した。大したことではない——そう思っていると認識させることで、草間のプライドをへし折りたかった。「ちなみに大田さんは、二十一年前は警視庁の交通総務課長でした。いい巡り合わせですね。総務課長は、交通部全体に睨みを利かせる立場ですから……あなたは彼に電話し、彼が何本か電話をかけ、それで事故はないことになった。加山も金で黙らせ、取り敢えずその時点であなたの無事は確保されました」

「だから何だ？　誰も困っていないじゃないか」

ああ、この人は「浅い」。あるいはシビアな社会経験がないのだと西川は確信した。どれほど厳しい質問を浴びせかけても、平然と「知らない」と嘘をつき続けたり、「ノーコメント」を貫ける人もいる。しかし草間はあっさり、自分が事故の揉み消しに関与したことを認めてしまった。

「これだけだったら、事故はずっと隠蔽されたままだったと思います。ところが加山というのは、タチの悪い男だった。暴力団員ではないですが、暴力団に近い男——そういう人間に中途半端な形で金を渡すと、ろくなことになりません。ああいう人間は、一度食らいつくと、相手が破滅するまで続けますからね。しかも加山は、事故の後遺症で悩み、リハビリが上手くいかずに悩んでいました。だから、あなたたちからさらに金を搾り取ろうとした——つまり、恐喝です。しかしその交渉は上手くいかなかった。あなたたちにすれば、彼は爆弾でした。取り除かなければならない爆弾」

「そんないい加減な人間のことは知らない」

草間は既に、三本目の煙草に火を点けていた。確実に追いこんでいる、と西川は確信した。

「加山さんは、事故から十ヶ月後に自殺しています。いえ、自殺ということになりました。当時、この件はまともに捜査されなかったんです。ところが、前に座っているこの男が、当時から疑問に思っていましてね。若手だったので捜査からは外されて……それも気に食わなかったんでしょう」

「おい」沖田が低い声で忠告を漏らす。バックミラーを見ると、目を細めて西川を睨んでいた――余計なことは言うな。

「失礼」西川は咳払いした。「あなたたちにとって、加山は排除すべき人間になりました。そこで、自殺を装って殺した――私にとって、たった一つ手に入っていないパーツがこれです。もちろん、あなたが直接手を下したとは思っていない。誰にやらせたんですか？」

「ふざけるな！」草間が声を張り上げる。「お前らは、私の名誉を毀損《きそん》してるんだぞ！」

「だったら、どこへでも訴え出て下さい。受けて立ちます」

西川が強気に出ると、草間はまた黙りこんだ。

「とにかく、誰かが自殺を装って加山を殺した。所轄はろくに捜査せずに自殺と判断し、事件は封印されました。偶然でしょうか？　違いますね？　あまりない人事ですが、その時に大田さんは、刑事総務課長に横滑りしていました。加山が殺される前に大田さんがこの事実を知っていたか、あるいは事後報告だったかは分かりません。しかしここで、第二の揉み消しが行われたんです」

西川は内心はらはらしていた。大田が、当時刑事総務課長だったことを除いて、後はまだ推理に過ぎない。頭から否定されたらアウトだ。しかし草間が答えるまでに、微妙な間が空いた。

「……あり得ない」

「そうですか。我々はまだまだ調べます。いずれ、大田代議士にも話を聴くことになるでしょう」

「ふざけるな！　言いがかりだ」草間が強い言葉を叩きつけた。「お前ら、いったい何のつもりなんだ！」

「私たちはただの警察官です」

「……金か？」

「まさか」西川は鼻で笑った。その嘲《あざけ》りは、草間にさらにダメージを与えたようだ。ちらりと横を見ると、街灯の弱々しい照明が射しこむ中、顔面が蒼白《そうはく》になっているのが見える。

「だったら何が望みだ？　二十年前の事件を立件するのは、不可能だろう」

「加山を殺した犯人の名前です」

「それを知ってどうする」草間の声に苛立ちが混じる。

「この辺りの有力な暴力団——本多連合の人間じゃないですか？」

草間の喉仏が上下した。当たりだ、と西川は確信した。沖田が気にしていた本多連合の名前が、ずっと頭に引っかかっていたのだ。

「あなたの責任は問いません」少なくとも現段階では。「いいですか？　殺しだけは絶対に許されない犯罪なんです。人を殺して、罰も受けずにのうのうと生きていることは許せない。犯人を我々に下さい」

「言わなければ？」

「あなたには辞めてもらいます」

「そんなことができるわけがない！」草間が言葉を叩きつけた。

「手はいくらでもあります。いいですか？　加山を殺した犯人を我々に売れば、あなたにダメージを与えるようなことはしない、と言っているんです」

「その人間を……どうするつもりだ？」

「決めていません。もしかしたら、法に法《のっと》らずに処理するかもしれませんが。あなたの方で、その人間にどんな因果を含めるかはあなたの自由です。今はただ、誰が犯人かだけを知りたい——教えてもらえないなら、あなたには議員を辞めてもらいます。辞めさせることはできるんです。この事実が明るみに出るだけで、あなたは破滅しますよ」

草間の喉仏がまた上下する。唾を呑みこむのも苦労しているようだった。

「分からないんですか？　私はあなたを脅しているんです」西川は認めた。「この件は立件できないかもしれない。しかし、人を殺した人間が野放しになっているのは許せないんです」

反応がない。西川はきつく握り合わせていた両手から力を抜いた。これで山は越えたはず……脅しが彼の頭に染みこむかどうかは分からない。

「大田さんは、あなたから十分な見返りを受け取ったでしょうね。選挙に出る時、あなた――あなたの派閥から多大な支援を得たはずだ。二人で代議士になって、日本と日本人のために働く――それが、あなたたちが若い頃に誓い合った目標ですか？」

「そんなことは、君には分かるまい」

「分かりますよ。分からないのは、そんな高邁《こうまい》な理想を持った人が、どうしてクソみたいな犯罪に手を染めたか、です。自分の仕事の重要さに比べれば、チンピラ一人ぐらいどうでもいいと思ったんですか？」

「こんなことを嗅《か》ぎ回って、タダで済むと思ってるのか？」

「脅すんですか？」

「脅しじゃない。聞いているだけだ」

西川は軽く肩をすくめた。この展開は予想できていた……。

「あなたや大田さんは、警察を完全にコントロールできると思っていませんか？　無理です」

「どういう意味だ？」

「この件は、あなたたちの影響を絶対に受けない警察官に託してあります。全国二十五万人の警察官の中から、どうやってその人間を探し出しますか？　不可能でしょう」本当は「警視庁四万人の警察官」なのだが、西川は話を膨らませた。「我々に何かあると、その情報はすぐに表沙汰になります。あなたがさっさと喋ってくれれば、秘密は守られます――これは脅迫じゃなくて取り引きですよ」

「それで、君たちは何を得る？」

「正義感」

「正義感など――」

「言いたいことはそれだけです。あなたがお父さんに泣きつこうが、大田さんに相談しようが、勝手です。でも、どうにもなりません。加山を殺した人間の名前を喋ったら、さっさとこの車から出て行って下さい。レンタカーなので、ワルの悪臭をつけて返すわけにはいかないんですよ」

草間の顔は真っ赤になっていた。反論できない――すなわち、西川の推理が完全に裏づけられたことになる。しばしの沈黙のあと、西川は草間から答えを得た。

西川は後部座席を出て、車を降りた草間が家の中に消えるのを見送った。力も迫力も感じられない。かすかな満足感を得て車に戻ると助手席に座り、両手で顔を擦った。沖田は窓を全開にしていた――車内に籠《こも》った汚い煙草の煙を追い出そうとしているのだろう。

「行くか」西川が声をかけると、沖田が無言で車を出した。流れこんできた空気が、車内の煙を薄めていく。

「お前もワルだな」沖田がつぶやいた。

「馬鹿言うな」

「これで犯人の名前は分かった。でも、上手くいくかどうか……分からないぞ」

交通事故と殺人――二つの隠蔽を企てた警察官に関しては、時効の壁に阻れて立件はできないだろう。

「それは承知の上だ。とにかく犯人の所在を確認してから、次の手を考えよう」予想していた通り、かつて本多連合にいた男だった。現在は東京在住。暴力団とは縁が切れているようだが、詳細は分からない。「草間のことは……」

「見守るしかないな。草間は大田に相談するだろうが、それで俺たちに圧力がかかるかどうか、楽しみだぜ」沖田が気楽な口調で言った。スマートフォンを取り出すと、鳩山を呼び出したようで、手早く――沖田にしては珍しく、事情を説明する。通話を終えると、ほっと一息ついた。「犯人の所在確認を頼んだ」

「鳩山さんが圧力に負けないといいんだが」二度あることは三度ある、と西川は心配していた。

「犯人を確保したら、早速草間に報告しようぜ。それでビビって議員を辞職するようなことがあったら……万々歳だ。でかいステーキでも焼いてお祝いするか」

「いや、せっかくだから、浜松餃子食べ放題か、浜名湖のうなぎのフルコースだ」

「結局、どっちも食べなかったな」沖田が悔しそうに言った。「今からでも、餃子ぐらい食っておくか？」

「駄目だ」西川はぴしゃりと言った。「一刻も早く静岡県を脱出しよう」

「何だよ、じゃあ今日の夜食は、高速のサービスエリアで蕎麦かカレーか？」

「刑事の標準的な夕食じゃないか」

軽いやり取り……もちろん気は晴れない。一つだけはっきりしているのは、事件はこれからまだ動く、ということだ。草間が告げた犯人の名前――それが、事態をさらに変化させるだろう。一刻も気は抜けない。今後はこれまでにも増して、緊張を強いられるだろう。

それでも西川は、小さな勝利感を味わっていた。そして、今まで感じたことのない興奮も。同時に、自分はやはりこれから、ずっと背中を気にしながら生きていくであろうという恐怖感が腹の底に住み着いた。自ら怪我を負わずに、正義を遂行することはできないのだ。

20年前の自殺　殺人と断定

20年前に東京都調布市の多摩川河川敷で発生した自殺事件で、元暴力団組員男性（45）が、この男性を「殺した」と自供した。警視庁捜査一課では殺人事件として再捜査し、容疑が固まり次第、この男性を逮捕する方針。同時に、監察官室では、当時自殺と判断した南多摩署の捜査に問題がなかったか、検証することにしている。

西川は音を立てて新聞を畳んだ。昨夜、既にネットニュースで流れていた記事だが、改めて紙面で読むと、事の大きさを実感する。

追跡捜査係では、問題の本多連合の元組員を捕捉し、自供に追いこんだ。しかし動機はあくまで「個人的な恨みがあった」――草間から指示が飛んだのだろう。そして西川は、この男が草間を裏切って、二十年前の真相を全て語るとは思っていない。草間は何らかの方法で――おそらく金で、この男の口を塞いだだろう。

追跡捜査係は、この件を一課の強行班に譲り渡した。理由は沖田の存在――二十年前には問題の南多摩署にいたから、いわば「利益相反」になる可能性がある。突然捜査を押しつけられた強行班の連中は困惑していたが、西川としてはこれでよかったと思う。強行班の連中は遮二無二突き進み、草間にまで辿りついてしまうかもしれない。しかし、誰かが正義を実現すれば、それでいいではないか。

沖田は早くも、監察に呼ばれている。「外されていて何も知らなかった」という事実を主張する予定だ。これで何が起きるか……現役の先輩たちには、何らかの形で処分が出るかもしれない。それもまた正義の実現だ。

俺たちは恐怖を抱えこんだ。これから恐怖を味わう人間もたくさんいる。そこから何が生まれるのか、見極めていこう。事の本質を見極めるのも、追跡捜査係の仕事なのだ。

本書はハルキ文庫の書き下ろしです。
本作品はフィクションであり、登場する人物、団体名など
架空のものであり、現実のものとは関係ありません。

Haruki Bunko
ハルキ文庫

と 5-9

脅迫者《きょうはくしゃ》 警視庁追跡捜査係《けいしちょうついせきそうさがかり》

著者 堂場瞬一《どうばしゅんいち》

2018年7月18日第一刷発行

発行者 角川春樹

発行所 株式会社角川春樹事務所
〒102-0074 東京都千代田区九段南2-1-30 イタリア文化会館

電話 03 (3263) 5247 (編集)
03 (3263) 5881 (営業)

印刷・製本 中央精版印刷株式会社

フォーマット・デザイン 芦澤泰偉
表紙イラストレーション 門坂 流

ISBN978-4-7584-4186-5 C0193 ©2018 Shunichi Dôba Printed in Japan
http://www.kadokawaharuki.co.jp/ [営業]
fanmail@kadokawaharuki.co.jp [編集] ご意見・ご感想をお寄せください。

一の本

警視庁追跡捜査係シリーズ

ハルキ文庫

捜査が膠着した未解決事件を専任で追う追跡捜査係。
性格も捜査スタイルも対照的な二人の刑事が、
事件の核心に迫る！

❶交錯
人々を震撼させた連続殺傷事件×手掛かりが皆無の高級貴金属店強盗事件。

❷策謀
指名手配犯の謎の帰国。五年の歳月を経て事件は再び動き始める。

❸謀略
連続するＯＬ殺人事件。混乱する捜査で、西川は活路を見出だせるか。

❹標的の男
「犯人に心当たりがあります」服役中の男の告白——。事件は暴走を始める。

堂 Dôba Shunichi 場 瞬

❺刑事の絆

次世代エネルギー資源を巡る国際規模の策謀に巻きこまれた、大友（「アナザーフェイス」シリーズ）の窮地を救えるか。

❻暗い穴

東京の静かな村で発覚した不可解な死体遺棄事件。村に埋もれかけた謎に迫る！

❼報い

警察に届けられた、一冊の日記から始まった連続殺人。刑事たちにしのび寄る、恐怖の影……！

単行本

絶望の歌を唄え

本体1600円＋税

東南アジアで共に遭遇した過激派の自爆テロで、行方不明になった友。友を失った悲しみと死の恐怖から、警察官を辞めた男。そんな折、平穏な日本で起こったテロ爆発。そして過激派による犯行声明……。

——辞めても俺はまだ刑事だった。